CHRISTIANE KULLER, Dr. phil., geb. 1970 in Bamberg, ist Hochschul-Assistentin in der Abteilung für Neueste und Zeitgeschichte des Historischen Seminars an der Ludwig-Maximilians-Universität München. Nach ihrer Promotion leitete sie seit 2001 das Forschungsprojekt »Die Finanzverwaltung und die Verfolgung der Juden in Bayern«. Die Judenverfolgung im nationalsozialistischen Deutschland ist einer ihrer Lehr- und Forschungsschwerpunkte.

MAXIMILIAN SCHREIBER, Dr. phil., geb. 1976 in München, hat Geschichte, Germanistik und Archäologie in München und Pisa studiert. Seine Dissertation befasst sich mit der Geschichte der Ludwig-Maximilians-Universität München im Nationalsozialismus. Seine Forschungsschwerpunkte sind Wissenschafts- und Universitätsgeschichte, die Geschichte des Nationalsozialismus und die Geschichte des Alpinismus. Neben kulturjournalistischer Tätigkeit ist er Mitarbeiter bei der Firma Neumann&Kamp, die sich auf historische Projekte spezialisiert hat.

edition monacensia
Herausgeber: Monacensia
Literaturarchiv und Bibliothek
Dr. Elisabeth Tworek

Ein Gemeinschaftsprojekt der
Evangelisch-Lutherischen Kirche in Bayern,
des Kulturreferats der Landeshauptstadt München
und der Monacensia – Literaturarchiv und Bibliothek München

Christiane Kuller
Maximilian Schreiber

Das Hildebrandhaus

Eine Münchner Künstlervilla und ihre Bewohner
in der Zeit des Nationalsozialismus

Recherche und Text: Christiane Kuller (Historisches Seminar der Ludwig-Maximilians-Universität München), Michael Kamp u. Maximilian Schreiber (Neumann & Kamp Historische Projekte)

Ein Gemeinschaftsprojekt der Evanglisch-Lutherischen Kirche in Bayern, des Kulturreferats der Landeshauptstadt München und der Monacensia – Literaturarchiv und Bibliothek München

Weitere Informationen über den Verlag und sein Programm unter: www.allitera.de

Bibliographische Information Der Deutschen Bibliothek
Die Deutsche Bibliothek verzeichnet diese Publikation
in der Deutschen Nationalbibliographie;
detaillierte bibliographische Daten sind im Internet
über <http://dnb.ddb.de> abrufbar.

Oktober 2006
Allitera Verlag
Ein Verlag der Buch&media GmbH, München
© 2006 für diese Ausgabe: Landeshauptstadt München/Kulturreferat
Münchner Stadtbibliothek
Monacensia Literaturarchiv und Bibliothek
Leitung: Dr. Elisabeth Tworek
und Buch&media GmbH, München
Umschlaggestaltung: Kay Fretwurst, Freienbrink
Herstellung: Books on Demand GmbH, Norderstedt
Printed in Germany
ISBN-10: 3-86520-130-X
ISBN-13: 978-3-86520-130-0

Inhalt

Das Hildebrandhaus – eine Künstlervilla als Zeitzeuge 7
Das Vermächtnis der Elisabeth Braun an die Kirche 11

Einleitung 13

1. Dietrich von Hildebrand und der Verkauf des Hildebrandhauses
   an Elisabeth Braun 18
1.1 Die Künstlervilla in der Maria-Theresia-Straße 18
1.2 Verfolgung und Flucht Dietrich von Hildebrands nach der
    NS-Machteroberung 21
1.3 Die neue Eigentümerin: Elisabeth Braun –
    evangelische Christin jüdischer Herkunft 31

2. Von einer Übergangsstation zur »sicheren Wohnstätte« –
   Wandel der Bedeutung des Hildebrandhauses für seine
   »nicht arischen« Bewohner 46
2.1 »... ist die Braun Volljüdin« – Diskriminierung, Verfolgung
    und Emigrationspläne 47
2.2 Das Hildebrandhaus – ein Lebensort
    »nicht arischer« Christen und ein »Judenhaus«? 57

3. »Die Lage ist für mich bitter ernst« – Der erfolgreiche Kampf
   gegen die »Zwangsarisierung« des Hildebrandhauses 72
3.1 Vermögensanmeldung und »Judenvermögensabgabe« 73
3.2 Die »Arisierungsstelle« in München als Terrorzentrale 77
3.3 »Mit der Bitte, meine Existenz nicht vernichten zu wollen ...« –
    Versuch der »Zwangsarisierung« und das Testament 81

4. Alles verloren – Zwangsverkauf und »Entmietung« 97
4.1 Der Zwangsverkauf des Familienstammsitzes 97
4.2 Die »Entmietung« von Elisabeth und Rosa Braun 101

5. Die Enteignung und Deportation der »nicht arischen« Bewohner des Hildebrandhauses 104
5.1 Elisabeth Brauns Ringen um den Familienstammsitz 104
5.2 Im Lager in Berg am Laim und in Milbertshofen 107
5.3 Deportation 110
5.4 Bewohner des Hildebrandhauses vor und nach der Deportation 114

6. Das Hildebrandhaus nach 1945 127
6.1 Kriegsende in München und geplante Beschlagnahmung 127
6.2 Das Hildebrandhaus als Erbe der Evangelisch-Lutherischen Kirche in Bayern 133

7. Die Kirche und der Umgang mit dem »Erbe Braun« 140
7.1 »Ein Politikum ersten Ranges« – drohender Abriss und Rettung durch ein neues Denkmalschutzgesetz 140
7.2 Streit um den letzten Willen Elisabeth Brauns 146
7.3 Der Sonderfonds »Nachlass Elisabeth und Rosa Braun« 148

8. Restaurierung der Hildebrandvilla und Einzug der Monacensia 154

Zusammenfassung: Das Hildebrandhaus in der NS-Zeit – ein Lebensort für »nicht arische« Christen 160

Anhang 165
   Anmerkungen 165
   Literaturhinweise 178
   Verzeichnis der Abkürzungen 179
   Verzeichnis der Quellen 180
   Zeitzeugengespräche 181
   Personenregister 182
   Bildnachweis 184

Das Hildebrandhaus – eine Künstlervilla als Zeitzeuge

Das Hildebrandhaus an der Maria-Theresia-Straße im Münchner Stadtteil Bogenhausen kennen und lieben heute viele, die von nah und fern die Monacensia, den besonderen Ort der Gegenwartsliteratur, aufsuchen: Seit 1977 haben hier Literaturarchiv und Bibliothek der Monacensia, ein Institut der Münchner Stadtbibliothek, ihren Sitz und machen Stadtkulturgeschichte. Als literarisches Gedächtnis der Stadt München erforscht die Monacensia die regionale Kulturgeschichte, fragt nach dem Wesen kultureller Identität und Identitäten und präsentiert ihre wertvollen und oft überraschenden Ergebnisse in Publikationen, Ausstellungen und Veranstaltungen der interessierten Öffentlichkeit.

Das vorliegende Buch rückt nun, ganz dieser Aufgabe verpflichtet, einen bis vor kurzem wenig bekannten, von manchen auch verdrängten Aspekt der Geschichte des Hildebrandhauses in den Blick. Denn das Haus, vom Bildhauer Adolf von Hildebrand während der glanzvollen Prinzregentenzeit erbaut, bewohnt und belebt, ist auch Zeuge eines düsteren deutschen Kapitels, gemahnt es doch durch seine spezifische Geschichte an die systematische Enteignung, Verfolgung, Entrechtung Deportation und Ermordung von Münchner Juden während der NS-Zeit. Die Rekonstruktion der Geschichte des Hauses führt auch auf Spurensuche nach Elisabeth Braun, einer zum Christentum konvertierten Jüdin, und ihrer Familie, die durch den NS-Terror nahezu komplett ausgelöscht wurde. Aktuelle Aktenfunde und Recherchen liefern erschütternde Dokumente zum Schicksal der Bewohner des Hildebrandhauses zwischen 1933 und 1941, die beispielhaft sind für den Prozess der »Arisierung«, die von NS-Behörden und Gestapo in aller Öffentlichkeit durchgeführte Beraubung und Vernichtung von Münchner Juden.

Zunächst hatten sich Ernst Ludwig Schmidt, Florian Sattler und Klaus Bäumler auf Spurensuche nach den Schicksalen der Bewohner des Hildebrandhauses begeben: Ihnen verdanken wir die ersten Nachforschungen zu Elisabeth und Rosa Braun, die das Hildebrandhaus nach 1933 erwarben. Lange war über das Schicksal von Elisabeth Braun, die aus einer weit verzweigten, alteingesessenen Münchner jüdischen Kaufmannsfamilie stammte, und deren Stiefmutter nichts bekannt. Erst ab 1999 und erneut 2003 gab es erste Recherchen. Nun liegt eine Fülle an weiteren Daten und Informationen vor: Elisabeth Braun, die 1920 zum Protestantismus konvertierte, zählte zu den 1.000 Münchner Deportierten, die 1941 in Kaunas in Litauen ermordet wurden, Rosa Braun starb 1945 im KZ Theresienstadt.

Viele der aufgefundenen Dokumente sind einem Akt von Zivilcourage zu verdanken: Franz Feiner, städtischer Oberbaurat der Lokalbaukommission und Vertrauter der Familie Braun, vergrub wichtige Unterlagen, die ihm Elisabeth und Rosa Braun kurz vor ihrer Verschleppung anvertraut hatten, darunter auch ihr Testament. Nach dem Untergang des NS-Regimes barg er die Dokumente und übergab sie 1946 dem Staatskommissar für die Betreuung für rassisch, religiös und politisch Verfolgte in Bayern. Diese Akten und Briefe, die sich inzwischen im landeskirchlichen Archiv in Nürnberg befinden, geben uns heute genaue Auskunft über das erfolgte Unrecht. In Zukunft werden Kopien dieser Dokumente in der Monacensia zugänglich sein.

Während der NS-Zeit wohnte und arbeitete im Hildebrandhaus eine Reihe bekannter Bildhauer, Musiker und Schriftsteller. Unter einem Dach lebten Tür an Tür verfolgte Künstler zusammen mit Künstlern, die bei den nationalsozialistischen Machthabern hohes Ansehen genossen – und die nach 1945 teilweise noch für Jahrzehnte in der Künstlervilla blieben: Auch dieser Aspekt gehört zur lange verdrängten Geschichte des Hildebrandhauses und seiner Bewohner in der NS-Zeit.

Die Erinnerung an das Regime des Nationalsozialismus und seine Folgen gehört, obwohl mehr als 60 Jahre nach Kriegsende, nach wie vor zu den großen gesellschaftlichen Herausforderungen, gerade auch im Hinblick auf nachfolgende Generationen. München, ehemalige »Hauptstadt der Bewegung«, »Hauptstadt der Deutschen Kunst« und hervorgehobener Schauplatz der Selbstdarstellung des NS-Regimes, kommt hier eine besondere Verantwortung zu, der wir uns im Kulturreferat der Landeshauptstadt auch besonders verpflichtet fühlen. So leistete das Projekt »München arisiert«, initiiert 2003 vom Kulturreferat und vom Münchner Stadtarchiv, einen ersten Anstoß zur systematischen Erforschung der »Arisierung« in München, an der sich auch die Monacensia mit Recherchen zur Geschichte des Hildebrandhauses beteiligte. Das neue jüdische Kulturzentrum am St. Jakobs-Platz, auf dem ab 2006/2007 eine Synagoge, ein Gemeindezentrum und das städtische Jüdische Museum stehen werden, verankert jüdisches Leben im Herzen der Stadt. Zusammen mit dem geplanten NS-Dokumentationszentrum in unmittelbarer

Nähe des Königsplatzes werden zukunftsweisende Meilensteine innerhalb der deutschen Erinnerungslandschaft gesetzt.

Im Fall des Hildebrandhauses bedeutet die Rekonstruktion der Hausgeschichte einen kritischen Beitrag zum kulturellen Gedächtnis der Stadt. 1974 kam das Haus nach langem Kampf engagierter Bürger gegen den drohenden Abriss als Schenkung in den Besitz der Stadt München. Gleich nach Kriegsende war man bemüht um Wiederaufbau und dabei, die Spuren, auch die architektonischen, von Terrorherrschaft, Zerstörung, Leid, Krise, Instabilität und auch Schuld, restlos zu tilgen. Die Konsequenzen hiervon sind zwiespältig, erlauben sie doch der »Traumstadt« München bis heute auch eine Amnesie, was die dunklen Seiten ihrer Geschichte angeht, die es der Stadt nicht nur in der unmittelbaren Nachkriegszeit, sondern bis in die Gegenwart möglich gemacht hat, sich zu einer immer vollkommeneren Projektionsfläche des Verlangens nach Repräsentation, ästhetischem Genuss, Life Style und Scheinbeschaulichkeit zu verwandeln. Dass die Geschwister Scholl und ihr Kreis in München wirkten, ist vielen heute vertrauteres Wissen als das um Münchens Bedeutung als Parteizentrale der NSDAP und Entstehungsort der Nazibewegung überhaupt. Häuser als Zeitzeugen bewahren, wenn dies verantwortungsvoll betrieben wird, heißt daher, nicht nur Mauern als architektonische Repräsentanzen stehen zu lassen, sondern auch die Erinnerung an Menschen, die in ihnen lebten und wirkten, wach zu halten: Ohne die Rettung des Hildebrandhauses wäre manches Schicksal allzu leicht dem Vergessen auf immer preisgegeben worden. Heute jedoch hat das Hildebrandhaus vielfältige kulturhistorische Bedeutung, weit über die Grenzen Münchens hinaus – als wertvoller Kulturort, den es immer wieder aufs Neue mit Leben zu füllen gilt.

Die Monacensia nimmt diese Herausforderung an: Zu ihren Sammlungsschwerpunkten zählen Exilnachlässe, die inzwischen in großer Zahl vorliegen, so von Grete Weil, Alfred Neumann und Max Mohr, Erika und Klaus Mann, Annette Kolb oder, als Teilnachlass, von Oskar Maria Graf. Durch umsichtige Erwerbspolitik werden weiterhin in alle Welt verstreute literarische Bestände in das Literaturarchiv der Stadt München geholt. Adolf und Irene von Hildebrand hatten hier einen gesellschaftlichen Salon mit Vertretern aus Kultur, Politik, Wirtschaft und Wissenschaft, und ihr Sohn Dietrich von Hildebrand öffnete sein Haus für den religionsphilosophischen Dialog, Elisabeth Braun gewährte hier aus christlicher Überzeugung verfolgten Menschen Obdach. Verantwortungsbewusste Erinnerungskultur könnte bedeuten, dass die Monacensia zukünftig im Hildebrandhaus von Literatur,

Kunst und Kultur auch eine Brücke zum religiösen Gedankenaustausch schlägt.

Ich danke besonders Dr. Elisabeth Tworek, die die Monacensia seit 1994 engagiert leitet und bei diesem Projekt das Verbindungsglied zwischen Verlag, Autoren, Evangelisch-Lutherischer Kirche in Bayern und Kulturreferat war, und ebenso Dr. Angelika Baumann, Leiterin der Abteilung »Förderung von Kunst und Kultur« und Projektleiterin für die Planung des NS-Dokumentationszentrums im Kulturreferat, für ihre sachkompetente Betreuung des Projekts, das von Seiten des Kulturreferates mitfinanziert wurde. Der Evangelisch-Lutherischen Kirche in Bayern danke ich für die Bereitschaft, dieses Buch gemeinsam mit der Landeshauptstadt München ermöglicht zu haben.

Prof. Dr. Dr. Lydia Rea Hartl
Kulturreferentin der Landeshauptstadt München

Das Vermächtnis der Elisabeth Braun an die Kirche

Das vorliegende Buch widmet sich der Geschichte eines Hauses und zugleich einer bemerkenswerten Frau: Elisabeth Braun. Aus einer vermögenden jüdischen Münchner Kaufmannsfamilie stammend, lebte sie bis 1938 als Schriftstellerin zeitweise am Tegernsee. Sie zog dann in die Bogenhausener Villa an der Maria-Theresia-Straße 23, die sie 1934 erworben hatte und in der ihre Stiefmutter Rosa Braun schon einige Jahre lebte. In diesem Haus, das nach seinem Erbauer so genannte Hildebrandhaus, bot sie verfolgten jüdischen Münchner Bürgerinnen und Bürgern eine Zufluchtsstätte.

Elisabeth Braun selbst war 1920 vom jüdischen Glauben zur evangelisch-lutherischen Kirche konvertiert. Seit Anfang 1939 übten die nationalsozialistischen Machthaber Druck auf die beiden Frauen aus, das Hildebrandhaus zu verkaufen. Am 21. Juni 1940 verfügte Elisabeth Braun unter dem zunehmenden Verfolgungsdruck testamentarisch, dass ihr gesamtes Vermögen, darunter das Haus, der Evangelisch-Lutherischen Kirche in Bayern zugehen möge. Mit diesem Erbe verband sie das »dringendste Ersuchen« ihr Vermögen »für Zwecke der Betreuung und vor allem soweit irgend möglich der Mission so genannter nicht arischer Christen in deutschsprachigen Ländern verwenden zu wollen«. Das Anwesen Maria-Theresia-Straße 23 sollte möglichst »zum Wohnen für nicht arische Gläubige, Einzelnichtarier oder Rassemischehen« zur Verfügung stehen.

Keiner der jüdischen Bewohner des Hildebrandhauses überlebte den Holocaust. Elisabeth und Rosa Braun wurden noch im Jahr 1941 interniert und wenig später deportiert. Am 25. November 1941 wurde Elisabeth Braun in Kaunas erschossen.

Was für Elisabeth Braun Ausdruck einer tiefen Verbindung zu »ihrer« Kirche war, war und ist für die Landeskirche kein einfaches Erbe. Was ihr 1940 vorschwebte, konnte in den Nachkriegsjahren nicht ohne weiteres im wörtlichen Sinne umgesetzt werden. Der Gedanke der Mission gegenüber Angehörigen des jüdischen Volkes hat durch die Shoah einen tiefgreifenden Wandel erfahren. An die Stelle der Mission ist die Besinnung auf die gemeinsamen Wurzeln im Glauben und Werte im Dialog zwischen Christentum und Judentum getreten. Respekt vor der je anderen religiösen Überzeugung und die Bemühung, das Interesse für den eigenen Glauben zu wecken und zu stärken, prägen heute die christlich-jüdischen Beziehungen.

Der Umgang mit dem Willen der Erblasserin war und bleibt angesichts dieses Wandels, den Elisabeth Braun nicht voraussehen konnte, schwierig. Wie die Landeskirche mit dem ihr anvertrauten Erbe umging, wie schwer es ihr gefallen ist, diesem großen Vertrauen gerecht zu werden, davon gibt die vorliegende Publikation ein beredtes Zeugnis. Auch Zeugnis davon, dass in der Geschichte der Beziehungen von Christen und Juden, so wie ich es bereits 1998 vor der Synode unserer Kirche in Nürnberg gesagt habe, noch »vieles unbearbeitet, auch unverarbeitet (ist). Es ist unverständlich, warum in den letzten 50 Jahren viele Dinge nicht bearbeitet wurden oder nicht bearbeitet werden durften«.

Wie so oft brauchte es dazu den Anstoß von außen. Ausdrücklich möchte ich die jahrelangen intensiven Pionierstudien von Pfarrer Ernst Ludwig Schmidt erwähnen, der bereits im Jahr 2001 eine kleine Dokumentation über Elisabeth Braun erarbeitet hatte.

Drei Aspekte sollen in dem vorliegenden Buch beleuchtet werden. Zum einen soll damit ein Beitrag zur Erforschung des Schicksals von Christinnen und Christen jüdischer Herkunft und der Haltung der Kirche angesichts der Verfolgung ihrer Mitglieder am Beispiel dieser bedeutenden Münchner Persönlichkeit geleistet werden. Zweitens ist uns wichtig, Elisabeth Braun und ihre Familie dem Vergessen zu entreißen. Entsetzlich genug, dass die braune Rassenpolitik diese Menschen physisch ausgelöscht hat – wenigstens in der Erinnerung müssen sie uns lebendig bleiben! Zum Dritten wollten wir einen Gesamtrahmen dokumentieren, der uns ermöglicht, das Erbe der Familie Braun für den Zweck einzusetzen, der dem Willen der Erblasserin entspricht und zugleich den gewandelten Zeiten gerecht wird.

Ich freue mich sehr, dass in Zusammenarbeit mit der Stadt München, Frau Dr. Kuller und Herrn Dr. Schreiber diese wichtige Dokumentation entstehen konnte.

Dr. Johannes Friedrich
Landesbischof der Evangelisch-Lutherischen Kirche in Bayern

Einleitung

Das Hildebrandhaus ist eine der großen Künstlervillen Münchens. Das Anwesen, das Ende des 19. Jahrhunderts von dem bekannten Bildhauer Adolf von Hildebrand als Atelier und Wohnhaus für seine Familie errichtet wurde, galt Anfang des 20. Jahrhunderts als einer der Treffpunkte kulturellen Lebens in München. Für Adolf von Hildebrand war das Haus nicht nur ein Ort des künstlerischen Schaffens, er machte seinen Wohnsitz zu einem geistigen Zentrum Münchens.

Als Adolf von Hildebrand 1921 starb, hinterließ er das Anwesen seinen beiden Kindern Dietrich von Hildebrand und Irene Georgii, die beide mit ihren Familien in der Villa wohnten und arbeiteten. Auch unter den neuen Eigentümern blieb das Künstlerhaus am Isarhochufer ein wichtiger Ort der Münchner Kunst- und Kulturszene. Insbesondere Dietrich von Hildebrand führte die Tradition des intellektuellen Salons – wenn auch mit stärker philosophischer Akzentsetzung – weiter.

Nachdem die Nationalsozialisten in Deutschland 1933 die Macht übernommen hatten, musste Dietrich von Hildebrand seine Heimat fluchtartig verlassen. Als langjähriger Kritiker der Nationalsozialisten befand er sich in unmittelbarer Gefahr. Auf Grund seiner Emigration konnten die Erben Adolf von Hildebrands das Künstlerhaus in München nicht mehr halten und beschlossen, das Anwesen zu verkaufen. Über ein Vierteljahrhundert war die Künstlervilla ein bekannter Ort der Kultur Münchens gewesen – was sollte nun damit geschehen?

Hier setzt die Geschichte dieses Buches ein. Im Zentrum steht das wechselvolle und dramatische Kapitel der Geschichte des Hauses in den Jahren zwischen dem Beginn der NS-Herrschaft und dem Zusammenbruch des »Dritten Reiches«. Es ist zum einen die Geschichte des Gebäudes und seiner Aus- und Umbauten. Ursprünglich als Atelier- und Wohnhaus für den Künstler und seine Familie konzipiert, mussten in dem Anwesen zeitweise an die 30 Mietparteien Unterkunft finden. Obwohl das Haus von Bombentreffern verschont blieb, hinterließen die Einquartierungen, Not und Kriegsfolgen tiefe Spuren an Haus und Grundstück. Dieses Buch berichtet aber nicht nur von der äußeren Veränderung der Künstlervilla. Es will auch ein Bild vom Leben geben, das die Räume erfüllte, und die Geschichte seiner Bewohner erzählen.

Als wir mit den Recherchen für die Geschichte des Hildebrandhauses in der NS-Zeit begannen, führte einer der ersten Wege in den Keller der Nürnberger Oberfinanzdirektion. Dort befanden sich in einem abgelegenen Raum, in dem vom Boden bis zur Decke staubige und halb zerfallene Akten gestapelt waren, unter der Nummer B I 975 zahlreiche Dokumente über das Hildebrandhaus in der Zeit des »Dritten Reiches«.

975 – das ist eine Deportationsnummer und in der Liste der ersten Deportation aus München vom November 1941 steht bei dieser Nummer der Name Elisabeth Braun. Die Akten im Keller der Finanzbehörde dokumentieren, wie der NS-Staat die 54jährige Frau kurz vor ihrer Deportation enteignete und ihr Vermögen in seinen Besitz brachte. Dazu gehörte auch das Hildebrandhaus, das Elisabeth Braun 1934 erworben hatte.

Dass sich das Hildebrandhaus während der NS-Zeit im Besitz einer Jüdin befunden hatte, war lange Zeit kaum bekannt gewesen. Erst vor kurzem machten engagierte Bürger darauf aufmerksam und richteten den Blick damit auf die vielen ungeklärten Punkte in der Geschichte des Hildebrandhauses während der NS-Zeit.

Bereits der Kauf 1934 wirft Fragen auf. Wie war es möglich, dass Elisabeth Braun als Verfolgte des NS-Regimes im Jahr 1934 ein so wertvolles und symbolträchtiges Anwesen wie die Hildebrandsche Villa erwarb? Und warum tat sie dies zu einem Zeitpunkt, als viele andere bereits versuchten, ihre Häuser in Deutschland abzustoßen, um auszuwandern und so der Verfolgung zu entgehen? Und die Fragen gehen weiter: Wie gelang es Elisabeth Braun bis unmittelbar vor ihrer Ermordung durch die nationalsozialistischen Machthaber, sich allen Enteignungsversuchen zu widersetzen und das Haus in ihrer Verfügungsgewalt zu behalten? Und wie kam es, dass zeitweise 17 verfolgte »nicht arische« Menschen unter höchst beengten Verhältnissen in der Künstlervilla Unterkunft fanden?

Im Leben von Elisabeth Braun fällt als erstes eines ins Auge: Sie sah sich selbst nicht als Jüdin. Sie war zwar 1887 als Tochter einer wohlhabenden jüdischen Familie in München geboren worden, aber bereits im Jahr 1920, lange vor der nationalsozialistischen Machtübernahme, zum evangelischen Glauben übergetreten. Seither verstand sie sich als protestantische Christin. Nach den rassistischen Kategorien der nationalsozialistischen Ideologie galt sie jedoch durch ihre Geburt weiterhin als »Volljüdin« und war als solche von allen antisemitischen Maßnahmen der NS-Machthaber betroffen. Es gelang ihr nicht zu emigrieren, und Elisabeth Braun wurde mit dem ersten Deportationszug aus München verschleppt und am 25. November 1941 in Kaunas ermordet.

Die Lebensgeschichte von Elisabeth Braun verweist damit auf das Schicksal »nicht arischer« Christen im »Dritten Reich«, deren Zahl nach Schätzungen in die Hunderttausende ging. Bis heute ist wenig über diese Verfolgtengruppe bekannt, und es gibt kaum wissenschaftliche Forschungen dazu.

Elisabeth Braun war aus Überzeugung konvertiert und dies mahnt zu einem sorgsamen Umgang mit Begriffen. Sie selbst bezeichnete sich als »Nichtarierin«. Mit diesem Wort aus dem ideologischen Sprachjargon des NS-Regimes machte sie deutlich, dass sie die Gleichsetzung von »Nichtarier« und »Jude« in der nationalsozialistischen Ideologie nicht akzeptierte. Streng unterschied sie zwischen dem Glauben ihrer Jugend und der rassistischen Zuschreibung durch das Terrorregime. Aus Respekt vor der Kraft, mit der sich Elisabeth Braun bis in ihre letzten Lebenstage weigerte, die Gleichsetzung von Glaube und Rasse anzuerkennen, folgen wir diesem Sprachgebrauch soweit wie möglich. Andere »nicht arische« Christen bezeichneten sich als »Christen jüdischer Herkunft«, so dass wir auch dies in unserem Text verwenden.

Das Schicksal von Elisabeth Braun war ein Sonderfall. Elisabeth Braun war eine außergewöhnlich vermögende Frau. Als einziges Kind einer reichen Textilhändlerfamilie erbte sie nach dem Tod des Vaters 1929 ein Immobilienvermögen, das es ihr offenbar erlaubte, von den Erträgen ihren Lebensunterhalt zu bestreiten.

Der Wohlstand der Familie ermöglichte es Elisabeth Braun, mehrere Ausbildungen zu absolvieren. Nach einem Lehrerinnenexamen studierte sie an der Münchner Ludwig-Maximilians-Universität die Studiengänge Philosophie, Staatswissenschaften und Rechtswissenschaft. Ein viertes Studium in Theologie plante sie für die Zeit nach ihrer Emigration ins Ausland. Elisabeth Braun war also eine sehr gebildete Frau. Vor allem ihr juristisches Studium dürfte wesentlich dazu beigetragen haben, dass sie sich selbstbewusst gegen ihre Verfolger zur Wehr zu setzen wusste.

Als Beruf gab Elisabeth Braun »Schriftstellerin« an. Die Selbstbeschreibung ist ein Zeichen ihrer künstlerischen Ambitionen. Leider konnte bisher noch kein Zeugnis ihrer schriftstellerischen Tätigkeit gefunden werden. Möglich – und während der NS-Herrschaft sogar wahrscheinlich – wäre, dass sie unter Pseudonym publizierte.

Elisabeth Braun vermachte ihr gesamtes Vermögen der evangelischen Kirche. Dieses Buch beschäftigt sich daher auch mit der Frage, wie die evangelische Kirche mit dem Erbe von Elisabeth Braun umging. Die Durchsetzung der kirchlichen Erbansprüche in Wiedergutmachungsverfahren nach 1945, die Verwaltung des Künstlerhauses durch die

Kirche, die Entscheidung Mitte der 1960er-Jahre, das Anwesen zu verkaufen, der danach drohende Abbruch und die Rettung durch ein neu geschaffenes Denkmalschutzgesetz – damit sind schlagwortartig die Etappen dieses Abschnitts in der Geschichte markiert, an dessen Ende das Hildebrandhaus als das dasteht, was es heute ist: Ein Haus der Stadt München, in dem die Monacensia, eine wichtige kulturelle Einrichtung der Stadt München, untergebracht ist.

Es ist nicht einfach, die Geschichte des Hildebrandhauses in der NS-Zeit zu rekonstruieren. Nur sehr wenige Quellen sind erhalten, die über die damaligen Ereignisse Auskunft geben können. Von einer alleinstehenden, kinderlosen und nicht berufstätigen Frau mittleren Alters, wie Elisabeth Braun es war, ist es generell schwierig, nach einem halben Jahrhundert ein Lebensbild zu entwerfen, da es kaum Familienerinnerungen, keine Unterlagen der Berufstätigkeit und wenig amtliche Dokumente gibt. Im Fall von Elisabeth Braun kommt hinzu: Nahezu alle individuellen Zeugnisse ihres Lebensweges haben die NS-Machthaber nach ihrer Deportation und Ermordung zu vernichten versucht. Briefe, Fotografien, Bücher, Möbel, Kleidungsstücke, Schmuck, Kunstwerke, Erinnerungsgegenstände – von all diesen Dingen des persönlichen Lebens ist kaum ein Stück erhalten. Fast alle Dokumente, die man heute noch finden kann, stammen aus der Feder nationalsozialistischer Behörden. Es sind amtliche Formulare und Schreiben, die kaum Platz für persönliche Aspekte lassen.

Diese Studie unternimmt dennoch den Versuch, das Leben von Elisabeth Braun und die Bedeutung des Hildebrandhauses für sie aus den wenigen erhaltenen Quellensplittern und weit verstreuten Fragmenten ein Stück weit zu rekonstruieren. Wie Mosaiksteine müssen die Hinweise zu einem historischen Bild zusammengesetzt werden. Dabei bleibt manche Lücke stehen, auch wenn wir gerne mehr wüssten.

Es gibt bislang nur sehr wenig wissenschaftliche Forschung zum Thema dieser Studie. Ausgehend von den Untersuchungen von Ernst Ludwig Schmidt und Klaus Bäumler stützen wir uns daher in weiten Teilen auf Quellenmaterial, das sich in Archiven und Behörden befindet. Ganz besonders danken wir Matthias Güldenstein, dem Neffen von Elisabeth Braun, und seiner Frau für die Bereitschaft zu einem langen Gespräch. Ihre Erinnerungen und die Familiengeschichten hinter den Fotografien, die sie uns erzählten, gaben unschätzbare Einblicke in das Familienleben von Elisabeth Braun. Bei der weiteren Suche nach neuen Unterlagen wurden wir von vielen Mitarbeitern in Archiven und Behörden unterstützt. Vor allem Dr. Andrea Schwarz vom Landeskirchlichen

Archiv der Evangelisch-Lutherischen Kirche in Bayern (Nürnberg), Dr. Andreas Heusler vom Stadtarchiv München, Heinz Walker von der Oberfinanzdirektion Nürnberg, Dr. Bernhard Grau vom Staatsarchiv München, Gerhard Fürmetz vom Bay. Hauptstaatsarchiv, Sabine Brantl vom Archiv im Haus der Kunst und Alexander Esser vom Kirchengemeindeamt München möchten wir – auch stellvertretend für ihre Mitarbeiter – für die äußerst kompetente und unbürokratische Unterstützung danken. Für Zeitzeugen-Interviews danken wir außerdem Doris Emms, Martin Mayer, Margret und Julian Nida-Rümelin, Friedrich Ritt, Florian Sattler und Gabriele Wannieck. Bei der Schlussredaktion half Annemone Christians, der wir ebenfalls danken.

Christiane Kuller, Maximilian Schreiber

1. Dietrich von Hildebrand und der Verkauf des Hildebrandhauses an Elisabeth Braun

1.1 Die Künstlervilla in der Maria-Theresia-Straße

Das Hildebrandhaus ist eine der bedeutendsten Künstlervillen in München. Das Anwesen, das Ende des 19. Jahrhunderts von dem Bildhauer Adolf von Hildebrand als Atelier und Wohnhaus für seine Familie errichtet wurde, steht in einer Reihe mit den Villen von Stuck, Lenbach oder Kaulbach. Hildebrand selbst machte die Entwürfe, fertigte Zeichnungen an, überzeichnete und korrigierte immer wieder die Pläne. Die Ausführung übernahm der Münchner Architekt Gabriel von Seidl.[1]

Adolf von Hildebrand, der in Marburg geboren war und seit 1872 in Florenz gelebt hatte, kam kurz vor 1900 nach München, weil er einen Wettbewerb für die Gestaltung des Wittelsbacher Brunnens in München gewonnen hatte. Die Stadt knüpfte an den Auftrag die Bedingung, dass Hildebrand seinen zweiten Wohnsitz nach München verlegte. Hildebrand ließ daraufhin die Künstlervilla errichten, in die die Familie 1898 einzog.

Schon architektonisch war das Gebäude ein imposantes Beispiel künstlerischer Selbstdarstellung in der Prinzregentenzeit. Das zweigeschossige Haus besteht aus drei Flügeln, die über einem T-förmigen Grundriss arrangiert sind. Dem zu den Isarauen nach Südwesten geöffneten L-förmigen Wohnhaus schließt sich nach Osten ein Flügel mit dem gro-

Das Hildebrandhaus um 1900

ßen Atelier an. Nach Süden öffnet sich der Bau von seiner Repräsentationsseite: mit Garten, Terrasse, Brunnen, dem Turm und den großen Rundbogenfenstern des Salons. Hildebrand lockerte die einfache Bauform mittels Fenstern, Kaminen und Dekor auf, wobei die Farbigkeit aus gelblichem Putz, weißen Schmuckgliedern und grünen Fensterläden den Eindruck wohnlicher Heiterkeit verstärkte.

Die innere Raumaufteilung war sehr klar durchgeführt. Eindrucksvoll verbindet das Gebäude die zweckmäßigen Anforderungen an ein Atelier mit repräsentativen Gestaltungselementen. Vom Eingangsvestibül gelangte man ebenerdig links in ein kleines Atelier, das nur für die Arbeit an Büsten bestimmt war, und von diesem in das mittlere Hauptatelier, in dem Adolf von Hildebrand arbeitete, von dort in ein weiteres großes Atelier mit großen Ein- und Ausfahrtstoren in den Hof. Hier arbeiteten vor allem die Gehilfen. Weitere Ateliers gab es im ersten Stock über dem kleinen und mittleren Atelier im Erdgeschoss. Sie waren für die Töchter Irene und Elisabeth bestimmt. Irene arbeitete wir ihr Vater als Bildhauerin, Elisabeth war Malerin. Die Fenster der Ateliers zeigten nach Norden, was eine gleichmäßige Beleuchtung garantierte.

Vom Vestibül führte eine kleine Treppe in den Wohnbereich im Hochparterre. Im Westflügel lagen zwei Privaträume Irene von Hildebrands und das langgezogene Schreib- und Zeichenzimmer Adolf von Hildebrands. Über einen dielenartigen Gang kam man zu einer Halle, um die sich das Speisezimmer, der Salon und die Terrasse gruppierten. Im Souterrain waren die Küche und die Wirtschaftsräume untergebracht. Eine Wendeltreppe im Turm führte in das erste Obergeschoss. Dort befanden sich Schlafzimmer, Wohnzimmer, ein Ankleideraum und ein Bad. Das Dachgeschoss enthielt die Gäste- und Kinderzimmer sowie die Räume für die Dienstboten.

Im Haus fehlte jede dekorative Verkleidung. Empfangs- und Repräsentationsräume im Stil der Villen Lenbach und Stuck gab es im Hildebrandhaus nicht. In den Räumen der oberen Geschosse war die Einrichtung streng, fast spartanisch. Das Haus war durchgängig elektrifiziert und hatte – damals noch eine Besonderheit – Telefonanschluss.

Die architektonische Gestaltung der Villa war nach den künstlerischen und repräsentativen Bedürfnissen der Künstlerfamilie Hildebrand vorgenommen worden, die mit mehreren Generationen in das Haus einzog. In der Künstlervilla lebte und arbeitete der Künstler mit Frau, Kindern, Hauspersonal und Ateliergehilfen. Später kamen die Schwiegerkinder und Enkel hinzu. Die Eltern bewohnten das Erdgeschoss, die Kinder den ersten Stock, die sechs Bediensteten Souterrain und Dachgeschoss.

Um die Jahrhundertwende galt Hildebrands Künstlervilla in München als ein bekannter und beliebter Ort der Begegnung. Ihre Bedeutung und Ausstrahlung in die Kunstszene gewann die Villa durch die gesellschaftlichen Veranstaltungen, die dort stattfanden. Schnell wurde das neue Haus zu einem künstlerischen Mittelpunkt in München. Die Hildebrands luden Gäste ein: Künstler, Philosophen, Pädagogen und Musiker. Es wurde musiziert, geplaudert und diskutiert. Man traf sich, um über kunsttheoretische Fragen oder über die neuesten politischen Ereignisse zu reden. Zum Münchner Freundeskreis des Bildhauers gehörten unter anderem Kronprinz Rupprecht aus dem Hause Wittelsbach und dessen Frau Gabriele von Bayern, Baron Ferdinand von Stumm, Oskar von Angerer, der Nobelpreisträger Adolf von Baeyer und der Ministerpräsident Krafft Graf von Crailsheim sowie der Kunsthistoriker Heinrich Wölfflin, die Schriftstellerin Annette Kolb, der Reformpädagoge Georg Kerschensteiner und die Geigerin Gertrud Schuster-Woldan.

Adolf von Hildebrand, rechts, mit dem Schriftsteller und Verleger Hans Jordan in seinem Atelier

Das Hildebrandhaus um 1910 mit Mitgliedern der Familie Hildebrand

Nach dem Tod Adolf von Hildebrands und seiner Frau Irene im Jahre 1921 lebten Sohn Dietrich und Tochter Irene mit ihren Familien in der Villa.[2] Auch mit den neuen Bewohnern blieb das Haus ein Zentrum künstlerischer und intellektueller Interessen. In der Erinnerung seines Neffen Bernhard war Dietrich von Hildebrand eine »starke Persönlichkeit, in vielem seinem Vater sehr ähnlich, temperamentvoll, vielseitig begabt und interessiert, mit starker Ausstrahlungskraft; für Natur und Kunst hatte er ein offenes Auge. Auch bei ihm wurde viel musiziert, er sang, wozu ihn seine Frau auf dem Flügel begleitete.«[3]

Es fanden Gesprächsrunden statt, zu denen bekannte Persönlichkeiten Münchens kamen. Insbesondere seit seinem Übertritt von der evangelischen zur katholischen Konfession 1914 war Dietrich von Hildebrand in Kreisen katholischer Akademiker im In- und Ausland geschätzt. In einem Erinnerungsbericht beschreibt die zweite Ehefrau Dietrich von Hildebrands die Veranstaltungen während der Weimarer Jahre: »1924 beschlossen Dietrich und Gretchen, ›Nachmittage‹ zu veranstalten, in dem wunderschönen Wohnzimmer im Haus an der Maria-Theresia-Straße, einem Raum, der schon bald stadtbekannt werden sollte. An diesen ›Nachmittagen‹ wurden religiöse oder philosophische Fragen besprochen. Ein Vortragender gab jeweils eine kurze Einführung ins Thema, das dann von den Teilnehmern ausführlich diskutiert wurde. Jeder Interessierte war herzlich willkommen.«[4] Zu den Gästen Dietrich von Hildebrands zählten unter anderem Prinz Ludwig Ferdinand und Prinzessin Maria de la Paz, Prinz Albrecht, der päpstliche Nuntius in München Eugenio Pacelli, Baron von Cramer-Klett, der Theologieprofessor Martin Grabmann, Pater Alois Mager, Prälat Franz Xaver Münch, Pater Lippert und die Schriftstellerin Annette Kolb.

1.2 Verfolgung und Flucht Dietrich von Hildebrands nach der NS-Machteroberung

Für die Familien im Hildebrandhaus bedeutete die nationalsozialistische Machteroberung 1933 eine tiefe Zäsur. Dietrich von Hildebrand, seit 1918 Dozent, ab 1924 außerordentlicher Professor für Religionsphilosophie an der Münchner Universität, war schon früh gegen den Nationalsozialismus aufgetreten. Er hatte in zahlreichen Vorträgen heftige Kritik an der nationalsozialistischen Weltanschauung geübt und Studenten seiner Seminare in Versammlungen der Nationalsozialisten geschickt, um durch hartnäckiges Fragen die nationalsozialistische Ideologie als unmenschlich und widersprüchlich bloßzustellen.[5]

Dietrich von Hildebrand

Seine Haltung zeigt sich beispielhaft in einer Szene aus dem Jahr 1920, die Dietrich von Hildebrand in seinen Memoiren schildert: Nach einem Konzert, bei dem die Berlioz-Variationen des zeitgenössischen Komponisten Walter Braunfels, eines Schwagers von Dietrich von Hildebrand, gespielt wurden, erhob ein großer blonder Mann die Stimme und rief laut: »Ich protestiere gegen diese Judenmusik«. Hildebrand stellte den Mann im Konzertsaal zur Rede, es kam zu einem Wortgefecht, wobei ihn Freunde des Komponisten unterstützten. Hildebrand schreibt weiter: »Es entstand ein Tumult und der Saaldiener entfernte den Mann aus dem Saal. Es war ja die Zeit, in der die Hitlerbewegung begann und Hitler seine Hetzreden gegen die Juden hielt, die er fuer den verlorenen Krieg verantwortlich machte. Ein bisher in Muenchen unbekannter Antisemitismus fing an aufzuflackern.« Hildebrand kommentierte im Nachhinein diesen Vorfall mit den Worten: »Ich hatte vom ersten Moment an die grauenvolle Haeresie und die grenzenlose Dummheit der Hitlerbewegung durchschaut und mit aller Energie bekaempft.«

Dietrich von Hildebrand war sich bewusst, dass er bei einer Machtübernahme durch die Nationalsozialisten in Gefahr war. Bereits während des Hitler-Putsches im November 1923 war er aus München nach Augsburg und von dort nach Ulm geflohen, um sich in Sicherheit zu bringen. Erst nachdem ihm seine Frau das Scheitern des Putsches mitgeteilt hatte, war er seinerzeit wieder nach München zurückgekehrt.

Nach der Machteroberung der Nationalsozialisten Anfang 1933 sah sich Dietrich von Hildebrand erneut bedroht. Der Entschluss, München zu verlassen, fiel Hildebrand nicht leicht. Er musste Abschied nehmen von Verwandten und Freunden, von seiner Lehrtätigkeit an der Münchner Universität und von »all dem Verwurzelt-Sein« in München. »Aber es war mir klar«, schreibt er in seinen Erinnerungen, »daß ich in einem nationalsozialistischen Staat nicht mehr lehren konnte, was meine Überzeugung war, daß ich Kompromisse machen müßte, zu all dem Unrecht, das kommen würde, schweigen müßte oder das Konzentrationslager riskieren würde. Lieber ein Bettler in der Freiheit, als zu Kompromissen gegen mein Gewissen gezwungen zu sein.«[6] Hinzu kam die Erfahrung von nationalsozialistischen Verhaftungs- und Verfolgungsmaßnahmen, die sich in seinem unmittelbaren Umfeld ereigneten.

Als Hitler nach dem Reichstagsbrand das »Ermächtigungsgesetz« in Kraft gesetzt, und in Bayern die Regierung Held die Macht übernommen hatte, entschloss sich Dietrich von Hildebrand, seine Auswanderung rasch zu realisieren. Der Aufbruch aus München geschah überstürzt. Erst am Tag der Abreise entschieden sich die Hildebrands, dass Dietrichs Ehefrau Gretchen gleich mitreisen sollte. Zwar hatte sie einen Schweizer Pass, mit dem sie auch später noch problemlos ausreisen zu können meinte. »Aber es war mir dann doch im letzten Moment lieber, daß sie mitfahren würde, denn die Zukunft war ja so völlig unbestimmt, alles lag völlig im Dunkeln für uns, wo und wie wir weiterleben würden und wovon, denn Geld hatte ich keines und durfte auch nur ganz wenig über die Grenze nehmen«, erinnert sich von Hildebrand in seinen Memoiren.

Als Dietrich von Hildebrand im März 1933 aus München fliehen musste, verlor er seine Heimat: »Hier lebten viele Mitglieder seiner Familie. Er hatte viele gute Freunde und eine Reihe begabter und begeisterungsfähiger Studenten. [...] Er hatte ausgiebig Anteil genommen am anregenden kulturellen Leben Münchens. Er wohnte in einem wunderschönen Haus in einer großartigen Stadt, in der manche Meisterwerke seines Vaters ihren Platz gefunden haben. All dies würde er aufgeben. [...] Traurig nahm er Abschied von seiner Familie, seinen Freunden, seinem geliebten Zuhause – tatsächlich ging er durch das Haus und verabschiedete sich von jedem einzelnen Zimmer – und von München.«[7]

Mit 150 Reichsmark in der Tasche fuhren Dietrich und Gretchen von Hildebrand am Abend des 12. März 1933, einem Sonntag, nach Florenz, wo seine Schwester Elisabeth Brewster sie aufnahm. Von dort aus führte ihn seine Flucht nach einigen Monaten Aufenthalt, in denen er mehrere Vortrags- und Gesprächsreisen nach Österreich unternahm, im Oktober 1933 weiter nach Wien, wo er bis 1938 blieb und den Nationalsozia-

Theodor Georgii, Schüler und Schwiegersohn von Adolf von Hildebrand, bei Ergänzungsarbeiten an dem von Adolf von Hildebrand geschaffenen und im Zweiten Weltkrieg zerstörten Wittelsbacherbrunnen in München

lismus in Artikeln und Aufsätzen publizistisch bekämpfte. Er folgte dabei einer Einladung des österreichischen Kanzlers Dollfuß, der ihm in Österreich einen Lehrstuhl zugesichert hatte. Allerdings wurde er zunächst nur Honorarprofessor in Salzburg. Erst Ende Dezember 1934 erhielt er auf Druck der österreichischen Regierung gegen den Willen der

Fakultät eine Stelle als außerordentlicher Professor in Wien. Nach dem »Anschluss« Österreichs 1938 floh Hildebrand erneut über die Tschechoslowakei und Ungarn in die Schweiz und von dort über Frankreich schließlich in die USA. Hildebrand gilt zusammen mit Jacques Maritain und Yves Simon als der bedeutendste in die Vereinigten Staaten eingewanderte christliche Philosoph.[8]

Zunächst glaubte Dietrich von Hildebrand nicht daran, dass das NS-Regime lange an der Macht bleiben würde. »Ich hoffte doch immer noch, daß die Naziregierung nicht allzulange anhalten werde in Deutschland, daß wir nach drei oder vier Jahren vielleicht doch wieder in das geliebte Haus einziehen könnten«, schrieb er rückblickend in seinen Memoiren.[9] Sehr bald musste er sich aber doch mit der Frage auseinander setzen, was mit seinem Münchner Elternhaus geschehen sollte.

Die finanzielle Situation der Bewohner der Hildebrandvilla war schon länger nicht mehr so gut wie zu Zeiten Adolf von Hildebrands. Bereits vor 1933 mussten Teile der Ateliers zur Vermietung angeboten werden. »Das Vermögen schwand, die Mäzene wurden seltener«, beschrieb die Bayerische Staatszeitung im März 1932 die Situation nach einem Besuch bei dem Schwiegersohn Adolf von Hildebrands, Theodor Georgii, und schloss den Artikel mit dem unverhüllten Aufruf, dem Bildhauer und Schüler Adolf von Hildebrands mehr öffentliche Aufträge zukommen zu lassen.

Auch Dietrich von Hildebrand war, verstärkt nach der Flucht aus Deutschland, in eine finanziell schwierige Lage gekommen. Mit nur wenigen Reichsmark in der Tasche hatte er die Grenze nach Italien überquert. Von Florenz aus gelang es zwar, seinen Salzburger Verleger Otto Müller zu verständigen, der Hildebrand für ein geplantes Buchprojekt über christliche Ethik monatlich 100 Reichsmark zukommen ließ. Diese spärlichen Raten bildeten aber zunächst die einzige Lebensgrundlage Hildebrands für sich und seine Familie.[10] Während des Aufenthalts in Florenz waren die Geflüchteten Gäste der Schwester Dietrich von Hildebrands, so dass sich hier die Notlage noch nicht so existenziell zeigte, wie ab Oktober 1933 in Wien, als der in Aussicht gestellte österreichische Lehrstuhl auf sich warten ließ. Dietrich von Hildebrand befand sich also nach seiner Flucht in einer desolaten wirtschaftlichen Situation mit ungesicherten Zukunftsaussichten.

Nach den Erinnerungen Dietrich von Hildebrands ging die Initiative für den Verkauf des Hildebrandhauses von seinem Schwager Theodor (genannt Fedja) Georgii aus, der weiterhin in München in dem Haus lebte. »Ich erhielt von Fedja Georgii einen Brief mit der dringenden Bitte, mein Einverständnis zum Verkauf des Hauses in der Maria-Theresia-Straße abzugeben«, schreibt Hildebrand in seinen Erinnerungen. »Dies versetzte mich in große Trauer. [...] der Verkauf des Hauses, für dessen Erhaltung ich so viel geopfert hatte, alles was ich an Wertobjekten besaß, war doch ein endgültiger Bruch mit der Vergangenheit. Es machte mir das Ende meiner Münchner Existenz auch für die Zukunft subjektiv in besonderer Weise fühlbar. Aber ich konnte Fedja seinen Wunsch nicht abschlagen. Er sagte, er könne das Haus allein nicht halten und er fürchte, daß unter Umständen mein Anteil am Haus vom Staat confisziert [sic!] werde und das Haus dann unverkäuflich würde. Es war verständlich, daß er darauf drängte, aber das machte es nicht weniger schmerzlich für mich. Ich schickte nach einigem Zögern die gewünschte Erklärung an ihn ab.«

Die Befürchtung Theodor Georgiis, dass sich die Nationalsozialisten des Hauses bemächtigen würden, solange es sich zumindest teilweise im Besitz eines Regimegegners befand, war nicht unbegründet. Dietrich von Hildebrand war als Kritiker des Nationalsozialismus im In- und Ausland bekannt und hatte auch nach der Machteroberung durch das NS-Regime wiederholt durch mutigen Widerspruch die Aufmerksamkeit der neuen Machthaber auf sich gezogen. Darüber hinaus erklärte sich Dietrich von Hildebrand von Italien aus in einem Fragebogen, den er als Professor der Münchner Universität auf Grund des nationalsozialistischen »Gesetzes zur Wiederherstellung des Berufsbeamtentums« ausfüllen musste, zum »Nichtarier«. Er bezog sich dabei auf seine Großmutter väterlicherseits, die als Jüdin geboren, allerdings schon als Kind evangelisch getauft worden war.[11] Nach den Definitionskriterien der nationalsozialistischen Rassevorstellungen war Hildebrand demnach »Vierteljude«.

Die ungewöhnliche Selbstzuschreibung des katholischen Philosophen als »Nichtarier« war ein radikaler Protest gegen das NS-Regime. Hildebrand selbst deutete die Ereignisse rückblickend: »Ich lehnte die ganze Fragestellung au fond ab und war auf alle Fälle entschlossen, nicht mehr nach Deutschland zurückzukehren. Ich hätte nach der offiziellen Definition ›Arier‹ schreiben können, aber erstens widerstrebte es mir, die Unterscheidung damit anzuerkennen, sowie mich zu den nicht verfolgten ›Ariern‹ zu schlagen. Zweitens wollte ich keinesfalls einen Nachweis erbringen, warum ich trotz der jüdischen Großmutter mich Arier nennen konnte. Darin lag schon ein commercium mit den Nazis, auf das ich mich keinesfalls einlassen wollte.« Darüber hinaus hoffte Hildebrand, durch diese Erklärung seinen politischen Widerstand in gewissem Maße ver-

Beilage zur Entschließung des Bayer. Staatsministeriums für Unterricht und Kultus vom 24. Mai 1933

Diesen

Fragebogen

wolle der Empfänger in zweifacher Ausfertigung bis spätestens

14. Juni 1933

dem Rektorat einsenden. Urkunden (unten 11.), die er bis dahin nicht beischaffen kann, sind dem Rektorate nachträglich vorzulegen. Das Rektorat übermittelt den Fragebogen samt Beilagen dem Ministerium. Es wird darauf hingewiesen, daß sämtliche Antworten auf Diensteid gehen.

I. Fragen

1. Name . . . *Von Hildebrand*
   Vornamen . . . *Dietrich*
   Wohnort und Wohnung . . . *München, Mariatheresiastrasse 23*
   Geburtsort, -tag, -monat und -jahr . . . *Florenz, 12. X. 1889*
   Konfession (auch frühere Konfession) . . . *Katholisch, früher protestantisch*
   Staatsangehörigkeit
   a) heute . . . *Bayern*
   b) bei der Geburt . . . *Sachsen-Weimar*

2. Amtsbezeichnung . . . *a. o. Professor*

3. a) Sind Sie bereits am 1. August 1914 Beamter gewesen und seitdem geblieben? . . . *Nein*
   In welcher Stellung? . . . *u*
   b) — wenn a) verneint wird —:
   Lagen bei Ihnen am 1. August 1914 die Voraussetzungen der Dritten Verordnung zur Durchführung des Gesetzes zur Wiederherstellung des Berufsbeamtentums vom 6. Mai 1933 (Reichsgesetzbl. I S. 245) zu § 3, Nr. 2 Satz 2 vor?

§ 3 des Gesetzes zur Wiederherstellung des Berufsbeamtentums vom 7. April 1933 (RGBl. I S. 175) schreibt vor:
„(1) Beamte, die nicht arischer Abstammung sind, sind in den Ruhestand (§§ 8 ff.) zu versetzen; soweit es sich um Ehrenbeamte handelt, sind sie aus dem Amtsverhältnis zu entlassen.

(2) Abs. 1 gilt nicht für Beamte, die bereits seit dem 1. August 1914 Beamte gewesen sind oder die im Weltkrieg an der Front für das Deutsche Reich oder für seine Verbündeten gekämpft haben oder deren Väter oder Söhne im Weltkrieg gefallen sind."
Die oben genannte Verordnung bestimmt zu § 3 in Nr. 2:
„(1) Die erste Ausnahme des § 3 Abs. 2 ist gegeben, wenn der Beamte bereits am 1. August 1914 planmäßiger Beamter gewesen und seitdem ununterbrochen Beamter geblieben ist. Einem planmäßigen Beamten in diesem Sinne kann gleichgestellt werden, wer am 1. August 1914 sämtliche Bedingungen für die Erlangung seiner ersten planmäßigen Anstellung erfüllt, insbesondere die hierfür erforderliche letzte Prüfung mit Erfolg abgelegt hat und sich während seiner Tätigkeit als Beamter in hervorragendem Maße bewährt hat.
(2) Eine Tätigkeit als Angestellter oder Arbeiter im öffentlichen Dienst am 1. August 1914 genügt nicht."

4. Haben Sie im Weltkrieg an der Front für das Deutsche Reich oder für seine Verbündeten gekämpft? . . . *Nein. Erst freiwilligen Krankenpfleger — dann Musterholz g.i.—*
   Der Begriff „Frontkämpfer" ist im Sinne des Gesetzes zur Wiederherstellung des Berufsbeamtentums vom 7. April 1933 zu verstehen. Hierüber bestimmt die Dritte Verordnung zur Durchführung des Gesetzes zur Wiederherstellung des Berufsbeamtentums vom 6. Mai 1933 (RGBl. I S. 245) zu § 3 in Nr. 3:
   „(1) Frontkämpfer im Sinne des Gesetzes ist, wer im Weltkrieg (in der Zeit vom 1. August 1914 bis 31. Dezember 1918) bei der fechtenden Truppe an einer Schlacht, einem Gefecht, einem Stellungskampf oder an einer Belagerung teilgenommen hat. Auskunft hierüber geben die Eintragungen in der Kriegsstammrolle oder in der Kriegsrangliste. Es genügt nicht, wenn sich jemand, ohne vor dem Feind gekommen zu sein, während des Krieges aus dienstlichen Anlaß im Kriegsgebiet aufgehalten hat.
   (2) Frontkämpfer ist insbesondere, wem das Abzeichen für Verwundete verliehen worden ist.
   (3) Die Teilnahme an den Kämpfen im Baltikum, in Oberschlesien, gegen Spartakisten und Separatisten sowie gegen die Feinde der nationalen Erhebung ist der Teilnahme an den Kämpfen des Weltkrieges gleichzustellen."

5. Sind Sie Sohn (Tochter) oder Vater eines im Weltkrieg Gefallenen? . . . *Nein*
   Der Begriff „gefallen" ist im Sinne des Gesetzes zur Wiederherstellung des Berufsbeamtentums vom 7. April 1933 zu verstehen. Hierüber bestimmt die Dritte Verordnung zur Durchführung des Gesetzes zur Wiederherstellung des Berufsbeamtentums vom 6. Mai 1933 (RGBl. I S. 245) zu § 3 in Nr. 4:
   „Gefallen" ist auch, wer einer Verwundung erlegen ist, die er als Frontkämpfer erlitten hat."
   Das in Ziffer 4 Gesagte gilt entsprechend.

6. a) Sind Sie arischer Abstammung im Sinne der Ersten Verordnung zur Durchführung des Gesetzes zur Wiederherstellung des Berufsbeamtentums vom 11. April 1933 (RGBl. I S. 195) zu § 3, Abs. 2 Abf. 1? . . . *Nein*
   Diese Vorschrift lautet:
   „Als nicht arisch gilt, wer von nicht arischen, insbesondere jüdischen Eltern oder Großeltern abstammt. Es genügt, wenn ein Elternteil oder ein Großelternteil nicht arisch ist. Dies ist insbesondere dann anzunehmen, wenn ein Elternteil oder ein Großelternteil der jüdischen Religion angehört hat."
   Entscheidend ist aber nicht die Religion, sondern die Rassezugehörigkeit der vier Großeltern."

   b) — wenn 6a zu verneinen ist —:
   Welcher Großelternteil oder welche Großelternteile sind nichtarischer, insbesondere jüdischer Abkunft? . . . *Grossmutter väterlicherseits jüdischer Rasse, protestantischer Konfession*

Fragebogen zum Gesetz über die Wiederherstellung des Berufsbeamtentums 1933, ausgefüllt von Dietrich von Hildebrand

27

schleiern zu können, um Familienangehörige, die noch in Deutschland lebten, nicht in Mitleidenschaft zu ziehen. Er hielt es für weniger gefährlich für seine Schwestern und deren Familien, wenn er als »Nichtarier« aus Deutschland vertrieben wurde, als wenn er spontan von der Universität abging mit der Begründung weltanschaulicher Gegensätzlichkeit. »So schickte ich den Zettel mit der Bemerkung ›Nichtarier‹ zurück. Ich war stolz in diesem Augeblick zu den Nichtariern zu gehören.«[12]

Im »Dritten Reich« zog eine solche Erklärung weitreichende Konsequenzen nach sich. Hildebrand geriet damit auf zweifache Weise ins Fadenkreuz des nationalsozialistischen Regimes: Zum einen auf Grund seines politischen Widerstands, zum anderen aus rassistischen Gründen. So war es durchaus naheliegend, wenn der in München zurückgebliebene Theodor Georgii befürchtete, dass der Anteil des Hauses in der Maria-Theresia-Straße, der Dietrich gehörte, von staatlicher Konfiszierung bedroht war. Denn die Erklärung Hildebrands führte nicht nur zu seiner sofortigen Versetzung in den Ruhestand als Professor an der Universität München.[13] Bereits im Juli 1933 erließ das NS-Regime zwei Gesetze, die den Zugriff auf das Vermögen missliebiger Emigranten ermöglichte: das »Gesetz über den Widerruf von Einbürgerungen und die Aberkennung der deutschen Staatsangehörigkeit« und das »Gesetz über die Einziehung volks- und staatsfeindlichen Vermögens«. In beiden Fällen konnte die deutsche Staatsangehörigkeit aberkannt und das Vermögen eingezogen werden. Georgiis Ansinnen, das Familienvermögen durch den Verkauf des Hauses vor dem staatlichen Zugriff zu bewahren, erscheint daher durchaus plausibel.[14]

Dietrich von Hildebrand spürte die Anfänge der wirtschaftlichen Verfolgungsmaßnahmen gegen politische Gegner bei seiner Emigration bereits am eigenen Leib. So hatte er beispielsweise größte Schwierigkeiten, seine Möbel von München nach Wien zu holen. Zur Tarnung beauftragte er schließlich eine Möbelspedition, die Sachen nicht nach Wien, sondern nach Budapest bringen zu lassen. »Wir taten dies, weil Ungarn eher freundliche Beziehungen mit Nazideutschland hatte und alle Sendungen dahin mit weniger Verdacht betrachtet wurden als Sendungen nach Österreich«, erklärte Hildebrand im Nachhinein.[15] Die Fracht wurde von der Spedition in Wien auf halbem Weg abgefangen und in Hildebrands dortige Wohnung gebracht.

Nach den Erinnerungen Dietrich von Hildebrands begannen die Vorbereitungen für den Hausverkauf im frühen Sommer 1933. Die Verhandlungen scheinen sich aber in die Länge gezogen zu haben. In den Monaten des Sommers 1933, bevor Hildebrand von Florenz nach Wien übersiedelte, hielt sich seine Frau Gretchen zeitweise wieder in München in der Maria-Theresia-Straße auf – möglicherweise wollte sie die Verkaufsverhandlungen beobachten und begleiten. Vor Abschluss des Kaufvertrages reiste sie aber wieder zu ihrem Mann nach Wien.

Am 10. Februar 1934 unterzeichneten Irene und Theodor Georgii einen Kaufvertrag über die Villa mit dem Münchner Malermeister Karl Fink.[16] Theodor Georgii, der eine Vollmacht von seinem Schwager Dietrich von Hildebrand hatte, ihn bei den Verkaufsverhandlungen zu vertreten, wickelte das Geschäft ab. Als Kaufpreis für das Wohnhaus mit Atelier und Veranda, Halle, Remise, Hofraum und Garten waren 50.000 Mark vorgesehen. Der Käufer sollte die auf dem Grundstück lastenden Darlehen der Bayerischen Handelsbank in Höhe von 33.269 Mark übernehmen, und der Kaufpreisrest über 16.731 Mark wurde beim Notar hinterlegt. Die Reliefs im Eingang und im Garten sowie der Marmorbrunnen an der Treppe wurden nicht mitverkauft. Die Reliefs erhielt Malermeister Fink leihweise, der Brunnen sollte auf Kosten von Fink ausgebaut werden und im Besitz der Familie Hildebrand bleiben. Die Familie behielt sich zudem das Recht vor, die Stuckplastiken im Haus abzuformen.

Der Kaufvertrag musste, um rechtswirksam werden zu können, durch die staatliche Devisenstelle genehmigt werden. Dazu kam es aber nicht, denn Ende April 1934 kauften die Familien Georgii und Hildebrand das Haus zurück. Die Gründe hierfür sind unbekannt. Möglich, dass der Kauf rückgängig gemacht wurde, weil die Verkäufer befürchteten, dass die Devisenstelle 50 Prozent der beim Notar hinterlegten 16.731 Reichsmark beschlagnahmen würde. Die Hälfte der Summe stand Dietrich von Hildebrand zu, und aufgrund seiner Flucht hätte die Devisenstelle die Möglichkeit gehabt, die Summe zu blockieren bzw. einzuziehen.

Eine andere Erklärung wäre, dass die Familie nach der Flucht Dietrich von Hildebrands für das Haus so schnell wie möglich einen Käufer finden musste – sei es aus akuter Geldnot oder auch um einer drohenden Zwangsenteignung zu entgehen. In diesem Fall wäre Malermeister Fink ein hilfreicher Zwischenkäufer gewesen, der so lange einsprang, bis ein endgültiger Käufer gefunden wurde. Die Wahl könnte auch deshalb auf Fink gefallen sein, weil er Reparaturen am Gebäude durchführte, die mit dem Kaufpreis verrechnet werden konnten und auf diese Weise nicht bar von den Hauseigentümern finanziert werden mussten. Obwohl der Preis sehr niedrig angesetzt war und Fink damit wohl ein gutes Geschäft machte, spricht ein weiteres Argument dafür, dass der Malermeister im freundlichen Einvernehmen mit den ursprünglichen Besitzern der Hildebrandvilla handelte: Er stundete beim Rückkauf durch Hildebrand und Georgii über die Hälfte des Baranteils des Kaufpreises und verlangte auch keinen Ersatz für inzwischen getätigte Aufwendungen.

Fünf Monate später fand sich eine neue Käuferin: Elisabeth Braun. Dieser zweite Kaufvertrag datiert vom 25. September 1934, die Kaufsumme betrug 62.280 Mark – 12.280 Mark und damit rund 25 Prozent mehr als Fink gezahlt hatte. Elisabeth Braun beglich die Hypotheken, zudem Schulden, die Georgii und von Hildebrand noch bei Malermeister Fink hatten. 1.000 Mark zahlte sie sofort, weitere 2.000 in Teilbeträgen bis Februar 1935. Etwa 5.660 Mark wurden für Reparaturen und Rückstände fällig. 11.760 Mark des Kaufpreises wurden zinslos gestundet. Dafür erhielt die Familie Georgii das Recht, sieben Jahre in dem Haus zur Miete zu wohnen und auch unterzuvermieten. Sie behielten im Dachgeschoss die Wohnung im Südflügel, die aus drei Zimmern, dem Turmzimmer, einer Küche und zwei Wandschränken im Gang bestand. Zudem übernahm Georgii im Erdgeschoss das kleinere Atelier gleich links vom Eingang und das mittlere, das seines Schwiegervaters. Sollte nach den sieben Jahren die Summe nicht ganz getilgt worden sein, würde der Rest dann fällig werden.

Vermutlich sollte durch diese Konstruktion eine mögliche Beschlagnahme eines Teils des Kaufpreises durch die Devisenstelle gleich von vorneherein ausgeschlossen werden. Wenn die Devisenstelle etwas beschlagnahmen hätte wollen, dann stand nur die Hälfte der 3.000 Mark zur Disposition, da der größte Teil der Kaufsumme über das Wohnrecht und damit unbar abgewickelt wurde. Die Devisenstelle bestimmte auch: »Von dem Erlös des Hausverkaufs darf an Herrn Dr. Hildebrand, der an dem Verkauf des Anwesens wirtschaftlich nicht mehr beteiligt ist, keine Zahlung erfolgen.« Tatsächlich überwies Elisabeth Braun den Kaufpreisanteil, der bar zu bezahlen war, in drei Raten zwischen Dezember 1934 und September 1935 vollständig an Georgii, der das Geld für seinen Schwager verwalten sollte.[17]

Auch diesmal wurden die Kunstwerke im Haus nicht mitverkauft. Wie der Vertrag festlegte, wurden vier Reliefs im Garten, im Vorplatz, im Gang und in einem der Ateliers sowie die dortigen vier Engel-Reliefs Elisabeth Braun lediglich »auf Widerruf unentgeltlich leihweise« überlassen.

Das Verhältnis zwischen der Familie Georgii und Elisabeth Braun scheint kühl gewesen zu sein. Wahrscheinlich gab es kaum engen nachbarschaftlichen Kontakt. Eine Zeitzeugin, die bei den Georgiis in jenen Jahren ein- und ausging, kann sich nicht an Elisabeth Braun erinnern.[18]

Hierfür mochten die Umstände des Verkaufs eine Rolle gespielt haben, denn die Familie von Hildebrand hatte unter Druck handeln müssen. Hinzu kommt, dass Georgii 1935 einen Ruf an die Wiener Kunstgewerbeschule erhielt, wo er bis zu seiner Entlassung nach dem »Anschluss« Österreichs 1938 die Fachklasse für Bildhauerei leitete. Er behielt zwar weiterhin eine kleine Wohnung und ein Atelier im Hildebrandhaus, hatte seinen Lebensmittelpunkt aber nicht mehr ausschließlich in München.[19]

Betrachtet man den Kaufvertrag, dann scheint der gezahlte Preis für die Künstlervilla niedrig gewesen zu sein.[20] Der Verkauf war jedoch an besondere Bedingungen geknüpft, die für die Verkäufer vorteilhaft waren. Vor allem die Regelung, den größten Teil des Kaufpreises nicht in bar, sondern in Form eines jahrelangen Wohnrechts für die ehemaligen Eigentümer abzurechnen, bedeutete einen erheblichen Vorteil, denn so war sichergestellt, dass der Kaufpreis sich vollständig zu Gunsten der früheren Eigentümer auswirkte und dem Zugriff des Staates weitgehend entzogen war. Zudem war in den ökonomisch unsicheren Zeiten für die Künstlerfamilie Georgii das Problem einer Unterkunft, in der der Bildhauer arbeiten konnte, auf Jahre hinaus gelöst.

Elisabeth Braun betonte in den späten 1930er-Jahren insbesondere die Belastung, die für sie daraus entstand, dass ein Teil des Kaufpreises unbar durch ein Wohnrecht geregelt worden war. Als Besitzerin hatte sie auf diese Weise nur geringe Einnahmen aus Mieten, die sie für dringende Renovierungsarbeiten sowie Steuern und Abgaben benötigte. Besonders deutlich traten die Probleme auf Grund der Kaufvertragskonstruktion zu Tage, als das Vermögen von Elisabeth Braun ihrer Verwaltung entzogen und einem Treuhänder übertragen wurde. Dieser führte zwischen dem Anwesen in der Maria-Theresia-Straße und anderen Vermögensteilen Elisabeth Brauns keine Querfinanzierung mehr durch, was eine wirtschaftlich tragfähige Verwaltung des Hildebrandhauses nach Aussagen von Elisabeth Braun unmöglich machte. So ergibt sich in der Bilanz der Eindruck, dass beide Verhandlungspartner Zugeständnisse machen mussten.

1.3 Die neue Eigentümerin: Elisabeth Braun – evangelische Christin jüdischer Herkunft

Elisabeth Braun war am 24. Juli 1887 in München als Tochter von Julius und Fanny (Franziska) Braun geboren worden. Julius Braun, der ebenfalls aus München stammte, hatte im Jahr der Geburt von Elisabeth Braun das Münchner Bürgerrecht erhalten. Als Inhaber eines Schneiderateliers in der Theatinerstraße, aus dem sich später die Firma

Roßkopf entwickelte, war er recht wohlhabend geworden und hinterließ, als er am 11. April 1929 verstarb, ein beachtliches Vermögen. Elisabeths Mutter Fanny (Franziska), geborene Heinrich, stammte aus Lauchheim in Schwaben. Sie war kurz nach der Geburt ihrer Tochter Elisabeth verstorben. Als Elisabeth drei Jahre alt war, heiratete Julius Braun erneut, nun Rosa Heinrich, die jüngere Schwester von Fanny. Elisabeth Braun lebte bis 1919 bei ihren Eltern in einer Wohnung am Promenadeplatz in München.[21]

Elisabeth Braun als Jugendliche

Zum Wintersemester 1913/14 schrieb sie sich an der Universität München für Philosophie und Staatswissenschaften ein und studierte mit Unterbrechungen bis zum Sommersemester 1925. Sie belegte auch Vorlesungen in Geschichte, Kunstgeschichte, Italienisch und Psychologie. Ihre akademischen Lehrer waren unter anderem der Philosoph Carl Güttler, der Philosoph und Psychologe Oswald Külpe, der Kunsthistoriker Heinrich Wölfflin, der Historiker Erich Marcks, der Anthropologe Johannes Ranke und der Wirtschaftswissenschaftler Lujo Brentano. Nach sechs Jahren Unterbrechung begann Elisabeth Braun erneut zu studieren. Vom Wintersemester 1931/32 bis einschließlich Sommersemester 1933 war sie für das Studium der Rechte immatrikuliert. Sie nahm dafür an Seminaren und Vorlesungen in Kirchenrecht, deutschem und bayerischem Staatsrecht sowie Staatslehre teil. Neben der Universität besuchte Elisabeth Braun eine Privatfachschule und legte beide Lehrerexamen für neuere Sprachen vor der Regierung von Oberbayern ab. Als Lehrerin hat sie aber wahrscheinlich nie gearbeitet. Vielmehr gab sie bei verschiedenen Gelegenheiten als Berufsbezeichnung »Schriftstellerin« an. Literarische Arbeiten von ihr sind allerdings bisher nicht gefunden worden.[22]

Studentenausweis von Elisabeth Braun

Aus amtlichen Dokumenten ist zudem ersichtlich, dass Elisabeth Braun von 1919 bis 1923 und noch einmal von 1927 bis 1938 – mithin auch zum Zeitpunkt des Kaufes der Hildebrandvilla – in Tegernsee gemeldet war.²³ Ob sie allerdings dort auch gelebt hat, lässt sich heute nicht mehr mit Sicherheit sagen. Zweifel sind zumindest angebracht, da sie in dieser Zeit auch in München an der Universität studierte und auf den dortigen Immatrikulationskarten nicht ihre Tegernseer Adresse, sondern den Promenadenplatz 3 – die elterliche Wohnung – angab. Große Teile der Studienzeit fallen in den Zeitraum, in dem Elisabeth Braun offiziell in Tegernsee wohnte. Zwar gab es auch damals schon eine gut funktionierende Zugverbindung zwischen München und Tegernsee, ob allerdings ein geregeltes Studium von Tegernsee aus möglich war, ist eher zweifelhaft – zumindest müsste sich die Studentin wohl tageweise bei ihren Eltern oder anderswo in München aufgehalten haben. In Tegernsee sind außer der Einwohnermeldekarte und dem inzwischen baulich stark veränderten Anwesen, in dem sie gewohnt hat, keine Zeugnisse ihrer Anwesenheit mehr vorhanden.

Dies ist nicht der einzige ungeklärte Punkt im Leben von Elisabeth Braun. In die 1920er-Jahre fällt auch eine tiefgreifende Zäsur ihrer

Biografie: Elisabeth Braun, die als Jüdin geboren war, verließ 1920 die israelitische Kultusgemeinde und trat in die evangelisch-lutherische Kirche ein. Über diese so grundlegende Entscheidung weiß man außer dem Datum kaum etwas – und sogar das kann in Zweifel gezogen werden, nachdem die Angaben in den offiziellen Meldeunterlagen voneinander abweichen.

Auf Elisabeth Brauns polizeilicher Meldekarte in München heißt es, sie sei am 28. Juni 1920 in die evangelische Kirche eingetreten, das Taufzeugnis wird hingegen auf den 4. Oktober 1920 datiert.[24] Vermutlich liegt hier ein Schreibfehler vor, denn schlüssiger erscheinen die Angaben auf der Tegernseer Meldekarte, wonach Elisabeth Braun am 30. Juni 1920 aus der israelitischen Kultusgemeinde austrat und am 4. Oktober 1920 evangelisch getauft wurde. Auch die Frage, ob der Übertritt in München oder in Tegernsee, wo sie zu diesem Zeitpunkt offiziell gemeldet war, stattfand, lässt sich nicht eindeutig klären. Ihre Tegernseer Adresse lag in unmittelbarer Nachbarschaft zur evangelisch-lutherischen Kirche. Allein aus der räumlichen Nähe lässt sich aber kaum ein inhaltlicher Zusammenhang rekonstruieren. In den Münchner Unterlagen ist die Rede von einem Taufzeugnis aus Bad Tölz. Es scheint also damals ein Taufzeugnis oder eine Meldung aus der evangelischen Gemeinde in Bad Tölz vorgelegen zu haben, die zu dieser Zeit von der Münchner Gemeinde St. Johannes mitversorgt wurde. Für die These der Taufe in Bad Tölz/Tegernsee spricht auch, dass in den Münchner Kirchenbüchern keine Taufe verzeichnet ist, hingegen die Taufunterlagen des Tölzer Reisepredigers für diesen Zeitraum bislang verschollen sind. Möglich also, dass es dort eine Aufzeichnung gab. Da Taufschein und ein Eintrag im Taufregister nicht auffindbar sind, liegen die persönlichen Umstände, unter denen Elisabeth Braun im Alter von 33 Jahren zum neuen Glauben übertrat, nahezu vollständig im Dunkeln.

Hier klafft in der Biografie Elisabeth Brauns eine empfindliche Lücke. Insbesondere über die Motive für den Übertritt kann man nur spekulieren. In der Regel wechselten Frauen vom Judentum zum Christentum wegen einer geplanten Eheschließung mit einem christlichen Mann. Auf einen solchen Hintergrund gibt es bei der späteren Besitzerin des Hildebrandhauses allerdings keinerlei Hinweise. Möglich war auch ein Wechsel im Hinblick auf bessere berufliche Karrierechancen. Auch hierfür gibt es bei Elisabeth Braun keine Anhaltspunkte. Wahrscheinlich erscheint vielmehr, dass ihr der Übertritt eine Herzensangelegenheit war und sie sich aus echter Glaubensüberzeugung taufen ließ. Dies passt zu ihrer späteren starken Bindung an die evangelische Kirche, zu ihrem Engagement für andere »nicht arische« Christen und zu ihrem testamentarischen Willen, dass die Kirche ihr Erbe zur Betreuung »nicht arischer« Christen und zur »Judenmission« verwenden sollte. Da Elisabeth Braun in späteren Jahren ein enges Verhältnis zur evangelischen Kirche hatte, kann man vermuten, dass ihre Taufe durch gleichgesinnte Menschen, mit denen sie sich über ihren Weg austauschte, vorbereitet und begleitet wurde. Zeitzeugen oder Weggefährten Elisabeth Brauns aus dieser Zeit sind aber bisher nicht bekannt.

Neben der Münchner Meldekarte von 1924 stammt der einzige stichhaltige Hinweis auf den Glaubensübertritt Elisabeth Brauns von der Meldekarte in Tegernsee. Dort heißt es in einem Nachtrag: »Nach Mitteilung des Pol. Präs. München v. 13.11.1936 ist die Braun Volljüdin. Sie ist am 30.6.1920 aus der isr. Kultusgemeinde ausgetreten und wurde am 4.10.1920 in die evang. Kirche aufgenommen. Die Eltern Julius Braun, Sohn des Heinrich und der Amalie, geb. Neuburger, Schneidermeistersehel., und Franziska, geb. Heinrich, Tochter des Lazarus und der Bertha Heinrich, gehörten der israel. Kultusgemeinde an.« Dieses Dokument ist charakteristisch für die Quellen, die sich über das Leben von Elisabeth Braun erhalten haben: Es sind fast ausschließlich amtliche Schriftstücke, Formulare und Schreiben nationalsozialistischer Behörden und diese Unterlagen sind überschattet von einem Befund: Elisabeth Braun galt nach den nationalsozialistischen Rassegesetzen als »Volljüdin«.

Die nationalsozialistische Verfolgungsmaschinerie traf Elisabeth Braun mit voller Wucht. Verfolgung und Ermordung der Juden sollten nach dem Willen der NS-Machthaber zu einer Auslöschung ihrer Existenz mit Kind und Kindeskind führen. Im Falle von Elisabeth Braun scheint das auf den ersten Blick fast vollständig gelungen. Die offiziellen Dokumente sind durchdrungen davon, Elisabeth Braun als Person und Schriftstellerin unsichtbar zu machen.

Beginnt man mit der Spurensuche, dann zeigt sich, dass Elisabeth Braun zu einer recht weitverzweigten, alteingesessenen Münchner Familie gehörte. Väterlicherseits war die Familie seit 1851 in München ansässig. Das Eckhaus »Spiegelbrunneneck« in bester Innenstadtlage, in dem sich Geschäfte und Wohnungen befanden, war das Stammhaus der Familie in München gewesen. Liest man Briefe von Elisabeth Braun, dann gewinnt man den Eindruck, dass ihr dieses Anwesen anfangs mindestens ebenso wichtig war wie das Hildebrandhaus in der Maria-Theresia-Straße. In mehreren Schreiben betonte Elisabeth Braun, dass ihre Familie seit fast einem Jahrhundert an dieser Stelle ansässig sei und sich das Anwesen seit rund 80 Jahren im Besitz der Familie befinde. Sie wollte es daher unbedingt erhalten. Der Großvater Elisabeths, Heinrich Braun, hatte das wertvolle Geschäftsgebäude 1862 erworben und nach seinem Tod im Jahr 1903 seinen drei Söhnen Karl, Wilhelm und Julius vermacht.[25]

Neben Elisabeths Vater Julius waren also noch zwei weitere Familienzweige am Stammsitz der Familie beteiligt, und aus beiden gibt es Überlebende des Holocaust. Julius' Bruder Wilhelm lebte während der NS-Zeit in Berlin, wo er die Kunstanstalt Carl Braun & Co. in der Ritterstraße 24 führte. Er verstarb am 15. November 1941. Wilhelm hatte einen Sohn, Hans, der am 24. Januar 1906 in München geboren worden war. Dieser lebte während der NS-Zeit ebenfalls in Berlin. Von dort gelang ihm die Auswanderung in die USA. 1951 lebte er in San Francisco, 1953 in Los Angeles, von wo aus er auch das Erbe seines Vaters verwaltete.[26]

Karl, ein zweiter Onkel Elisabeths, hinterließ nach seinem frühen Tod 1908 seine Witwe Betty und seinen Sohn Gustav. Betty heiratete später erneut. Mit ihrem zweiten Mann, dem Industriellen Schweyer, lebte sie ab 1928 in Garmisch. 1937 emigrierte Betty mit dem inzwischen erwachsenen Sohn Gustav und dessen Familie nach Kolumbien, von wo Gustav

Die Familie Braun um 1905. Von links nach rechts hinten stehend: Julie und Wilhelm Braun, Elisabeth und Rosa Braun, Josef Braun, (sitzend) Karl und Betty Braun mit ihrem Sohn Gustav. Vorne sitzend von links nach rechts: Gustav Güldenstein, Paula Güldenstein und Julius Braun

viele Jahre nach Kriegsende wieder zurückkehrte – am 15. Mai 1956 erhielt er von der Regierung von Oberbayern die Wiedereinbürgerungsurkunde.[27] Auch Betty lebte nach 1945 wieder in Deutschland.

Außerdem gab es in München noch den Familienzweig von Paula Güldenstein, einer Tante von Elisabeth Braun. Paula hatte einen Sohn, Gustav, der ein Jahr jünger war als Elisabeth. Von den drei Cousins war Gustav Güldenstein derjenige, der annähernd im gleichen Alter war, und zu ihm, seiner Frau Nora und deren gemeinsamen Sohn Matthias Felix, der 1939 in der Schweiz geboren wurde, scheint Elisabeth Braun eine enge Beziehung gehabt zu haben. So hat sie auch Matthias in ihrem Testament als Ersatzerben eingesetzt.

Der Kontakt zu den Güldensteins ist möglicherweise auch deswegen relativ eng gewesen, weil diese ebenfalls evangelisch waren. Gustav lebte seit den 1920er-Jahren mit seiner Frau Nora in der Schweiz, wo er am Basler Konservatorium Musiktheorie unterrichtete und sie bei der Musikakademie als Dozentin für Körper-

Paula Güldenstein mit ihrem Sohn Gustav (1902) ...

... und kurz vor ihrem Selbstmord (1937)

Gustav Güldenstein mit seinem Sohn Matthias, den Elisabeth Braun als Ersatzerben in ihrem Testament einsetzte (1940)

Betty Braun mit der Familie Güldenstein in der Schweiz (1952)

Betty Braun im jüdischen Altersheim in München (1956)

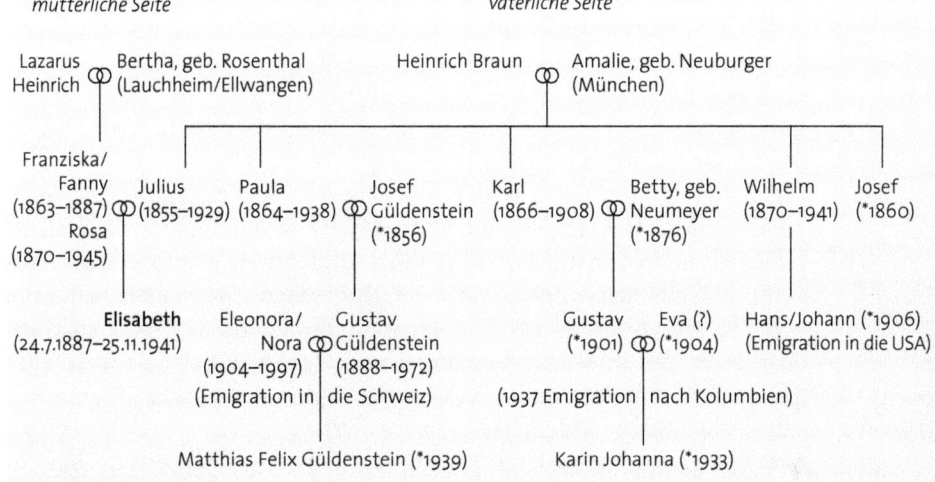

Die Familie von Elisabeth Braun

schulung und Gymnastik tätig war. Auf eine nahe Beziehung deutet auch hin, dass Elisabeth Braun 1935 in die Schweiz auswandern wollte.[28] In ihren letzten Lebensmonaten versuchte Elisabeth Braun offenbar erneut, persönlichen Kontakt zu Gustav und Nora aufzunehmen. Sie schrieb mehrere Postkarten, in denen sie ihren Cousin bat, ihr vor Ort zu helfen. Gustav Güldenstein konnte aber wohl keinen Kotakt mehr zu ihr herstellen. Gustav Güldenstein starb 1972, seine Frau Nora 1997.[29]

Auf Grund des nationalsozialistischen Terrors mussten viele Mitglieder der Familie von Elisabeth Braun aus Deutschland fliehen. Angehörige fanden sich über die halbe Welt verstreut.[30] Wie in so vielen Familien waren es vor allem die älteren Familienmitglieder, denen es nicht gelang, der nationalsozialistischen Verfolgung zu entkommen. Elisabeths Stiefmutter Rosa Braun, geboren 1870, wurde deportiert und ermordet. Elisabeths Tante Paula Güldenstein nahm sich im Januar 1938 im Alter von 74 Jahren das Leben. Ihr Onkel Wilhelm in Berlin scheint bis zur letzten Minute für seine Auswanderung gekämpft zu haben, bis er sich nach dem allgemeinen Ausreiseverbot für Juden vom Oktober 1941 wohl ebenfalls das Leben nahm. Die einzige, der aus dieser Generation die Flucht ins Ausland gelang, war Betty Schweyer, die nach Kolumbien auswanderte. Sie war zu diesem Zeitpunkt 59 Jahre alt.

Über die Familie mütterlicherseits ist weniger bekannt. Rosas und

Fannys Eltern Lazarus und Bertha Heinrich stammten aus Lauchheim und lebten später in Ellwangen. Ein Teil der Familie, Lore Rosenbaum, geborene Heinrich, und Max Heinrich, wohnte während der NS-Zeit in Chicago. Elisabeth Braun setzte sie in ihrem Testament nach Matthias Güldenstein als Ersatzerben ein. Über ihren Verwandtschaftsgrad ist jedoch nichts Näheres bekannt.

Elisabeth Braun selbst scheint die Jüngste aus ihrer Familie gewesen zu sein, die in Deutschland blieb. Zum Zeitpunkt der nationalsozialistischen Machteroberung war sie 46 Jahre alt. Dass sie nicht wie ihre Cousins und Cousinen emigrierte, kann mehrere Gründe gehabt haben. Zum einen fühlte sie sich wahrscheinlich durch ihren Familienbesitz an München gebunden. Erst nachdem dieser veräußert war, hätte sie überhaupt genug Geld gehabt, um die Auswanderung zu finanzieren. Vermutlich sah sie auch keine Möglichkeit für ein wirtschaftliches Auskommen als Schriftstellerin im Ausland. Dafür, dass dies eine Rolle spielte, spricht auch, dass Elisabeth im Ausland ein weiteres Studium in Theologie plante. Schließlich dürfte sie sich auch für Rosa verantwortlich gefühlt haben, die zunächst eine Emigration ablehnte.

1926/27 scheinen sich bei der Familie Braun größere wirtschaftliche Veränderungen ereignet zu haben. Im Grundbuch zeigt sich, dass Elisabeths Vater Julius 1927 den Anteil seiner Schwägerin Betty übernahm und bald darauf seiner Tochter überschrieb. Die genauen Gründe hierfür sind nicht bekannt – vielleicht hing es mit der neuen Ehe Bettys zusammen, vermutlich wurde auch die finanzielle Beteiligung von Elisabeths Tante Paula Güldenstein neu geregelt. Für die weitere Entwicklung ist die Umstrukturierung deshalb von besonderer Bedeutung, weil Elisabeth Braun später, in der Zeit der existenziellen Bedrohung durch das NS-Regime, versuchte, an die einstigen Geschäftskontakte anzuknüpfen. In Briefen berief sie sich auf die damaligen Verhandlungen, die ihr in guter Erinnerung waren. Es muss für sie eine bittere Erfahrung gewesen sein, dass die neuen Rahmenbedingungen des NS-Regimes ihre Position grundlegend zum Schlechteren wendeten und dass sich die ehemaligen Geschäftspartner aus der Zeit der 1920er-Jahre gegenüber einer »Volljüdin« völlig anders verhielten.

Der Freundes- und Bekanntenkreis Elisabeth Brauns ist schwer zu rekonstruieren. Glaubt man der Aussage von Maria Ebbinghaus, der die Nachbarvilla in der Maria-Theresia-Straße 22 gehörte, dann pflegte diese eine herzliche Freundschaft mit Elisabeth Braun.[31] Beide hatten in ihrer Studienzeit Vorlesungen von Lujo Brentano besucht. Diese gemeinsame Erfahrung schuf offenbar eine Gesprächsbasis, die Grundlage einer

Freundschaft wurde. Kennen gelernt hatten sich die beiden Frauen aber erst viele Jahre nach dem Studium, als Maria Ebbinghaus 1936 das Nachbarhaus der Hildebrandvilla erwarb. Maria Ebbinghaus begleitete Elisabeth Braun bei ihren Behördengängen in Emigrationsfragen. Sie scheint sich in den Konflikten zwischen Elisabeth und ihrer Stiefmutter Rosa – von denen man überhaupt nur aus ihrem Bericht weiß – auf die Seite der jüngeren geschlagen zu haben. Der Erinnerungsbericht Maria Ebbinghaus' beschreibt die immer schwieriger werdenden Lebensumstände, unter denen die damals bereits über 50-jährige Elisabeth Braun lebte.

Die Notizen von Maria Ebbinghaus gehören zu den ganz wenigen Quellen, die einen Einblick in das persönliche Umfeld von Elisabeth Braun erlauben. Sie setzen allerdings erst 1936 ein und haben den Schwerpunkt während der letzten Monate und Wochen vor der Ermordung Elisabeths, die wohl besonders in Erinnerung geblieben sind. Darüber hinaus sind es nur einzelne Schlaglichter, die auf das Lebensumfeld von Elisabeth Braun geworfen werden können.

So scheint der städtische Oberbaurat Franz Feiner eine wichtige Rolle im Leben von Elisabeth Braun gespielt zu haben. Feiner, der mit Elisabeth Braun bereits seit Mitte der 1920er-Jahre in Kontakt stand, kannte diese von »gemeinsamen Universitätsstudien«. Als Mitarbeiter der städtischen Lokalbaukommission war er wohl ein vertrauenswürdiger Ansprechpartner für Elisabeth Braun in Fragen der Immobilienverwaltung. »Ich kenne die Damen Braun, namentlich Frl. Elisabeth Braun, seit vielen Jahren«, erklärte Feiner nach Kriegsende, »und habe deren Bauangelegenheiten in den Häusern Theatinerstr. 52 und Maria-Theresia-Str. 23 förderlich behandelt und auch ausserdienstlich miterledigt, natürlich ohne Entgelt, denn ich war dortmals der zuständige Sachbearbeiter der Baubehörde (Lokalbaukommission). [...] Da ich der Hitlerpartei von Anfang an ablehnend gegenüberstand, haben sich die beiden Damen Braun namentlich in den letzten Jahren vor ihrem Tod Hilfe und Schutz suchend immer mehr an mich angeschlossen. Ich habe aus Mitgefühl und Nächstenliebe deren schweres Los zu erleichtern versucht, wo und wann es mir möglich war.«[32]

Feiners Hilfe beschränkte sich nicht auf die Immobilienverwaltung. Nach eigener Aussage gab er Elisabeth und Rosa Braun auch Lebensmittel und Geld, nahm sie verbotenerweise in Restaurants mit und sprach für sie bei Behörden vor. »Allerdings wurde dieses Wirken immer schwerer«, schreibt er, »weil man ja selbst in Gefahr kam. Die sonst häufigen persönlichen Besuche von Frl. Braun in meinen Amtsräumen musste ich zum Schluss ganz abstellen.« Er habe sich mit Elisabeth Braun dann an anderen Orten treffen müssen, um »Besprechungen und Correspondencen« zu erledigen. Auch wenn der Tonfall dieses Schreibens aus dem Jahr 1948 heute recht selbstgefällig erscheinen mag und man geneigt ist, nicht jedes Wort zu glauben, muss Feiner zum engsten Vertrautenkreis der Familie Braun gerechnet werden. Denn Feiner war es, dem die beiden Frauen persönlich ihre wichtigsten Dokumente zur Verwahrung anvertrauten, als sie kurz vor ihrer Verschleppung standen. Auch dass Franz Feiner von einer schweren Erkrankung Elisabeth Brauns 1941 wusste, ist ein Beleg für die sehr persönliche Beziehung zwischen dem Behördenmitarbeiter und der Verfolgten. Glaubt man seiner Aussage, dann war es auch Feiner, der Elisabeth Braun mit dem evangelischen Oberkirchenrat und Kreisdekan Oscar Daumiller in Kontakt brachte. Daumiller war eine der Personen, denen Elisabeth Braun nach eigener Aussage 1941, kurz vor ihrer Verschleppung und Ermordung, von den Zwangsmaßnahmen berichtete, die ihr angetan worden waren.

Weitere Hinweise auf Freunde und Vertraute gibt das Testament Elisabeth Brauns mit seinen Zusätzen. Hier sind mehrere Menschen namentlich erwähnt, von denen man annehmen darf, dass sie in enger Beziehung zu Elisabeth Braun standen. Genannt werden neben den Verwandten einige Mieter und Mitarbeiter aus dem Familienstammsitz in der Theatinerstraße. So setzte Elisabeth Braun als weiteren Ersatzerben in ihrem ersten Testament Josef Schmitt ein, den Sohn ihres Hausmeisters. Frau Gralls, eine langjährige Mieterin, sollte sich aus den Nachlassgegenständen etwas aussuchen dürfen. Später änderte Elisabeth Braun ihre Verfügung noch

Elisabeth Braun hatte u. a. Kontakt zu Oscar Daumiller (links), Oberkirchenrat und Kreisdekan von München 1934–1952, und zu Friedrich Loy, erster Pfarrer der Münchner Gemeinde St. Matthäus 1935–1956.

einmal und setzte statt Josef Schmitt den erwähnten Oberbaurat Franz Feiner ein. Die Wäsche sollte eine gewisse Kati Roiß bekommen.[33]
Elisabeth Braun hatte zudem Kontakt zu mehreren Münchner Kirchengemeinden. Ihre Bücher vermachte sie testamentarisch der Christuskirche. Das Testament selbst hinterlegte sie beim Pfarrer der Dreieinigkeitskirche in Bogenhausen, Friedrich Bauer. Über die Schikanen, die ihr bei der »Arisierung« ihres Besitzes widerfahren waren, vertraute sie sich im Sommer 1941 Kirchenrat Lic. Friedrich Loy an, der Pfarrer an der St. Matthäuskirche war. Von zentraler Bedeutung dürfte schließlich der Kontakt zu Oberkirchenrat Theodor Karg gewesen sein, den Elisabeth Braun als Testamentsvollstrecker einsetzte. Karg war der einzige Kirchenvertreter, der nachweislich Elisabeth Braun persönlich getroffen hat, denn er verfasste mit ihr zusammen im August 1941 einen Testamentszusatz, den beide handschriftlich unterzeichneten.

Der Kauf des Hauses 1934 durch die getaufte Jüdin mag vor dem Hintergrund der nachfolgenden Ereignisse der Judenverfolgung erstaunlich erscheinen. Aber nur in der Rückschau, im Wissen um die nach der »Machtergreifung« einsetzende Judenverfolgung, angesichts der immer schlimmer werdenden Diskriminierung der Juden in Deutschland, angesichts des Wissens um den Holocaust, stellt sich diese Frage. Gerade diejenigen, die von Verfolgungen direkt betroffen waren, hofften auf eine schnelle Änderung der politischen Situation. Viele meinten, die Nationalsozialisten würden nicht lange an der Macht bleiben. Nur wenige hatten ein Gefühl der Panik oder auch nur der Dringlichkeit.[34]

Man kann darüber spekulieren, auf welchem Weg Elisabeth Braun 1934 als Kaufinteressentin in die Verhandlungen für die Hildebrandvilla eintrat, ob es eine persönliche Bekanntschaft zwischen den alten und den neuen Eigentümern gab oder ob die Vermittlung vielleicht über gemeinsame Bekannte zustande kam. Die gemeinsame christliche Überzeugung könnte ein Anknüpfungspunkt hierfür gewesen sein. Zwar waren sowohl Theodor Georgii, der die operative Durchführung des Verkaufs übernahm, als auch Dietrich von Hildebrand überzeugte Katholiken. Allerdings waren beide vom Protestantismus zum Katholizismus konvertiert. Auch gab es im Bekanntenkreis der Hildebranderben viele Persönlichkeiten, die Berührungspunkte mit dem Judentum und mit dem Protestantismus hatten. Darüber hinaus wäre denkbar, dass Elisabeth Braun Freunde und Bekannte in ihrem Umfeld hatte, die mit den katholischen Diskussionskreisen im Hause Hildebrand in Kontakt standen. Möglich wäre auch, dass sie im Rahmen ihrer Universitätsstudien einmal mit Dietrich von Hildebrand zusammengetroffen war oder von seinem Engagement gegen die NS-Ideologie gehört hatte.

Vielleicht hing das persönliche Interesse an der Künstlervilla aber gar nicht mit Elisabeth Brauns christlicher Überzeugung zusammen. So könnte ihre schriftstellerische Tätigkeit ein Anknüpfungspunkt an die künstlerisch-intellektuellen Kreise gewesen sein, die sich in den 1920er-Jahren regelmäßig in der Hildebrandvilla trafen. Allerdings gibt es in den Erinnerungen Dietrich von Hildebrands und in Aussagen Theodor Georgiis keinen konkreten Anhaltspunkt für eine direkte oder indirekte Bekanntschaft mit Elisabeth Braun. Bisher konnte keine lückenlose Verbindungslinie rekonstruiert werden, und so muss die mögliche persönliche Komponente bei dem Verkauf des Hildebrandhauses Vermutung bleiben.[35] Lediglich eine Aussage ist bekannt, in der Elisabeth Braun als »Freundin der Familie« bezeichnet wird: Der Neffe Dietrich von Hildebrands, Wolfgang Braunfels, beschrieb sie in einem Brief Anfang der 1970er-Jahre rückblickend mit diesen Worten. Allerdings lässt das Dokument offen, ob es sich um eine langjährige Freundschaft oder lediglich um eine freundschaftliche Atmosphäre bei den Kaufverhandlungen handelte.[36] Eine Alternative wäre schließlich auch, dass der Kontakt über Elisabeths Stiefmutter Rosa Braun zustande kam. Sie lebte als einzige der engeren Familie Braun durchgehend in München und zeichnete in der Regel für andere Familienangehörige in Vermögensfragen.

Ob den Erben des Hildebrandhauses Dietrich von Hildebrand und Theodor Georgii 1934 bekannt war, dass die neue Eigentümerin nach den Kategorien der NS-Ideologie eine »Volljüdin« war, weiß man heute nicht. Dietrich von Hildebrand hatte durchaus eine sensible Wahrnehmung für die Verfolgung der Juden im »Dritten Reich«. Das zeigt schon die erwähnte Erklärung im Zusammenhang mit dem »Berufsbeamtengesetz« vom April 1933, in der er sich als »Nichtarier« bezeichnete. Früh waren ihm dramatische Verfolgungsschicksale aus dem Verwandten- und Freundeskreis bekannt geworden und er wandte sich publizistisch vehement gegen den Antisemitismus des NS-Regimes.[37] Ob ihm allerdings zum Zeitpunkt des Abschlusses des Kaufvertrags bewusst war, dass Elisabeth Braun eine »nicht arische« Christin war, bzw. ob dieser Aspekt für seine Entscheidung zum Verkauf an Elisabeth Braun eine Rolle gespielt hat, kann nicht mehr festgestellt werden. Es ist wohl eher unwahrscheinlich, denn von Hildebrand befand sich zu dieser Zeit nicht mehr in München und hatte mit der Abwicklung des Verkaufs seinen Schwager beauftragt.

Von Theodor Georgii ist überliefert, dass er sich nach Kriegsende sehr abfällig über Elisabeth Braun äußerte. Das Haus sei über einen Rechtsanwalt »in die Hand einer Jüdin namens Braun« gekommen und an diese für den »lächerlichen Preis von 50.000 RM verschleudert« worden. Fast wortgleich bezeichnete auch Georgiis Schwiegersohn, Franz Treppesch, die Vorgänge. Die Schilderung, dass das Hildebrandhaus für 50.000 Mark »verschleudert« worden und über einen Rechtsanwalt in »Judenhände« gekommen sei, scheint ein Topos der Familiengeschichte gewesen zu sein, mit dem der Verlust des Münchner Familiensitzes beschrieben wurde.[38]

Die Aussage ist sachlich falsch, was vermutlich auf einen Erinnerungsfehler zurückzuführen ist: 50.000 Mark war der Preis, den der erste Käufer Fink hätte zahlen sollen, Elisabeth Braun bezahlte 25 Prozent mehr. Zudem suggeriert die Formulierung, dass Georgii nur noch als Randfigur an dem Vorgang beteiligt gewesen sei. Dafür gibt es keine historischen Anhaltspunkte, im Gegenteil: Georgii war selbst bei dem Verkauf anwesend und die Verkaufsurkunde trägt seine Unterschrift.

Vor allem fällt in der zitierten Darstellung der antisemitisch gefärbte Tonfall auf. Dieser sticht besonders hervor, weil Georgii im gleichen Schreiben die eigene Verfolgungssituation betonte, die nicht zuletzt daraus entstanden sei, dass seine Frau Irene – ebenso wie Dietrich – »Vierteljüdin« war. Man muss bei der Interpretation des Briefes aus der unmittelbaren Nachkriegszeit jedoch berücksichtigen, dass er geschrieben wurde, um die eigene Verfolgungssituation deutlich zu machen. Vom schmerzlichen Verlust des elterlichen Hauses profitierte in den Augen der Erben Hildebrands vor allem die neue Besitzerin Elisabeth Braun. Um die eigenen Ansprüche zu markieren, warfen Georgii und Treppesch Elisabeth Braun vor, auf Kosten der Erben des Hildebrandhauses ein vorteilhaftes Geschäft gemacht zu haben.

2. Von einer Übergangsstation zur »sicheren Wohnstätte« – Wandel der Bedeutung des Hildebrandhauses für seine »nicht arischen« Bewohner

Als Elisabeth Braun das Hildebrandhaus 1934 gekauft hatte, zog sie zunächst nicht selbst dort ein, sondern behielt für weitere vier Jahre ihren offiziellen Wohnsitz in Tegernsee. Von dort aus entwickelte sie wohl auch erste Emigrationspläne, so dass man annehmen kann, dass sie beim Kauf des Hildebrandhauses nicht vorgehabt hat, selbst darin zu wohnen. Stattdessen zog ihre Stiefmutter Rosa Braun in die geräumige 6-Zimmer-Wohnung im ersten Stock der Künstlervilla.

Das Hildebrandhaus in den 1930er-Jahren. Die Aufnahme befand sich in den Unterlagen von Elisabeth Braun.

Ein Blick in das Münchner Stadtadressbuch zeigt, dass nach dem Auszug Rosa Brauns aus deren früherer Münchner Wohnung die große Münchner Lodenfabrik Joh. Gg. Frey GmbH nachfolgte. Sie belegte am Promenadenplatz 3 – inzwischen umbenannt in Ritter-v.-Epp-Platz 1 – das Erdgeschoss, den ersten und den zweiten Stock. Zwar sind bislang keine Dokumente über die Vorgänge bekannt, aber offenbar verließ Rosa Braun ihre alte Wohnung, damit kurz darauf die Firma Frey dorthin expandieren konnte. Der Wunsch, nicht mehr zur Miete zu wohnen, entsprang vermutlich dieser Vorgeschichte und spielte wohl eine nicht zu unterschätzende Rolle beim Kauf der Hildebrandvilla. Einiges spricht dafür, dass Elisabeth Braun das Haus zunächst nicht oder zumindest nicht primär aus dem Motiv heraus erwarb, selbst darin zu wohnen. Die Künstlervilla war anfangs vor allem für Rosa Braun eine neue Heimstätte. Glaubt man der damaligen Nachbarin Maria Ebbinghaus, dann war auch das Verhältnis zwischen Elisabeth und ihrer Stiefmutter Rosa eher angespannt.[39]

Sieben Jahre später hatte sich die Situation grundlegend verändert. 1941, unter lebensbedrohenden Umständen, schrieb Elisabeth Braun in einem verzweifelten Brief an die halbstaatliche »Arisierungsstelle«, sie habe das Hildebrandhaus seinerzeit erworben, um eine »nach menschlichem Ermessen sichere Wohnstätte« zu haben.[40] Zu dieser Zeit war Elisabeth Braun von Zwangsumsiedlung und Obdachlosigkeit bedroht. Angesichts der existenziellen Gefahr gewann das Hildebrandhaus als vermeintlich sicherer Lebensort eine neue Bedeutung.

2.1 »... ist die Braun Volljüdin« – Diskriminierung, Verfolgung und Emigrationspläne

Elisabeth Braun war von allen Verfolgungs- und Diskriminierungsmaßnahmen des NS-Regimes gegen Juden betroffen. Obwohl sie seit 1920 christlich getauft war, galt sie nach der Definition der Nationalsozialisten durch ihre Geburt rassisch als »Volljüdin«. Elisabeth Braun war damit eine von schätzungsweise 150.000 bis 200.000 »nicht arischen« Christen, die 1933 in Deutschland lebten. Allein in München wird ihre Zahl auf rund 1.500 bis 2.000 geschätzt, darunter zwischen 600 und 800 evangelische Christen.[41] Das Schicksal Elisabeth Brauns steht exemplarisch für die Menschen jüdischer Abstammung, die nicht der Israelitischen Kultusgemeinde angehörten und sich auch nicht als Juden empfanden, im »Dritten Reich« jedoch genauso verfolgt wurden wie die »Konfessionsjuden«.

Mit der Machteroberung der Nationalsozialisten am 30. Januar 1933 setzte die systematische Diskriminierung und Entrechtung der Juden in Deutschland ein. Durch eine Vielzahl von Gesetzen, Verordnungen, Verfügungen, Erlassen und Anordnungen wurden Juden in kurzer Zeit zu Staatsbürgern zweiter Klasse degradiert und aus allen Bereichen des gesellschaftlichen Lebens verdrängt. Mit diesem Prozess gingen gewalttätige Angriffe auf jüdische Menschen und jüdische Einrichtungen einher. Kennzeichnend war zunächst das spannungsreiche Nebeneinander von radau-antisemitischen Ausschreitungen der Straße und legalistisch verbrämten diskriminierenden Regelungen, die vom Regime erlassen wurden und nicht selten von den Verfolgungsopfern vorerst als ein Gewinn an Sicherheit erlebt wurden, da sie der willkürlichen Gewalt Einhalt zu gebieten schienen.

Schon in den ersten Wochen und Monaten kam es zu zahlreichen, teils lokal, teils zentral initiierten Verfolgungsmaßnahmen. In München gab es erste Übergriffe bereits am 9. und 10. März 1933. Jüdische Geschäftsleute wurden Opfer der SA- und SS-Trupps, einige wurden misshandelt, etwa 280 Juden kamen in Haft. Wenn sich die Betroffenen beschwerten, wurden sie bedroht, erneut misshandelt und erniedrigt. Der jüdische Rechtsanwalt Dr. Michael Siegel beispielsweise wurde von SA-Leuten gezwungen, nur mit Unterhosen bekleidet durch die Stadt zu laufen, weil er es gewagt hatte, sich bei der Polizei über das ihm zuvor zugefügte Unrecht zu beschweren. Solche Bilder schufen ein Klima der Angst und Bedrohung und machten augenscheinlich klar, was die Machtübernahme durch das NS-Regime bedeutete: Die Nationalsozialisten hatten den Antisemitismus zur Staatsraison erhoben. Von staatlichen Institutionen durften sich die Verfolgten keinen Schutz und keine Hilfe mehr erwarten.

Ende März ordnete die Parteileitung der NSDAP für Samstag, den 1. April 1933, einen reichsweiten Boykott gegen »jüdische Geschäfte, jüdische Waren, jüdische Ärzte und jüdische Rechtsanwälte« an. SA-Trupps gingen in vielen deutschen Städten von Haus zu Haus und beschmierten Geschäftsschilder und Fensterscheiben mit Hetzparolen. Die Leitung der gesamten Aktion lag beim Gauleiter für Franken Julius Streicher, die Zentrale aller Aktionskomitees befand sich in der Münchner Barerstraße. In München waren von dem Boykott mehr als 600 jüdische Geschäfte betroffen.[42]

In den Richtlinien des Ausschusses für den Boykott gegen jüdische Geschäfte am 1. April 1933 hieß es ausdrücklich: »Es handelt sich [...] selbstverständlich um Geschäfte, die sich in den Händen von Angehörigen der jüdischen Rasse befinden. Die Religion spielt keine Rolle. Katholisch oder evangelisch getaufte Geschäftsleute oder Dissidenten jüdischer Rasse sind im Sinne dieser Anordnung ebenfalls Juden.«[43]

An dem Boykotttag wurden in München auch Juden verhaftet. »Handschellen wurden mir angelegt«, erinnerte sich beispielsweise Schalom Ben-Chorin, der die Übergriffe als Jugendlicher erlebt hatte, »und so wurde ich über die Kaufinger- und Neuhauserstraße geführt, wobei einer der SA-Leute begann, mir die Faust ins Gesicht zu schmettern. Als mir das Blut über Hemd und Rock floß, versetzte ihn das offenbar in einen Blutrausch und er begann wie rasend nach mir zu schlagen und zu treten.« Ben-Chorin wurde in das Polizeigefängnis an der Ettstraße eingeliefert, und die Polizei entließ ihn erst nach drei Tagen auf Intervention des Vaters eines Freundes unter der Bedingung, dass er unterschrieb, gut behandelt worden zu sein.[44]

Auch die systematische Verdrängung aus dem Berufsleben begann wenig später. Am 7. April 1933 trat das schon bei Dietrich von Hildebrand erwähnte »Gesetz zur Wiederherstellung des Berufsbeamtentums« in Kraft. Dies war der Beginn der Berufsverbote für »nicht arische« Beamte, Angestellte und Arbeiter im öffentlichen Dienst. Zahlreiche Standesorganisationen folgten dem Beispiel des »Berufsbeamtengesetzes« und fügten in ihre Richtlinien ebenfalls antisemitische Klauseln ein.

Sollte Elisabeth Braun im öffentlichen Dienst als Lehrerin gearbeitet haben, dann dürfte das »Berufsbeamtengesetz« vom April 1933 das Ende dieser Berufstätigkeit bedeutet haben – allerdings gibt es bislang keine Hinweise darauf, dass Elisabeth Braun als Lehrerin tätig war. Sehr wahrscheinlich ist jedoch, dass sie von der Ausgrenzung jüdischer Studenten an der Ludwig-Maximilians-Universität München betroffen war, als sie ihr Jurastudium im Sommer 1933 abbrach.[45]

Verbotsschild an der Bibliothek des Deutschen Museums in München

Ein erster Höhepunkt dieser Verfolgungsphase waren die »Nürnberger Gesetze« vom September 1935, die den nationalsozialistischen Rassismus in Gesetzform gossen und Juden die gleichwertige Staatsbürgerschaft entzogen.[46] Mit diesen Gesetzen stellten die Nationalsozialisten ihre antisemitische Ideologie auf eine »legale« Grundlage. Es wurde nach rassenideologischen Kategorien definiert, wer als »Arier« und wer als »Jude« gelten sollte. »Juden« wurden zu Staatsangehörigen minderen Rechts degradiert. Die »Nürnberger Rassengesetze« und ihre Verordnungen sollten unter anderem die Beziehungen zwischen »Ariern« und »Juden« regeln. So waren Eheschließungen und außereheliche Beziehungen zwischen »Ariern« und »Juden« verboten.

Die ausschließlich biologistische Definition – die auch Menschen wie Elisabeth Braun einschloss – spiegelte sich in den »Nürnberger Rassengesetzen« von 1935: Als »Volljude« galt, wer von drei oder vier Großeltern, die der jüdischen Religion angehörten, abstammte. Dabei spielte es keine Rolle, ob die Eltern und der Betroffene selbst christlich getauft oder konfessionslos waren. Für die Umsetzung der »Nürnberger Rassengesetze« legten die staatlichen Behörden vielerorts so genannte Judenkarteien an. Hier wurden gleichzeitig mit »Konfessionsjuden« Personen erfasst, von denen bekannt war, dass sie jüdischer Herkunft, mittlerweile aber getauft oder konfessionslos waren. Ein Runderlass des Reichsinnenministeriums vom 4. Oktober 1936 stellte schließlich verbindlich klar, dass der Übertritt zum Christentum keine Bedeutung für die »Rassenfrage« habe.[47]

Nach der Bekanntgabe der »Nürnberger Rassengesetze« begann offenbar auch Elisabeth Braun, ihre Emigration zu planen.[48] Möglicherweise wurde ihr zu diesem Zeitpunkt bewusst, in welch bedrohlicher Situation sie sich befand. Vermutlich lebte Elisabeth Braun im Herbst 1935 in Tegernsee. Aus Briefen weiß man, dass sie sich in den darauf folgenden Monaten und Jahren auch immer wieder in München aufhielt, um persönlich mit Geschäftspartnern zu sprechen und die Vorbereitungen für die Emigration zu organisieren.

Aber wohin sollte der Weg führen? Naheliegend war – zumal für eine alleinstehende Frau –, Verbindungen über Verwandte und Freunde im Ausland zu knüpfen. Und so scheint es auch bei Elisabeth Braun gewesen zu sein. Die Münchner Nachbarin, Maria Ebbinghaus, berichtete später, dass Elisabeth Braun zunächst gemeinsam mit ihrer Mutter in die Schweiz auswandern wollte, wo ihr Cousin Gustav Güldenstein mit seiner zweiten Frau Nora lebte. Die Güldensteins – ebenfalls evangelisch – waren für Elisabeth Braun über Jahre hinweg ein wichtiger familiärer

Bezugspunkt. Immer wieder suchte sie den Kontakt zu dem etwa gleichaltrigen Gustav, der bereits lange vor der Machteroberung der Nationalsozialisten 1927 ins Ausland gegangen war und seit 1932 die Schweizer Staatsangehörigkeit besaß.[49] Im Zusammenhang mit der geplanten Emigration soll Elisabeth Braun erstmals versucht haben, das Hildebrandhaus zu verkaufen, obwohl sie die Künstlervilla erst kurz zuvor erworben hatte. Rosa Braun aber wollte nicht auswandern. An der Weigerung der damals 65jährigen Stiefmutter seien die frühen Auswanderungspläne Elisabeth Brauns gescheitert, so Maria Ebbinghaus.

Später stellte Elisabeth Braun für sich und Rosa Braun einen Antrag auf Ausreise in die USA. Im Antragsformular vom Jahr 1938 gab sie einen Ansprechpartner in Chicago an. Der Name auf dem stark beschädigten Dokument ist leider heute nicht mehr klar entzifferbar. In ihrem Testament erwähnt Elisabeth Braun zwei Verwandte in Chicago: Lore Rosenbaum, geborene Heinrich, und Max Heinrich – beide wohl aus dem mütterlichen Familienzweig. Wahrscheinlich gehörte auch die im Ausreiseantrag erwähnte Person zu diesem Familienteil. Die Chicagoer Verwandten waren offenbar eine Verbindung für Elisabeth Braun in die USA. Seit wann sie in Amerika lebten und in welchem Verwandtschaftsverhältnis sie zu Elisabeth Braun standen, ist allerdings bislang nicht bekannt und geht auch aus dem Wiedergutmachungsantrag, den Lore Rosenbaum und Max Heinrich nach 1945 stellten, nicht hervor. Ihr Antrag wurde nicht bearbeitet, da Lore Rosenbaum und Max Heinrich nicht nachwiesen, wie sie mit Elisabeth Braun verwandt und ob sie erbberechtigt waren.[50]

Etwa zur gleichen Zeit 1938 nahm Elisabeth Braun mit Helen Holzensauer Kontakt auf, über deren Identität ebenfalls nichts Näheres bekannt ist. Sie muss jedoch eine Vertrauensperson gewesen sein, denn Elisabeth Braun gab ihr angeblich persönliche Sachen mit in die USA. Sie traf die New Yorkerin bei dem Vermögensverwalter Adolf Veit in München. Dies deutet darauf hin, dass Elisabeth Braun über ihren Cousin Hans Kontakt mit Helen Holzensauer aufgenommen hat, denn Adolf Veit war der Vermögensberater ihres Onkels Wilhelm Braun.[51] Über den späteren Verlauf dieser Kontakte ist nichts bekannt. Elisabeth Braun scheint aber weiterhin ihre Emigration geplant zu haben. So gibt sie in einem ihrer Briefe an, dass sie plane, im Ausland evangelische Theologie zu studieren.

Die Weitergabe von persönlichen Dingen, die Vorbereitung auf ein Studium, das Vorhaben, den Familienbesitz zu veräußern – all dies deutet darauf hin, dass Elisabeth Braun auswandern wollte. Letztlich

Auswanderungsantrag von Elisabeth Braun aus dem Jahr 1938

kamen ihre Pläne aber nie zur Verwirklichung, was wohl nicht zuletzt damit zu tun hatte, dass sie, soweit man weiß, kaum Kontakte zu Emigrationshelfern vor Ort hatte, und dass ihre Stiefmutter die Pläne anfangs nicht unterstützte. So erhielt Elisabeth Braun zwar 1938 die offizielle

Auswanderungsnummer 42579. Es wurden auch Pässe für sie und ihre Stiefmutter ausgestellt, aber die Auswanderung wurde nie genehmigt. Die nationalsozialistischen Behörden hatten sehr wahrscheinlich Kenntnis von Elisabeth Brauns Auswanderungsplänen. Vom ersten Ausreiseantrag bis zur steuerlichen Unbedenklichkeitsbescheinigung mussten zahllose offizielle Formulare beschafft werden, bevor ein Emigrant Deutschland verlassen durfte. »Bis jetzt habe ich eine Sammlung von dreiundzwanzig Dokumenten beisammen«, berichtete beispielsweise eine Berliner Jüdin von ihrem langen Weg durch die Behörden. »In der Zeit, die ich auf diese Papiere wartete, konnte ich die Beamten und das Mobiliar von fünfundzwanzig Dienststellen gründlich studieren, bis hinunter zum geringsten Schreiber und dem kleinsten Tintenfaß.«[52] Auch Elisabeth Braun musste diverse Genehmigungen einholen, Formulare ausfüllen und Dokumente beibringen, bevor sie eine Ausreisegenehmigung erhalten konnte.

Dabei war der Raub des Eigentums fester Bestandteil der nationalsozialistischen Auswanderungspolitik gegenüber Juden. Ziel war es, die deutschen Juden zur Emigration zu zwingen, aber ihr Vermögen in Deutschland zu halten. Hierfür benutzten die NS-Machthaber unter anderem die Möglichkeit, die Bankkonten der Auswanderungswilligen zu sperren. Dass das Vermögen von Elisabeth Braun in diesem Zusammenhang nicht staatlich blockiert wurde und sie weiterhin darüber verfügen konnte, deutet darauf hin, dass ihre Auswanderungspläne zu keinem Zeitpunkt sehr weit fortgeschritten waren. Andernfalls hätten die staatlichen Finanzbehörden vermutlich sofort eine »Sicherungsanordnung« verhängt, und Elisabeth Braun hätte nur noch Zugriff auf ein sehr geringes monatliches »Taschengeld« gehabt.

Zwar erhielt Elisabeth Braun vermutlich um das Jahr 1938 eine »Sicherungsanordnung«. Aber noch kurz vor ihrer Deportation hob sie gegenüber den staatlichen Behörden hervor, dass ihr Vermögen nicht wegen beabsichtigter Auswanderung »gesichert« sei, sondern auf Grund »verwandtschaftlicher Abstammung«. Wahrscheinlich war die »Sicherungsanordnung« eine Auswirkung der Verschärfung der Devisengesetze im Dezember 1936. Das NS-Regime hatte dadurch die Möglichkeit bekommen, allen deutschen Juden – unabhängig von Emigrationsplänen – die Bankkonten zu sperren.[53] Wie in so vielen anderen Lebensbereichen war es also die bloße Tatsache, dass Elisabeth Braun als »Volljüdin« galt, die Schikanen seitens des NS-Regimes hervorrief.

Elisabeth und Rosa Braun hatten von nun an nicht mehr die Möglichkeit, frei über ihre Konten zu verfügen. Was diese Beschränkung der finanziellen Mittel in der Zeit unmittelbarer Bedrohung für die Verfolgten bedeutete, lässt sich heute nur erahnen. Eine Auswanderung unter diesen Umständen ohne Unterstützung von Kontaktpersonen im In- und Ausland zu organisieren, war nahezu unmöglich.

In den folgenden Jahren nahmen die Ausgrenzung und die gesellschaftliche Isolierung weiter zu. In München ließen die Nationalsozialisten im Juni 1938 – ein halbes Jahr vor der reichsweiten Pogromnacht – die Hauptsynagoge in der Herzog-Max-Straße abreißen. Im nationalsozialistischen Hetzblatt »Der Stürmer« konnte man hierzu lesen: »Ein Schandfleck verschwindet. Aus verkehrstechnischen Gründen muß die Synagoge in München abgebrochen werden.«[54]

Einige Monate später kam es zur bislang größten Gewaltaktion gegen die Juden in Deutschland: der Reichspogromnacht vom 9. zum 10. November 1938. Die Gewalttaten nahmen ihren Anfang in München. Von hier aus wurde der Befehl zum Pogrom erteilt. Reichspropagandaminister Joseph Goebbels sprach am Abend des 9. November 1938 auf einer Versammlung zum 15. Jahrestag des »Hitlerputsches« im Münchner Alten Rathaus, als die Nachricht eintraf, dass der zwei Tage zuvor von dem siebzehnjährigen Juden Herschel Grynszpan angeschossene deutsche Diplomat, Legationssekretär Ernst Eduard vom Rath, seinen Verletzungen erlegen sei. Goebbels machte in seiner Hetzrede die »Juden« für den Tod verantwortlich und rief indirekt zu antijüdischen Aktionen auf. Die anwesenden Gauleiter gaben entsprechende Befehle an ihre örtlichen Dienststellen. Überall im Deutschen Reich zerstörten daraufhin SA-Leute und fanatische Parteimitglieder jüdische Geschäfte, Wohnungen und viele Synagogen. Jüdische Menschen wurden misshandelt, verhaftet und ermordet.

In München plünderten die Nationalsozialisten jüdische Geschäfte, steckten die Synagoge an der Max-Rudolf-Straße in Brand und verwüsteten die Synagoge in der Reichenbachstraße und das Verwaltungsgebäude der Kultusgemeinde in der Lindwurmstraße.

Etwa 1.000 jüdische Münchner Bürger wurden festgenommen und in das im März 1933 eingerichtete Konzentrationslager Dachau verschleppt. Ein Augenzeuge berichtete, wie es ihnen in Dachau erging: »Dort ließ man uns die halbe Nacht stehen, bis wir alle registriert waren und uns schließlich auf Strohsäcken niederlegen konnten. Am nächsten Morgen mussten wir in aller Herrgottsfrühe aufstehen zum Frühappell. Dabei hatte man sogar die Toten herbeigeschleppt, damit die Zahl der Gemeldeten vollzählig war.« Auch aus anderen Städten wurden Juden ins KZ Dachau gebracht, wo insgesamt über 10.000 Juden, vor allem aus Süddeutschland und dem Rheinland, unter menschenunwürdigen Bedingungen als so genannte Schutzhäftlinge inhaftiert waren. Die meisten wurden nach kurzer Haft wieder entlassen; in Einzelfällen durften sie jedoch erst Wochen oder Monate später das KZ wieder verlassen.

Auf den ersten Blick scheinen die Verbrechen des Novemberpogroms vorwiegend Männer betroffen zu haben. Sie waren meist die Besitzer der Geschäfte, die zerstört wurden, und sie waren es, die im Anschluss an die Ausschreitungen in das Konzentrationslager Dachau deportiert wurden. Frauen wurden häufig nur im Hintergrund sichtbar, etwa wenn sie als Ehefrauen versuchten, ihre Männer aus der Gefangenschaft frei zu bekommen, die Geschäfte weiter zu führen oder das Vermögen zu retten.

Aber auch bei einer unverheirateten, alleinstehenden Frau ohne Berufstätigkeit, wie Elisabeth Braun es war, muss die Terrorwelle dieser Tage eine tiefgreifende Erschütterung ausgelöst haben. Denn die randalierenden Nationalsozialisten griffen nicht nur Geschäfte, Büroräume und jüdische Gemeindeeinrichtungen an, sondern drangen auch in Wohnungen ein. Damit brach der Schrecken in die Privatsphäre ein, die Wohnung war kein Ort der Sicherheit mehr.[55] Zwar ist bisher nicht bekannt, dass das Hildebrandhaus Ziel einer der Verwüstungskampagnen in München war. Aber die Nachrichten von den Angriffen auf andere jüdische Privatleute dürften wohl auch Elisabeth Braun in Tegernsee alarmiert und den Entschluss bestärkt haben, nach München zurückzukehren.

Auch am Tegernsee war die antijüdische Gewalt schon lange zu spüren gewesen. So schrieb beispielsweise Fritz Dispeker, der Vater der Schriftstellerin Grete Weil, schon im Mai 1935 über die Ausschreitungen in seinem Heimatort Rottach, einem Nachbardorf von Tegernsee: »Nachdem vorige Woche bereits an einigen Häusern in Rottach judenfeindliche Inschriften angebracht &, wie mir mitgeteilt wird, auch im hiesigen Friedhof unwürdige Handlungen vorgenommen wurden, wurde in der Nacht vom 21.–22. in der Fürstenstrasse hier vor meinem Haus mit grossen roten Buchstaben quer über die Strasse geschrieben: ›Judenschwein packe Dich fort‹.«[56] Dispeker lebte seit 40 Jahren in Rottach und besaß seit 28 Jahren ein Haus in der Fürstenstraße.

Ob Elisabeth Braun ähnliche Schmähungen ertragen musste, weiß man heute nicht. Es ist auch gar nicht sicher, ob in Tegernsee bekannt war, dass sie als Jüdin geboren und erst im Erwachsenenalter zum christlichen Glauben übergetreten war. Der polizeiliche Eintrag auf ihrer Einwohnermeldekarte wurde erst verhältnismäßig spät vorgenommen – im November 1936. Vorher dürfte es nur Gerüchte über ihre »nicht arische« Herkunft gegeben haben. Dass ihre Einstufung als »Volljüdin« im Winter 1936 amtlich offiziell wurde, war möglicherweise ein weiterer Grund für Elisabeth Braun, einen Umzug von Tegernsee nach München ins Auge zu fassen.

Hinzu kam, dass ihre Stiefmutter Rosa Braun seit dem Selbstmord der Schwägerin Paula Güldenstein im Januar 1938 das letzte Familienmitglied in München war. Die 68 Jahre alte Frau konnte vermutlich weder die Verwaltung des Vermögens noch die zunehmend erschwerte Organisation des Alltags alleine bewältigen. Die Tatsache, dass Rosa Braun sich Mitte 1938 ein Wohnrecht in der Hildebrandvilla grundbuchamtlich zusichern ließ,[57] deutet ebenfalls darauf hin, dass sie ihre Situation zunehmend als unsicher empfand. Während der Tage nach der Pogromnacht hatten sich die Bedingungen weiter verschlechtert. So war es Juden in München verboten, »arische« Geschäfte zu betreten. »Wer keine nicht jüdischen Freunde [...] hatte, bekam tagelang keine Lebensmittel«, berichtet eine Münchner Zeitzeugin. Am 11. November 1938 wurden zudem alle jüdischen Bankkonten gesperrt, um einen Transfer der jüdischen Vermögen ins Ausland zu verhindern. Zum Lebensunterhalt durfte jede Woche nur noch eine Summe von 100 Reichsmark abgehoben werden.[58]

Ende November 1938 zog Elisabeth Braun offiziell von Tegernsee nach München zurück und wohnte von nun an gemeinsam mit ihrer Stiefmutter in der Hildebrandvilla. Sie war damit eine der vielen Naziverfolgten, die in dieser Zeit aus den ländlichen Gebieten in die Städte strömten. Im Allgemeinen erlebten die Verfolgten im »Dritten Reich« die Dorfgesellschaft, in der jeder jeden kannte und man kaum untertauchen konnte, als bedrückend. Sie empfanden die urbane Anonymität als eine Befreiung. Ob auch Elisabeth Braun aufatmete, ist unbekannt, weil aus dieser Zeit keine persönlichen Dokumente erhalten sind.

Fest steht jedoch, dass sie sich sofort mit großem Nachdruck daran machte, ihre Immobilien zu verkaufen. Sie tat dies zum einen, weil sich das wirtschaftliche Verfolgungsnetz immer enger um sie zog, und sie nur durch Verkauf genügend Bargeld für die Begleichung der enormen Steuerschulden bekommen konnte, die ihr die rassistischen Steuergesetze aufbürdeten. Zum zweiten hatten die staatlichen und NSDAP-Behörden Interesse an den wertvollen Immobilien und übten massiven Druck auf sie aus. Elisabeth Braun scheint die Verkaufsverhandlungen zu diesem Zeitpunkt aber auch in dem Bewusstsein geführt zu haben, dass sie das Land bald verlassen würde. So gesehen war der Umzug nach München Ende November 1938 wohl nicht als dauerhafte Rückkehr in die alte Heimat, sondern eher als eine Übergangsstation bis zur Genehmigung der Weiterreise in ein anderes Land geplant.

2.2 Das Hildebrandhaus – ein Lebensort »nicht arischer« Christen und ein »Judenhaus«?

Nach ihrer Rückkehr nach München gehörte Elisabeth Braun zur evangelischen Kirchengemeinde Bogenhausen.[59] Sie scheint regelmäßig den Gottesdienst in der Dreieinigkeitskirche besucht zu haben, wo sie auch einzelne Bekannte gehabt haben muss. Die Lebensumstände lassen sich heute nur noch bruchstückhaft rekonstruieren. In ihrer Not vertraute sich Elisabeth Braun beispielsweise der Gemeindehelferin Marie Wecklein an und berichtete ihr von den Drohungen und der Gewalt, die ihr angetan worden waren.[60] Dies deutet auf ein bereits länger bestehendes Vertrauensverhältnis hin. Marie Wecklein, die in enger Nachbarschaft zum Hildebrandhaus wohnte, war zwischen 1939 und 1945 Mitglied des Kirchenausschusses der evangelischen Gemeinde von Bogenhausen.[61]

Auch dass Elisabeth Braun ihr Testament Friedrich Bauer, dem Pfarrer von Bogenhausen, anvertraute, spricht für eine enge Bindung an die Gemeinde. Die Übergabe an den Gemeindepfarrer war durchaus nicht so naheliegend, wie es auf den ersten Blick erscheinen mag. Denn das Testament war nicht etwa zu Gunsten der Gemeinde, zu der Elisabeth Braun gehörte, sondern zu Gunsten der bayerischen Landeskirche ausgestellt, und die Kontaktpersonen bei der Abfassung des Testaments waren ursprünglich wohl nicht der örtliche Pfarrer, sondern Mitarbeiter aus der zentralen Kirchenverwaltung gewesen. Bauer scheint für Elisabeth Braun eine Bezugsperson gewesen zu sein. Seine kritische Haltung gegenüber den nationalsozialistischen Machthabern zeigt sich darin, dass er einen Plan zur Kirchenvorsteherschulung erarbeitete, der sich gegen die Lehrsätze des NS-Ideologen Alfred Rosenberg richtete.[62]

Dass Elisabeth Braun als »nicht arische« Christin den evangelischen Gottesdienst besuchte, verdient besondere Beachtung, denn es wirft ein Licht auf den Umgang der evangelischen Kirche in Bayern mit »Nichtariern«. »Ich bin überzeugt, dass sich für die Kirche an der Frage, wie sie sich ihren nicht arischen Gliedern gegenüber verhält, viel mehr entscheidet, als wir jetzt sehen können«, erklärte der Münchner Pfarrer Friedrich Hofmann im Jahr 1939: »Es geht ja darum, ob das Sakrament der Taufe ernst genommen wird oder nicht.«[63] Hofmanns Worte machen deutlich, dass die Frage an die theologischen Grundfesten der evangelischen Kirche rüttelte. Die Haltung der Kirche zeigt sich insbesondere in zwei Punkten: Im Umgang mit Pfarrern, die nach nationalsozialistischen Kategorien als »Nichtarier« galten, und im Verhalten gegenüber »nicht arischen« Gemeindemitgliedern. Wie ging die evangelische Kirche mit der rassistischen Verfolgung ihrer Mitglieder um und was tat sie für die Christen »nicht arischer« Herkunft?

Friedrich Bauer war 1933–1953 erster Pfarrer an der Dreieinigkeitskirche in München-Bogenhausen.

Für Antworten auf diese Frage muss das herkömmliche Bild der evangelischen Kirche im »Dritten Reich« ein Stück weit modifiziert werden.[64] Lange Zeit war der Eindruck geprägt vom »Kirchkampf«. In Bayern scheiterte 1934 ein innerkirchlicher »Putsch-Versuch« der »Deutschen Christen«, des kirchenpolitischen Stoßtrupps der NSDAP. Nach schweren Auseinandersetzungen gelang es Landesbischof Hans Meiser, die Kontrollansprüche der »Deutschen Christen« weitgehend zurückzudrängen. Bayern gehört damit neben Hannover und Württemberg zu der Gruppe der »intakten« lutherischen Landeskirchen, die sich dem Versuch der »Deutschen Christen«, alle evangelischen Kirchen in Deutschland unter einer vom NS-Regime kontrollierten Reichsleitung zusammenzufassen, erfolgreich widersetzten.

Im Gegensatz zu »zerstörten« Landeskirchen, in denen die »Deutschen Christen« die Leitung übernahmen und die sich einem Berliner Reichsbischof unterordneten, blieb die bayerische Kirche unter ihrem Bischof Hans Meiser selbstständig. Die so entstandenen Freiräume hoffte Meiser für eine »innere Freiheit der Verkündigung« nutzen zu können. Gleichzeitig wollte er jedoch das fragile Arrangement mit dem NS-System nicht gefährden. Die deutlich zu beobachtende Zurückhaltung des bayerischen Landesbischofs bei Kritik an der nationalsozialistischen Politik erklärt sich zum Teil aus seiner Verantwortung, die er als Leiter einer »intakten« Kirche empfand.

Im Kern ging es im »Kirchenkampf« um die institutionelle Autonomie der evangelischen Landeskirchen in Deutschland. In der Frage der »nicht arischen« Christen waren die Fronten zwischen »Deutschen Christen« und den Vertretern der Gegenbewegung, der »Bekennenden Kirche«, weniger klar gezogen. Die »Deutschen Christen« vertraten überwiegend eine antisemitische Position. Sie hatten schon in ihren Richtlinien vom Juni 1932 unmissverständlich ihre Meinung zu konvertierten Juden geäußert: »In der Judenmission sehen wir eine schwere Gefahr für unser Volkstum. Sie ist das Eingangstor fremden Blutes in unseren Volkskörper. Sie hat neben der Äußeren Mission keine Daseinsberechtigung. Wir lehnen die Judenmission in Deutschland ab, solange die Juden das Staatsbürgerrecht besitzen und damit die Gefahr der Rassenverschleierung und Bastardisierung besteht.«[65] Weniger eindeutig ist die Position der »Bekennenden Kirche«, die in diesem Punkt keineswegs einheitlich gegen die »Deutschen Christen« auftrat. Auch unter den Anhängern der »Bekennenden Kirche« gab es antijüdische Ressentiments. Die jahrzehntelang nicht hinterfragte Ansicht, dass die »Deutschen Christen« die nationalsozialistische Judenpolitik unterstützt hätten und die »Bekennende Kirche« dagegen aufgetreten sei, muss nach ersten historischen Forschungen für beide Seiten differenziert werden. Die Gegenüberstellung von »Deutschen Christen« und der »Bekennenden Kirche«, entlang der die Geschichte der evangelischen Kirche im »Dritten Reich« bislang gedeutet wurde, erweist sich hier nicht unbedingt als weiterführend.

Dies zeigt sich beispielsweise im Verhalten gegenüber »nicht arischen« Pfarrern. 1933/34 wollten die »Deutschen Christen« reichsweit den »Arierparagraphen« für Pfarrer und Kirchenbeamte einführen. Die Mitglieder der »Bekennenden Kirche« lehnten diese Übertragung staatlicher Gesetze, die die rassische Abstammung über die Taufe stellten, auf kirchliche Einrichtungen ab. Die betroffenen »nicht arischen« Pfarrer und andere Kirchenbeamte schlossen sich unter Führung des Berliner Pfarrers Martin Niemöller zum »Pfarrernotbund« zusammen, der eine der Keimzellen der »Bekennenden Kirche« wurde. Gleichzeitig gab es aber auch in den Reihen der »Bekennenden Kirche« einige, die von den »nicht arischen« Pfarrern Zurückhaltung bis hin zu freiwilligem Amtsverzicht forderten.

In der bayerischen Landeskirche als »intakter« Kirche war die Konfrontation zwischen »Bekennender Kirche« und »Deutschen Christen« ohnehin nicht so ausgeprägt wie in den »zerstörten« Kirchen, wo die »Bekennende Kirche« teilweise eine eigene Kircheorganisation aufbaute. Meiser hatte nach seinem Erfolg 1934 auf der einen Seite den »Deutschen Christen« seine Unterstützung zugesagt, auf der anderen Seite aber gleichzeitig Anstöße zur Bildung der »Bekennenden Kirche« gegeben. In seinen Entscheidungen in der Kirchenpolitik gegenüber »nicht arischen« Christen blieb er widersprüchlich.

Frühe Publikationen zeigen Hans Meiser als Verfechter der Rassenideologie. Schon in den 1920er-Jahren hatte er antisemitische Gedanken in der Tradition Adolf Stoeckers veröffentlicht und unter anderem die »Reinhaltung des Blutes« gefordert. In der Artikelserie war Meiser jedoch auch für die Judenmission eingetreten, »weil in ihr die Kraft liegt, die Juden auch rassisch zu veredeln« – ein Gedanke, der im Widerspruch zur ansonsten dominierenden Rassenideologie von Meisers Artikeln stand: Eine »Rassenveredelung« durch eine christliche Taufe hätte es nach rassistischer Argumentation nicht geben dürfen.

Nach der nationalsozialistischen Machtübernahme verhinderte Meiser die Einführung des »Arierparagraphen« für bayerische Pfarrer und weigerte sich, in Bayern überhaupt die Zahl der »nicht arischen« Pfarrer zu ermitteln. In der Praxis wich allerdings die bayerische Landeskirche in einigen Fällen vor parteipolitischem Druck und berief »nicht arische« Pfarrer ab. Und auch gegenüber außerbayerischen Anfragen war Meisers Haltung ambivalent. Während er in Einzelfällen rassisch verfolgten Pfarrern aus anderen Landeskirchen Schutz gewährte, war er gleichzeitig nicht bereit, sich für »nicht arische« Pfarrer außerhalb Bayerns öffentlich einzusetzen.

Darüber, wie die evangelische Kirche mit »nicht arischen« Gemeindemitgliedern umging, ist sehr wenig bekannt. Als der ehemalige Präsident des Deutschen Evangelischen Kirchentages und Münchner Bankier Wilhelm Freiherr von Pechmann 1933 den bayerischen Landesbischof Hans Meiser aufforderte, die Verfolgungsmaßnahmen gegenüber den Juden öffentlich zu verurteilen, blieb Meiser stumm.[66] Pechmann trat nicht zuletzt deshalb 1934 unter Protest von seinen kirchlichen Ämtern zurück. Auch spätere Appelle Pechmanns, der sich 1936 der »Bekennenden Kirche« anschloss, blieben unbeachtet. Auf der Synode der »Bekennenden Kirche« 1935 sorgte Hans Meiser dafür, dass eine Denkschrift, die die Not der »nicht arischen« Gemeindemitglieder schilderte, nicht verteilt wurde. Auch zur Pogromnacht 1938 und zur Shoa äußerte sich Meiser nicht. Unüberhörbar ist das Schweigen des bayerischen Landesbischofs zur Verfolgung der »nicht arischen« Christen.

Allerdings schloss Hans Meiser – im Gegensatz zu einigen anderen evangelischen Landeskirchen – die »Nichtarier« nie aus dem Leben der Gemeinde aus. Eine Kennzeichnung »nicht arischer« Christen in Kirchenbüchern und der Ausschluss von Gottesdienst, Taufe, Konfirmation und Bestattung, wie sie anderswo erwogen wurden, stand für Meiser nie zur Debatte. Zudem stellte die bayerische Landeskirche für eine Hilfsstelle für »nicht arische« Christen pro Jahr 10.000 Reichsmark zur Verfügung.

Mit dem Geld wurde eine Hilfsstelle für verfolgte »nicht arische Christen« betrieben. Sie war eine »Vertrauensstelle« von Pfarrer Heinrich Grüber in Berlin, der im Auftrag der Leitung der »Bekennenden Kirche« seit 1938 »nicht arische« Christen betreute.[67] Grübers Büro befasste sich hauptsächlich damit, verfolgte »nicht arische« Christen bei der Auswanderung zu unterstützen. Daneben betrieb er auch Fürsorge für Alte, Kranke und Kriegsversehrte, erteilte Rechtsberatung, kümmerte sich um die Schulversorgung der Kinder, die infolge ihrer Abstammung keine öffentlichen Schulen mehr besuchen durften, und war in der allgemeinen Seelsorge aktiv.

In einigen größeren Städten konnte Grüber Vertrauensleute gewinnen, die die Betreuung der Christen jüdischer Herkunft in ihrer Region übernahmen. So entstand ein Netz von Hilfsstellen. In Bayern gab es in Nürnberg und München solche Einrichtungen. Leiter der Münchner Hilfsstelle war seit Ende 1938 Pfarrer Johannes Zwanzger.[68]

Pfarrer Johannes Zwanzger leitete die Münchner Vertrauensstelle des Berliner »Büro Grüber«, einer Hilfsstelle für »nicht arische« Christen.

Pfarrer Zwanzger berichtete regelmäßig dem Evangelisch-Lutherischen Landeskirchenrat in München über die Arbeit der Hilfsstelle. Die Berichte belegen erschütternd die Ausweglosigkeit der verfolgten Christen jüdischer Herkunft. Zwanzger teilte dem Landeskirchenrat mit, wie die Menschen diskriminiert und entrechtet wurden und beschrieb ihren seelischen Zustand: »Die Erfahrungen der letzten Monate erhalten die Leute in beständiger qualvoller Angst, die bis zur Schlaflosigkeit geht. Die Ungewissheit, ›was kommt jetzt, was kommt dann‹, ist für diese Menschen entsetzlich. Nicht das, was alles gekommen ist, ist für sie das Schwerste, sondern vielmehr das, was noch kommen könnte [...]. Der Selbstmord ist – so furchtbar das klingt – in meinen Sprechstunden zu einem alltäglichen Aussprachegegenstand geworden«.

Neben der seelsorgerischen Betreuung half Pfarrer Zwanzger bei der Arbeitssuche und bei der Auswanderung. Hier war er teilweise erfolgreich. Bis November 1939 konnte er 28 Personen zur Auswanderung verhelfen. So sah Pfarrer Zwanzger trotz aller Rückschläge und Schwierigkeiten seine Arbeit als sinnvoll an. Im November 1939 schrieb er: »Zusammenfassend kann gesagt werden, daß durch die Errichtung dieser kirchlichen Hilfsstelle in verschiedenen Fällen auch wirklich Hilfe gebracht werden konnte [...]. Die meisten der Betreuten haben diesen Dienst mit sehr großem Dank hingenommen«.

Im landeskirchlichen Archiv in Nürnberg aufbewahrte Listen von betreuten »nicht arischen« evangelischen Christen zeigen, dass es sich in München um einige Hundert Verfolgte handelte. Auf einer Liste findet sich auch der Name von Elisabeth Braun mit Angabe ihrer Adresse. Es sind zudem drei weitere Bewohnerinnen des Hildebrandhauses vermerkt: Charlotte Carney, Käthe Singer und Valerie Theumann.[69]

Charlotte Carney zog im Januar 1937 in das Hildebrandhaus in ein Zimmer im Dachgeschoss.[70] Sie hatte zu diesem Zeitpunkt bereits eine Odyssee an Umzügen hinter sich. Im Abstand von jeweils nur wenigen Monaten hatte sie seit September 1935 insgesamt viermal die Wohnung gewechselt, bis sie endlich in der Hildebrandvilla eine dauerhafte Bleibe fand. Carney, die mit 37 Jahren eine der jüngsten Mieterinnen von Elisabeth Braun war, war Lehrerin und hatte die Lehrerinnen-Staatsprüfung in Elbing und Magdeburg absolviert. Als sie 1933 Berufsverbot bekam und gezwungen war, sich nach einer anderen Tätigkeit umzusehen, meldete sie im Oktober 1935 beim Städtischen Gewerbeamt eine Provisionsvertretung für elektrische Hausgeräte und Staubsauger an. Im Oktober 1938 wurde ihr diese Gewerbeerlaubnis wieder entzogen. Carney war vermutlich die erste »nicht arische« Christin, die Elisabeth Braun in ihr Haus aufnahm.

Und sie sollte am längsten dort bleiben. Am 21. Oktober 1941 musste sie als einer der letzten »nicht arischen« Bewohner des Hildebrandhauses ihre Wohnstätte verlassen und in ein Massenlager umziehen.

Käthe Singer, die zweite »nicht arische« Christin von der Liste, war Opernsängerin und arbeitete später wohl als Hauswirtschafterin. Wie Charlotte Carney gehörte sie – spätestens seit ihrem Umzug in die Hildebrandvilla – derselben Gemeinde an wie Elisabeth Braun, nämlich der Dreieinigkeitskirche in Bogenhausen. Wann sie in das Hildebrandhaus zog, ist unbekannt. Sie wohnte dort im Erdgeschoss.

Seit Juli 1939 lebte auch die Gesangslehrerin, Sängerin und Schriftstellerin Valerie Theumann im ersten Stock des Hildebrandhauses. Wie Elisabeth Braun war sie vom Judentum konvertiert. Für die Erlaubnis, die evangelische Christin Valerie Theumann in ihrem Haus aufzunehmen, hatte Elisabeth Braun bereits nachweislich mit offiziellen Stellen verhandelt.[71]

Im August 1939 zogen Helene Sulzbacher, der pensionierte Hauptlehrer Heinemann Edelstein und dessen Ehefrau Jeanette in das Hildebrandhaus. Sie alle fanden im ersten Stock Unterkunft. Einen Monat später kamen die Modistin Lilly Rosenthal und der pensionierte Textilkaufmann Victor Behrend dazu. Lilly Rosenthal fand ein Zimmer im zweiten Stock und Victor Behrend, der vor seiner Pensionierung im Kaufhaus Hertie gearbeitet hatte, eines im ersten Stock. Es fällt auf, dass hier innerhalb von gut sechs Wochen sechs »nicht arische« Personen in das Hildebrandhaus einzogen, von denen fünf im ersten Stock ein Quartier bekamen. Dort befand sich die Wohnung von Elisabeth und Rosa Braun, die aus sechs Zimmern bestand, sowie eine weitere Wohnung des Pianisten Wolfgang Ruoff. Sonst waren keine Räume vorhanden. Es ist wahrscheinlich, dass Valerie Theumann, Helene Sulzbacher, das Ehepaar Edelstein und Victor Behrend in der Wohnung von Elisabeth und Rosa Braun Zimmer erhielten. Die Räume der Wohnung der Brauns waren damit wohl voll belegt.

Und der Prozess der Einquartierung war im Herbst 1939 noch nicht zu Ende. Im Juni 1940 zogen Franziska und Simon Schmikler mit ihrer erwachsenen Tochter Maria in das Hildebrandhaus ein. Sie fanden Unterkunft im Erdgeschoss. Getti Neumann kam im Oktober 1940 in die Maria-Theresia-Straße 23. In welchem Stockwerk sie ihr Zimmer oder ihre Wohnung hatte, ist unbekannt.

Der Alltag im Hildebrandhaus war zunehmend von drückender Enge geprägt. Weitere Zuzüge konnten kaum mehr untergebracht werden. Für Rosa Braun, die damals über 70 Jahre alt war und unter Gicht und Herzbeschwerden litt, war die Situation eine besondere Belastung. »Vor allem aber«, so heißt es in einem ärztlichen Attest vom Februar 1941, »leidet die

In den Jahren 1937 bis 1941 nahm Elisabeth Braun 15 Juden und Christen jüdischer Herkunft im Hildebrandhaus auf. Von einigen sind die Passfotografien erhalten. Weitere Bewohner des Hildebrandhauses ohne Abbildung: Franziska, Simon und Maria Schmikler, Helene Sulzbacher, Käthe Singer und Getti Neumann.

Elisabeth Braun um 1940

Rosa Braun um 1940   Charlotte Carney

Valerie Theumann

Lilly Rosenthal

Jeanette Edelstein

Heinemann Edelstein

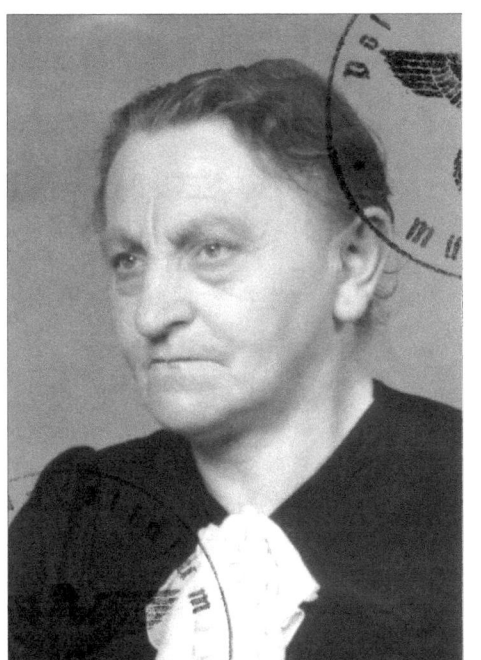

Victor Behrend

Klara Rosenfeld

Sophie Marx

Albert Marx

Pat[ientin] an ausgesprochenen depressiven Zuständen. Bei der Natur des Leidens unter besonderer Berücksichtigung des depressiven Zustandes ist es angezeigt, dass die Pat[ientin] ein Zimmer für sich allein hat. Es kann auch andererseits einer zweiten Person nicht zugemutet werden, das Zimmer mit [der] Pat[ientin] zu teilen.«[72] Und dennoch kamen weitere Mieter in das Haus: Im Mai 1941 folgten Albert und Sophie Marx und Klara Rosenfeld; Klara Rosenfeld fand im ersten Stock Unterkunft.

Insgesamt 15 »nicht arische« Menschen hatte Elisabeth Braun damit seit 1937 in ihrem Haus aufgenommen. Aufgrund der Vielzahl von Personen, die im Hildebrandhaus zwischen 1937 und 1941 Aufnahme fanden, und angesichts der Tatsache, dass sich darunter einige christlich getaufte Menschen befanden, könnte man vermuten, dass es eine Verbindung zur Münchner Hilfsstelle des Pfarrers Zwanzger gab. Elisabeth Brauns Name befand sich wie erwähnt auch auf den Listen der Hilfsstelle. Allerdings taucht er nur auf der allgemeinen Erfassung »Juden evangelischen Glaubens« auf. Auf detaillierteren Listen, in denen Auswanderungspläne und Hilfsaktionen notiert wurden, fehlt Elisabeth Brauns Name. Pfarrer Zwanzger konnte sich weder an das Hildebrandhaus noch an Elisabeth Braun erinnern. Allerdings wurde er erst in den 1990er-Jahren kurz vor seinem Tod dazu befragt. Die Art und Intensität des Kontaktes zwischen Elisabeth Braun und der Hilfsstelle können daher heute nicht mehr rekonstruiert werden.

Elisabeth Braun stand mit Personen in der Gemeinde Bogenhausen in Verbindung. Möglich ist, dass sie bei ihrem Vorhaben, »nicht arischen« Menschen zu helfen, von der Gemeinde unterstützt wurde. Als eine allgemeine Hilfsstelle für »nicht arische« Christen kann das Hildebrandhaus aber, nach allem, was man bisher weiß, wohl nicht bezeichnet werden. Alle Initiativen zur Unterstützung andere »nicht arischer« Christen im Hildebrandhaus, die bisher bekannt sind, gingen von Elisabeth Braun persönlich aus.

Der Einzug der »Nichtarier« im Hildebrandhaus war höchstwahrscheinlich das Ergebnis der nationalsozialistischen Wohnungspolitik, die auf die Trennung von jüdischen und nicht jüdischen Hausbewohnern zielte. »Arier« sollten keinesfalls bei jüdischen Hausbesitzern Mieter sein, und »arische« Hausbesitzer sollten Wohnraum nicht an Juden vermieten. Juden sollten ausschließlich in »jüdischen Häusern« wohnen. »Ariern«, so die Begründung, sei das Zusammenleben mit Juden im selben Haus nicht zuzumuten. Die »Haus- und Grundstücksarisierung« stellte die nationalsozialistische Reichsregierung zunächst zurück. Grund dafür war nicht nur, dass sie sich auf die »Gewerbearisierung«

konzentrieren wollte. Die »jüdischen Häuser« sollten auch für den Zweck der »Zusammenfassung von Juden« genutzt werden. Erste diskriminierende Schritte gegen jüdische Mieter hatte der »Reichsbund deutscher Haus- und Grundbesitzer« bereits 1937 unternommen, indem er »Arierklauseln« für Mietverträge beschloss, um jüdische Mieter fernzuhalten. Einige Genossenschaften versuchten auch, bestehende Mietverträge mit Juden aufzulösen.[73]

Im »Gesetz über die Mietverhältnisse mit Juden«, das am 30. April 1939 erlassen wurde, war festgelegt, dass jüdische Menschen »gegebenenfalls zwangsweise« in wenigen, möglichst in jüdischem Besitz befindlichen Häusern »zusammengefasst« werden sollten. Im Gesetzestext ist die Rede von einer »gerechteren Verteilung« der Wohnräume. Der »den Juden in jüdischen Häusern, zum Teil besonders reichlich, zur Verfügung stehende Wohnraum« sei durch »Aufnahme weiterer jüdischer Familien« besser auszunutzen.

Das Gesetz erlaubte städtischen Behörden, Zwangseinquartierungen vorzunehmen. Die kommunalen Ämter konnten von Juden verlangen, dass diese andere jüdische Mieter und Untermieter aufnahmen. In den folgenden Monaten wurden im ganzen Deutschen Reich jüdische Menschen aus ihren Wohnungen vertrieben und in Häusern untergebracht, die im Besitz von Juden waren. Durch die zwangsweise Zusammenlegung jüdischer Menschen in von den Nationalsozialisten ausgesuchten Häusern entstanden »Judenhäuser«, die von der Gestapo beaufsichtigt wurden.[74]

Auch in München mussten die jüdischen Hausbesitzer zwangsweise zahlreiche Menschen in ihren Wohnungen aufnehmen.[75] Stadtverwaltung und Gauleitung arbeiteten dabei Hand in Hand, um die gesetzlichen Vorgaben möglichst effizient umzusetzen. Während die »Arisierungsstelle« – eine Mischorganisation zwischen staatlicher Institution und NSDAP-Einrichtung – die »nicht arischen« Mieter aus ihren Wohnungen vertrieb und die Zwangseinquartierung organisierte, vermittelte die Stadtverwaltung die »frei gewordenen« Wohnungen an bedürftige Personen und Familien, insbesondere aber an politisch Protegierte.

Das Ergebnis dieser Arbeitsteilung war eine rücksichtslose »Wohnraumarisierung«, die eine erschreckende Bilanz aufwies: Von den rund 1.800 »Judenwohnungen«, die es im Herbst 1939 in München noch gegeben hatte, waren im April 1941 nur noch 45 übrig. In einem Bericht der »Arisierungsstelle« heißt es zur »Entjudung« von Wohnungen: »Die Trennung des jüdischen Wohnraumes vom deutschem war hier, sowohl aus weltanschaulichen Gründen heraus, wie auch im Sinne einer gesunden Bevölkerungspolitik die erste Forderung und Richtlinie der Tätigkeit der Dienststelle, was zudem auch insofern von großer Bedeutung war, da die Juden fast durchweg übergroßen Wohnraum zur Verfügung hatten, im Gegensatz zu den meisten deutschen Volksgenossen.«[76]

Die Wohnungen, aus denen »nicht arische« Menschen zwangsweise ausziehen mussten, und die dann an »Arier« vergeben wurden, verzeichneten die Beamten des »Städtischen Wohnungsnachweises« in Listen. Sie trugen darin die Miethöhe und die Namen der neuen Mieter ein sowie eine kurze Begründung, warum die neuen Mieter die ehemals jüdischen Wohnungen erhalten hatten. Die Wohnungen mit einer Monatsmiete unter 90 Reichsmark wurden an Personen vermittelt, die der »Städtische Wohnungsnachweis« betreute. Zu diesen Personen zählte zum Beispiel Wolfgang Grosse, dem als Opfer des Bürgerbräu-Attentates eine Wohnung in der Römerstraße 6 zugewiesen wurde. Außerdem nutzte die Stadt die billigeren, frei gewordenen Wohnungen, um so genannte Abrissmieter unterzubringen. Das waren Mieter, die ihre Wohnungen aufgrund von Wohnhausabrissen im Zuge der Umgestaltung der »Hauptstadt der Bewegung« verloren hatten. Wohnungen mit einer Monatsmiete über 90 Reichsmark wurden an »Persönlichkeiten« vermittelt, »die im öffentlichen Dienst wirken oder deren Unterbringung von öffentlichem Belang ist«.[77] Dazu gehörten Parteifunktionäre und Staatsbedienstete aber auch protegierte Künstler.

Mit der Ausweisung jüdischer Menschen aus ihren Wohnungen und der anschließenden Einweisung in »Judenhäuser« unternahmen die Nationalsozialisten einen weiteren Schritt zur Ausgrenzung, sozialen Isolation und Entrechtung der Juden, der für die Betroffenen in besonderem Maße bedrohlich war, denn sie verloren ihre Wohnung, ihr Heim als letzte Zufluchtsstätte und waren nun gezwungen, in engen, oft menschenunwürdigen Verhältnissen zu leben.[78]

Die Jüdin Inge Deutschkron, die spätere Schriftstellerin und Korrespondentin der israelischen Tageszeitung *Maariw*, berichtete über ihr Leben in einem »Judenhaus« in Berlin: »Meine Mutter und ich hatten in die Bamberger Straße 22 umziehen müssen, das eines der sogenannten jüdischen Häuser war. Dort wohnten elf Personen in 5 ½ Zimmern, gemäß der Verordnung: ein Wohnraum für zwei Juden. In dieser Wohnung gab es nur ein Bad und eine Küche. Was sich am frühen Morgen in dieser Wohnung abspielte, war fürchterlich. Jeder wollte pünktlich seinen Arbeitsplatz erreichen. Zuspätkommen konnte ein Grund für Deportation sein. [...] Wer es wagte, längere Zeit auf der Toilette zu verbringen, wurde durch ungestümes Klopfen an die Tür oder hysterisches Geschrei vertrieben. [...] Wagte es einer, die Küche auch nur für einen Augenblick zu verlassen, musste er damit rechnen, dass ein anderer seinen Topf vom Feuer genommen und den eigenen an die Stelle gesetzt hatte. [...] Die geringen Lebensmittelzuteilungen – Juden erhielten weder Fleisch, Zucker, Gemüse oder Obst – reichten ohnehin nicht aus, schwer arbeitende Menschen bei Kräften zu halten. [...] Immer saß ihnen die Angst im Nacken.«[79]

Man könnte annehmen, dass auch das Hildebrandhaus ein »Judenhaus« war, denn die Künstlervilla war im Besitz einer »Volljüdin«, und es lebten hier insbesondere ab 1939 viele »nicht arische« Menschen in äußerst beengten Verhältnissen. Weitere Hinweise deuten in dieselbe Richtung. So sprach Elisabeth Braun beispielsweise in einem Brief an den Leiter der »Arisierungsstelle«, Hans Wegner, die Frage der Einquartierung von »nicht arischen« Mietern in ihrem Haus an und äußerte die Bitte, dabei vor allem christlich getaufte Personen zu berücksichtigen. »Ich erkläre mich deshalb ausdrücklich bereit, nachdem unter meinen Arbeitskameraden in Milbertshofen öfters Wohnungssuchende sind, die nach a) Alter, b) Familienverhältnissen (oft arisch verheiratet oder privilegierte Mischehe) u. c) christlicher Konfession einerseits und andererseits infolge a) moralischer Kriegsauszeichnung u. b) Arbeitswilligkeit und Friedensliebe besondere Berücksichtigung verdienen, solche bezüglich der Belegung der Maria Theresiastr. 23 ganz besonders zu berücksichtigen, soweit mir die Möglichkeit dazu von Ihnen gegeben werden sollte.«[80]

Vorsichtig, aber doch bestimmt die eigenen Handlungsspielräume einfordernd, fasste Elisabeth Braun die Kriterien zusammen, nach denen sie ihre neuen »Untermieter« ausgewählt wissen wollte: Alter – das hieß wohl eher ältere Menschen –, Familienverhältnisse – nach Möglichkeit »arisch« verheiratet – und Konfession – womit gemeint war: christlich getauft. Zudem betonte sie Kriegsauszeichnung und Arbeitswilligkeit als besondere Charaktermerkmale der künftigen Mieter. Die von Elisabeth Braun angesprochene »Friedensliebe« bezog sich – das zeigt der Kontext des Briefes – auf die »Harmonie« in der Hausgemeinschaft, die in der Argumentation eine wichtige Rolle spielte – offenbar hatte es im Vorfeld Einweisungen anderer Mieter gegeben, die Unruhe im Haus erzeugt hatten. Obwohl formal noch Besitzerin des Hauses, musste Elisabeth Braun scheinbar »Belegungen« durch die »Arisierungsstelle« akzeptieren, die sich vermutlich auf das genannte Mietgesetz aus dem Jahr 1939 bezogen. Allerdings brachte Elisabeth Braun ihre Kriterien dennoch selbstbewusst vor. Sie rechnete offenbar damit, auf die Auswahl der bei ihr eingewiesenen Personen Einfluss nehmen zu können, und versuchte, insbesondere christlich getaufte »Nichtarier« aufzunehmen.

Das Schreiben Elisabeth Brauns wirft ein Licht auf Möglichkeiten und Grenzen der jüdischen Hausbesitzer bei der zwangsweisen Einquartierung »nicht arischer« Menschen in ihren Häusern. Ob die Hildebrandvilla allerdings ein typisches »Judenhaus« war, muss in Zweifel gezogen werden. Denn wäre das Hildebrandhaus schon ein von der Gestapo geleitetes »Judenhaus« gewesen, dann hätte Elisabeth Braun die Bedingungen für den Zuzug wohl kaum aushandeln können. Gegen die Annahme, das Hildebrandhaus sei ein »Judenhaus« gewesen, spricht zudem, dass es auch einige »arische« Mieter im Hildebrandhaus gab.

Das Hildebrandhaus war in jenen Jahren überfüllt, vor allem die Räume im ersten Stock. An die vielen Menschen erinnert sich auch eine Zeitzeugin, die damals ab und zu den Bildhauer Georgii besuchte.[81] Dass eine große Welle der Zuzüge gerade in die Zeit nach der Verkündung eines neuen antijüdischen Mietgesetzes vom April 1939 fielen, macht einen Zusammenhang mit der allgemeinen »Wohnraumarisierung« mehr als wahrscheinlich, auch wenn der direkte Beleg für eine Zwangszuweisung der neuen Mieter bislang fehlt. Am Beispiel des Hildebrandhauses zeigt sich damit, wie sich die Wohnsituation für »nicht arische« Menschen in München in kürzester Zeit dramatisch zuspitzte.

Angesichts dieser Entwicklung bekam die Hildebrandvilla für ihre Bewohner eine neue Bedeutung: Als vermeintlich »sichere Wohnstätte« schien das Haus ein letztes Bollwerk gegen die Zwangsmaßnahmen des nationalsozialistischen Regimes zu sein. Elisabeth Braun meinte, sich und den anderen »nicht arischen« Bewohnern einen gewissen Schutzraum vor existenzieller Gefahr bieten zu können. Hatte Elisabeth Braun zunächst ihre Kraft darauf konzentriert, den wertvollen Familienstammsitz in der Münchner Innenstadt in ihren Händen zu behalten, so gewann nun die Hildebrandvilla für sie zunehmend an Bedeutung. Auch wenn Elisabeth Braun weiterhin Emigrationspläne verfolgte, konzentrierte sie sich immer mehr darauf, das Hildebrandhaus in der eigenen Verfügungsgewalt zu halten.

3. »Die Lage ist für mich bitter ernst« – der erfolgreiche Kampf gegen die »Zwangsarisierung« des Hildebrandhauses

Die Ausschreitungen gegen die jüdische Bevölkerung und die Verhaftungen in den ersten Monaten der nationalsozialistischen Herrschaft wurden von Übergriffen auf jüdischen Besitz begleitet. So verfolgte schon der Boykott der jüdischen Geschäfte am 1. April 1933 das Ziel, die jüdischen Geschäfts- und Firmeninhaber so weit zu bedrängen und zu bedrohen, dass sie ihr Geschäft oder ihr Unternehmen an »Arier« verkauften.

Für gewaltsame Enteignung von jüdischem Besitz verwendeten die Nationalsozialisten den Begriff »Arisierung« – die Bezeichnung beschrieb plastisch den Übergang von Vermögen aus jüdischem Eigentum in »arische« Hände. Zunächst ging es den Nationalsozialisten vor allem um Gewerbeeigentum, die »Arisierung« blieb aber nicht darauf beschränkt: Neben Gewerbebesitz wurde auch Grund- und Hausbesitz »arisiert«, außerdem Geldvermögen, Wertpapiere und mobile Gegenstände.

Anfangs war die »Arisierung« ein gesellschaftlicher Prozess.[82] Gesetzliche Grundlagen gab es kaum, die »Ariseure« und Schnäppchenjäger waren auf die »freiwillige« Entscheidung der jüdischen Eigentümer angewiesen, ihr Geschäft, ihren Betrieb, ihr Haus oder ihr Grundstück zu veräußern. Um dies zu erreichen, wurde auf die jüdischen Besitzer erheblicher Druck ausgeübt. Sie wurden bedroht und eingeschüchtert. Für die »arischen« Käufer war die Übernahme von jüdischem Besitz unter diesen Bedingungen ein lukratives Geschäft, denn die Käufer zahlten in der Regel einen geringen Preis, zu welchem sie das Unternehmen oder die Immobilie unter anderen Umständen niemals hätten erwerben können.

Eine systematische staatliche Politik der »Arisierung« gab es zunächst nicht. Hintergrund der staatlichen Zurückhaltung war, dass einschneidende Maßnahmen wie eine umfassende Enteignung jüdischer Gewerbetreibender und jüdischer Grundbesitzer den wirtschaftlichen Aufschwung und damit die Aufrüstung Deutschlands hätten gefährden können. Zudem befürchtete man Unruhe in der Bevölkerung und Kritik aus dem Ausland. Reichswirtschaftsminister Hjalmar Schacht vertrat mit Nachdruck die Wirtschaftspolitik des stetigen, möglichst störungsfreien Aufbaus.[83]

3.1 Vermögensanmeldung und »Judenvermögensabgabe«

Das Jahr 1938 markiert einen Wendepunkt in der »Arisierungspolitik« des »Dritten Reiches«. Der Staat wollte nun seinen Profit am Ausverkauf des jüdischen Besitzes in Deutschland sichern.[84] Am 26. April 1938 erfolgte der Auftakt durch die »Verordnung über die Anmeldung des Vermögens von Juden«. Jeder Jude musste sein gesamtes in- und ausländisches Vermögen anmelden. Die Registrierung des jüdischen Besitzes war eine Vorstufe für das weitere Vorgehen des NS-Regimes gegen jüdische Eigentümer. So hieß es in der Verordnung: »Der Beauftragte für den Vierjahresplan kann die Maßnahmen treffen, die notwendig sind, um den Einsatz des anmeldepflichtigen Vermögens im Einklang mit der deutschen Wirtschaft sicherzustellen.« Verfügten die Behörden erst einmal über umfassende Informationen, wer welches Unternehmen, Haus oder Grundstück besaß, so war ein späterer Zugriff auf die Firmen und Immobilien einfach.

In München gingen 2.753 Vermögensmeldungen über einen Gesamtwert von 210,5 Millionen Reichsmark ein. Das »Betriebsvermögen«, also in etwa der Wert der Unternehmen, betrug 37,6 Millionen Reichsmark. Immobilienvermögen wurde im Wert von knapp 60 Millionen Reichsmark angemeldet. Für die Erfassung »jüdischen Vermögens« in München waren die Münchner Gestapo-Zentrale im Wittelsbacher Palais, die Regierung von Oberbayern und das Oberfinanzpräsidium in der Arcostraße 2 zuständig.

Auch Elisabeth und Rosa Braun reichten ihre Vermögensanmeldungen ein. Diejenige von Elisabeth Braun, die sie noch aus Tegernsee schickte, datiert vom 29. Juni 1938. Neben dem Hildebrandhaus besaß Elisabeth Braun die Hälfte des Geschäftshauses und Familienstammsitzes in der Theatinerstraße 52. Ein anderer Teil dieses wertvollen Komplexes gehörte Rosa Braun, ein weiterer dem Berliner Onkel von Elisabeth, Wilhelm Braun. In dem Haus gab es Mietwohnungen und im Erdgeschoss Geschäfte. Mit der Theatinerstraße 52 verfügten Elisabeth und Rosa Braun über eine Immobilie, die im Gegensatz zum Hildebrandhaus schon seit Jahren Gewinn abwarf. Elisabeth Braun gab in der Vermögensanmeldung für die Anwesen den folgenden Einheitswert an: Das Hildebrandhaus war mit 47.800 Reichsmark, das Haus in der Theatinerstraße mit 216.000 Reichsmark bewertet. Darüber hinaus meldete Elisabeth Braun Wertpapiere, Schmuck und Kunstgegenstände an. Ein Geschäft oder Anteile an Firmen besaßen Elisabeth und Rosa Braun nicht.[85]

Vermögenserklärung von Elisabeth Braun (1938)

Der Novemberpogrom von 1938 verschärfte die »Arisierungspolitik« der Nationalsozialisten. Durch die dramatischen Ereignisse der Nacht vom 9. auf den 10. November 1938 und die nachfolgende Gesetzgebung wurde der Druck auf die jüdischen Gewerbetreibenden und Immobilienbesitzer erhöht. Parteistellen machten sich die Angst der jüdischen Bürger zunutze, um Häuser, Grundstücke und andere Besitztümer auf eigene Faust zu »arisieren«. So zwang beispielsweise in München eine Hitler-Jugend-Gruppe unter Führung von Emil Klein, dem Reichsjugendführer für das Land Bayern, ein jüdisches Ehepaar noch in der Pogromnacht, seine Wohnung zu verlassen. Die Wohnung wurde für die HJ beschlagnahmt.[86] Viele jüdische Geschäftsleute und Hausbesitzer verkauften unter dem Eindruck der Ereignisse ihren Besitz »freiwillig«.

Um diejenigen, die noch nicht emigriert waren und ihren Besitz noch nicht zur »Arisierung« frei gegeben hatten, zog sich indessen die Schlinge der wirtschaftlichen Erpressung immer enger. Am 12. November 1938 erließ die Reichsregierung die »Verordnung über die Sühneleistung der Juden deutscher Staatsangehörigkeit«, die so genannte Judenvermögensabgabe. Die »Judenvermögensabgabe« war die umfangreichste antijüdische Sonderabgabe der NS-Zeit. Schon länger hatte man in der Reichsregierung eine Sondersteuer für Juden erwogen. Mit dem Novemberpogrom bot sich eine Gelegenheit, die Pläne umzusetzen.[87]

Die Juden sollten eine Gesamtkontribution von einer Milliarde Reichsmark zahlen. Die Sondersteuer wurde von den Finanzbehörden eingetrieben. In München nahm der Fiskus über die »Judenvermögensabgabe« etwa 50 Millionen Reichsmark ein. Finanziell in die Enge getrieben, verkaufte so mancher sein Geschäft, sein Haus oder Grundbesitz.

Von der »Judenvermögensabgabe« waren auch Elisabeth und Rosa Braun betroffen. An ihrem Beispiel zeigt sich deutlich, wie das NS-Regime das Instrument der Sondersteuer benutzte, um seine Verfolgungsopfer in den Ruin zu treiben. Am 4. November 1939 forderte das Finanzamt München Ost Rosa Braun auf, 15.000 Reichsmark »Judenvermögensabgabe« zu zahlen. Sie sollte dem Finanzamt bindende Vorschläge unterbreiten, wie sie den Betrag in kürzester Zeit abdecken wollte, »da sonst unverzüglich die Zwangsbeitreibung durchgeführt« werden würde. Ein ebensolches Schreiben ging am selben Tag an Elisabeth Braun, die 45.250 Reichsmark »Judenvermögensabgabe« schuldete. Elisabeth und Rosa Braun waren keineswegs arm, aber sie besaßen nicht so viel Bargeld, um die Sonderausgaben ohne Weiteres begleichen zu können.[88]

```
Finanzamt München-Ost                    München, 4.Nov. 19 39
Sachgebiet: V    Steuernummer: 29/3927  Zimmer Nr.: 31   Stock
                                                         Erdgeschoß
Gegenstand: Steuerrückstände
Auf Ihr Schreiben vom: -
Beilagen:               -

            Sie schulden dem Finanzamt München-Ost noch RM. 45250.-
       Judenvermögensabgabe,zuzüglich 2% Säumniszuschlag.(36200.- + V.Rate).
       Nach den Bestimmungen der Reichsregierung ist bis 15.11.39. eine
       weitere Rate zu bezahlen.
            Ich ersuche Sie dem Finanzamt bis 10.11.39. bindende Vorschlä-
       ge zu unterbreiten,wie Sie den Betrag in kürzester Zeit abdecken,
       da sonst unverzüglich die Zwangsbeitreibung durchgeführt werden
       müsste.Ausserdem ist die fällige Einkommensteuer mit    1136.40
                                         Säumniszuschlag           1.60
                                         Kirchensteuer             8.54
       sofort an die Finanzkasse München-Ost einzubezahlen.
                                              Im Auftrag :
                                                         Hader
                                              Ministerialamtmann
       Frau
       Elisabeth Sara Brauer
       M ü n c h e n  27
       Maria Theresiastr.23
```

Mahnung des Finanzamts zur Zahlung der »Judenvermögensabgabe« an Elisabeth Braun (1939)

Mahnung des Finanzamts zur Zahlung der »Judenvermögensabgabe« an Rosa Braun 1939 (Schreibfehler im Namen)

```
Finanzamt München-Ost                    München, 4.Nov. 19 39
Sachgebiet: V    Steuernummer: 29/3666  Zimmer Nr.: 31   Stock
                                                         Erdgeschoß
Gegenstand: Steuerrückstände
Auf Ihr Schreiben vom: -
Beilagen:               -

            Sie schulden dem Finanzamt München-Ost noch RM. 15000.-
       Jud-envermögensabgabe;zuzüglich 2% Säumniszuschlag.(12000.- + 3000.-
       V.Rate).Nach den Bestimmungen der Reichsregierung ist bis 15.11.39.
       eine weitere Rate zu bezahlen.
            Ich ersuche Sie dem Finanzamt bis 10.11.39. bindende Vorschlä-
       ge zu unterbreiten,wie Sie den Betrag in kürzester Zeit abdecken,
       da sonst unverzüglich die Zwangsbeitreibung durchgeführt werden
       müsste.Ausserdem ist die Vermögensteuer II.Rate von RM. 17.50 sofort
       zu bezahlen.
                                              Im Auftrag :
                                                         Hader
                                              Ministerialamtmann
       Frau
       Rosa Sara B r a u e r
       M ü n c h e n  27
       Maria Theresiastr.23
```

Es blieben im Grunde nur zwei Auswege: Entweder die Immobilien sofort um jeden Preis abzustoßen oder sie mit Hypotheken zu belasten. Verzweifelt versuchte Elisabeth Braun, ihren Grundbesitz zu veräußern. Als die Verkaufsverhandlungen stagnierten, musste sie schließlich im April 1940 eine Sicherungshypothek zugunsten des Finanzamtes auf die Künstlervilla in der Maria-Theresia-Straße aufnehmen.[89] Auch Elisabeth Brauns Onkel Wilhelm, der in Berlin lebte, geriet durch die antijüdische Sondersteuer in eine dramatische finanzielle Situation. Am 13. Dezember 1938 trat er seinen Anteil an dem Anwesen in der Theatinerstraße im Wert von 21.600 Reichsmark an das Finanzamt Berlin-Schöneberg ab. Er deckte damit die von ihm als Sicherheit geforderte Reichsfluchtsteuer, die eine Voraussetzung für die Emigration war. Für die Zahlung der »Judenvermögensabgabe« nahm er im Dezember 1940 zusätzlich eine Hypothek über 11.630 Reichsmark auf.[90]

Die Forderungen der Finanzbehörden waren eine ständige Bedrohung für die ehemals vermögende Münchner Kaufmannsfamilie Braun. Die Steuerschulden auch nur annähernd zu begleichen, lag für Elisabeth Braun völlig außerhalb der Möglichkeiten. »Seit etwa 1 1/2 Jahren sind wir nicht mehr in der Lage, unsere privaten steuerlichen Lasten mit der früheren selbstverständlichen Korrektheit bezahlen zu können«, klagte sie im November 1940: »Dieser Zustand ist unhaltbar!«[91] Für dieses Dilemma waren maßgeblich die Rahmenbedingungen verantwortlich, die das NS-Regime selbst geschaffen hatte. Elisabeth Braun waren die Hände in finanzieller Hinsicht vollständig gebunden. Alle Einnahmen wurden seit 1938 auf Sicherungskonten geleitet, auf die sie keinen Zugriff hatte. Sie verfügte lediglich über einen monatlichen Betrag in Höhe von 150 Reichsmark. Damit war es ebenso wenig möglich, die fünfstelligen Steuerschulden abzutragen, wie die regelmäßigen laufenden Abgaben zu bestreiten, die Elisabeth an Onkel und Stiefmutter als Miteigentümer der Immobilie in der Theatinerstrasse auszahlen musste.

Die Finanzbehörden waren nicht die einzigen Instanzen der wirtschaftlichen Verfolgung. Nach dem Novemberpogrom wuchs in kurzer Zeit ein dichtes Netzwerk von staatlichen, halbstaatlichen und privaten Institutionen aus dem Boden, die die Ausplünderung der Juden organisieren und regulieren sollten.

3.2 Die »Arisierungsstelle« in München als Terrorzentrale

Um die nach der Pogromnacht zunehmenden »Arisierungen« durchzuführen, wurde in München am 12. November 1938 eine »Vorbereitungsstelle für die Liquidation der jüdischen Betriebe« eingerichtet. Die »Vorbereitungsstelle« befand sich im Dienstgebäude der Deutschen Arbeitsfront in der Landwehrstraße. Sie war für die Verwaltung der Geldbestände von 470 Münchner jüdischen Firmen zuständig, darunter 318 Einzelhandelsgeschäfte, und sorgte für deren Überleitung in die Liquidation.[92]

Zehn Tage später, am 22. November 1938, gründete Gauleiter Adolf Wagner die privatrechtliche »Vermögensverwertung München GmbH«. Sie übernahm die Aufgaben der »Vorbereitungsstelle« und wurde im Laufe der nächsten Wochen zur zentralen Institution zur Durchführung von »Arisierungen« in München. Die »Vermögensverwertung München GmbH« war in der Widenmayerstraße 27 untergebracht – eine Adresse, die für die Verfolgten des NS-Regimes zum Inbegriff der willkürlichen Schreckensherrschaft wurde.

Die Dienststelle war mit der »Liquidierung der Judenfrage« im Gaugebiet München-Oberbayern beauftragt, und »hatte sämtliche jüdischen Vermögenswerte zum vertretbar billigsten Preis zu erwerben und zu Gunsten des Reiches zum höchstmöglichen Verkehrswert zu verwerten«. Hierunter fielen auch Immobilien und Grundstücke. Die »Grundstücksarisierung« entwickelte sich rasch zum wichtigsten Arbeitsfeld der »Arisierungsstelle«.[93]

Die Mitarbeiter der »Arisierungsstelle« zwangen jüdische Eigentümer dabei zur »freiwilligen« Aufgabe ihres Besitzes. Die Besitzer mussten das Verfügungsrecht über ihr Eigentum an ausgewählte Rechtsanwälte übertragen, die von der Gauleitung bestellt waren. Die »Vermögensverwertung München GmbH« kaufte ihrerseits die entsprechenden Betriebe, Häuser oder Grundstücke zu einem relativ niedrigen Preis, um sie dann zu einem höheren Preis an »Arier« weiter zu verkaufen. Die Gewinne aus den Zwangsgeschäften dienten zu einem erheblichen Teil zum Unterhalt der »Vermögensverwertung München GmbH«. Der Gauleiter Adolf Wagner erhoffte sich aus diesen Geschäften einen Millionengewinn. Bis Ende des Jahres 1938 wurden in München über 400 jüdische Bürger gezwungen, ihr Verfügungsrecht abzutreten. Im Laufe eines Monats erwarb die »Vermögensverwertung München GmbH« 187 Grundstücke.

Bei den ursprünglichen Eigentümern kam vom Kaufpreis in der Regel kein Pfennig an. Die Betroffenen erhielten zwar formal eine bestimmte Kaufsumme, von der aber ein Großteil sogleich beschlagnahmt wurde und in die Staatskasse floss. Die »Arisierungsstelle« arbeitete dabei Hand in Hand mit anderen staatlichen und städtischen Stellen. Die Finanzbehörden drängten beispielsweise darauf, dass die Erlöse aus den

»Arisierungen« für die Begleichung von Steuerschulden verwendet wurden, die vor allem durch die »Judenvermögensabgabe« entstanden waren. Die »Vermögensverwertung München GmbH« verpflichtete sich daher gegenüber den Finanzämtern, die festgesetzten Abgaben in voller Höhe direkt zu begleichen, wenn bei den ehemaligen Eigentümern sonstiges Vermögen nicht in ausreichendem Maße vorhanden war. Auch über den Rest des Kauferlöses konnten die ehemaligen Besitzer nicht verfügen. Das Geld musste auf ein Sicherungskonto eingezahlt werden.

Die »Vermögensverwertung München GmbH« war eine Privatfirma und stand unter maßgeblichem Einfluss des Gauleiters. Private und parteiliche Interessen des Gauleiters flossen hier ineinander. In der privatrechtlichen Form funktionierte die »Arisierung« in München aber nur wenige Wochen. Ab dem 3. Dezember 1938 mussten alle »Arisierungen« laut »Verordnung über den Einsatz jüdischen Vermögens« durch die Regierungspräsidenten genehmigt werden, was dem selbstherrlichen Zugriff des Gauleiters einen Riegel vorzuschieben schien. Im Bereicherungswettlauf um jüdisches Vermögen versuchte der Staat, Konkurrenten wie die »Vermögensverwertung München GmbH« des Gauleiters auszuschalten. Die neue Verordnung war die Grundlage für die staatlich sanktionierte »Zwangsarisierung« – für die staatlich organisierte Enteignung jüdischen Besitzes. Tatsächlich genehmigte die Regierung von Oberbayern die von der »Vermögensverwertung München GmbH« abgeschlossenen Kaufverträge nicht. Die Firma musste aufgelöst werden.[94]

Gauleiter Adolf Wagner reagierte jedoch schnell auf die neue Situation und veränderte die gesamte »Arisierungsorganisation«. Er schuf zwei neue Ämter: den »Treuhänder gemäß Beschluß des Regierungspräsidenten von Oberbayern« als staatliche Stelle und wenig später den »Beauftragten des Gauleiters für Arisierung« als Parteiamt. Die Treuhänderstelle erfüllte die Forderung der Reichsregierung, dass die »Arisierungen« grundsätzlich »Sache des Reiches« seien, deren Erträge allein dem Fiskus zustünden und nur von staatlichen Einrichtungen durchgeführt werden dürften. Mit dem Parteiamt des »Beauftragten des Gauleiters für Arisierung« sicherte sich die Partei ihren Einfluss. Die Parteidienststelle wurde als »Arisierungsstelle« bezeichnet. Beide Ämter, das des Treuhänders und das des Beauftragten, übertrug Gauleiter Wagner seinem Adjutanten im Innenministerium, dem SA-Brigadeführer Gotthold Dziewas.

Dziewas war schon früh in die NSDAP eingetreten und hatte in den 1920er-Jahren in Freikorps und rechtsradikalen Verbänden gekämpft. Nach 1933 machte er in der SA Karriere. Adolf Wagner berief ihn als Landesführer des Deutschen Roten Kreuzes und ernannte ihn 1938 zu seinem Adjutanten. Wagner pflegte auch privat enge Beziehungen zu Dziewas und war bei dessen Hochzeit mit der BDM-Führerin Hilde Königsbauer Trauzeuge.

Im September 1939 meldete sich Dziewas zum Kriegsdienst. Neuer Leiter der »Arisierungsstelle« wurde der SA-Mann Hans Wegner. Wegner, 1905 in Lauf/Pegnitz als Sohn eines Bahnbeamten geboren, absolvierte eine kaufmännische Lehre und war bis 1938 in Nürnberg und München angestellt. Seine wechselvolle politische Laufbahn führte ihn von einer kommunistischen Jugendorganisation zum Stahlhelm. 1929 wurde er Mitglied der NSDAP und trat im Folgejahr der SA bei.[95]

Wegner und seine Mitarbeiter terrorisierten die Münchner Juden. Hier liefen alle Fäden zusammen. Wegners Arbeit endete nicht bei dem Raub der Häuser und Grundstücke. Er und seine Mitarbeiter waren darüber hinaus für andere Bereiche der »Entjudung« zuständig, unter anderem auch für die Einweisung zur Zwangsarbeit, für die Zwangsumsiedlung und den »Betrieb« der Münchner Übergangslager für Deportationsopfer, der – übrigens für die NS-Kamerilla recht unerwartet – einen Millionengewinn abwarf.

Der Begriff der »Arisierungsstelle« stand daher für viele Opfer synonym für den Ruin der Firma, den Verlust der wirtschaftlichen Existenz und den Verlust des Hauses, des Grundbesitzes und auch der Wohnung, später für Zwangsarbeit, Verschleppung und Ermordung. Einmal in das Fadenkreuz der »Arisierungsstelle« geraten, setzte in der Regel für die Verfolgten eine Kaskade von Angriffen auf ihre Lebenssituation ein. Die Münchner »Arisierungsstelle« war ein lokales Zentrum des nationalsozialistischen Terrors. Mit den Namen der Mitarbeiter – Wegner, Mugler, Schrott – verbinde sich das Gefühl des Grauens, hieß es nach 1945 in dem Spruchkammerverfahren zur Entnazifizierung Wegners.

Die »Arisierungsstelle« legte bei der »Immobilienarisierung« eine vernichtende Bilanz vor. Sie war allein 1939 an der »Arisierung« von 411 Grundstücken beteiligt.[96] »Da von Rechtswegen irgendwelche Maßnahmen in dieser Richtung nicht getroffen wurden, hat der hiesige Treuhänder sich mit den jüdischen Eigentümern direkt ins Benehmen gesetzt und erreicht, daß eine Reihe von Juden ihren Besitz freiwillig veräußerten«, berichtete im Februar 1941 die Münchner »Arisierungsstelle«.[97] Sämtliche mit dem Verkauf zusammenhängenden Arbeiten habe die Dienststelle Hans Wegners selbst durchgeführt.

Elisabeth Braun schildert in mehreren Briefen, wie sie von Wegner zum Verkauf ihrer Immobilien genötigt wurde. Ihre Darstellung macht deutlich, was sich hinter den »Arbeiten«, die Wegners Dienststelle

»selbst durchgeführt« hatte, verbarg: Lüge und Erpressung, körperliche Bedrohung und Folter. Auch für Elisabeth Braun war die »Arisierungsstelle« ein Ort der Schikanen und der Verfolgung. Mehrfach schreibt sie, das Hauptproblem sei die »Arisierungsstelle«, die jeglichen Geschäftsverkehr mit ihr ablehne und wo sie verhöhnt und bedroht worden sei. In ihren Briefen und Notizen aus den Jahren 1939 bis 1941 beschreibt Elisabeth Braun die Maßnahmen dieser Dienststelle mit klaren Worten, und zwischen den Zeilen wird zunehmend die existenzielle Dimension der Bedrohung spürbar: Elisabeth Braun hatte Angst um ihr Leben.

3.3 »Mit der Bitte, meine Existenz nicht vernichten zu wollen ...« – Versuch der »Zwangsarisierung« und das Testament

»Beim Spazierengehen hören wir ein Gerücht auf der Straße, man soll nicht in seinen eigenen Wohnungen bleiben, es wird was passieren. Wir stellen uns auf die gegenüberliegende Seite der Straße und blicken sehnsüchtig zu unserer Wohnung hinauf, die Jalousien sind vorgezogen, sie sieht ungewöhnlich aus.

Wir gehen zur Wohnung meiner Schwiegermutter, unserer letzten Zuflucht nun; die Treppe rauf, aber da wohnen ganz andere Leute, haben wir uns im Hause geirrt?

Wir gehen die Treppe im Nebenhaus hinauf, aber auch falsch, das ist ein Hotel. Wir kommen an einem anderen Ausgang raus, versuchen, zurückzufinden, aber nun lässt sich die ganze Straße nicht mehr finden.

Plötzlich glauben wir, doch das Haus, das wir so nötig brauchen, gefunden zu haben, aber es ist wieder das Hotel, das uns schon einmal irregeführt hat. Als sich das entnervende Herumirren zum dritten Mal wiederholt, sagt die Besitzerin des Hotels: ›Selbst wenn Sie die Wohnung finden, das wird nichts helfen. Was geschehen wird, ist das folgende‹, und sie deklamiert in Form und Gebärde der ahasverischen Verfluchung:
›Es ist ein Gesetz:
Sie sollen nirgends mehr wohnen.
So durch die Straßen gehen
Das soll ihr Dasein sein.‹
Dann fällt sie wieder in Prosa und leiert, als ob sie ein Protokoll verliest: ›Gleichzeitig mit besagtem Gesetz wird alles verboten, was noch erlaubt war, als da ist, Kaufläden zu betreten, Handwerker zu beschäftigen...‹ und mir fällt mitten in dem Grauen eine Nebensache ein: Wo lass ich mir denn nun meinen Kostümstoff verarbeiten?

Wir verlassen das Hotel, gehen für immer in den trüben Regen ...«[98]

Sorge, Angst und Verzweiflung sprechen aus diesem Traum, den eine Frau in Deutschland im Jahre 1935 hatte. Sie war selbst keine Jüdin, aber mit einem Juden verheiratet. Mit ihm teilte sie das Schicksal der verfolgten und diskriminierten Juden, die wie Elisabeth und Rosa Braun immer weiter aus der Gesellschaft verdrängt wurden. Der Traum vermag eine Vorstellung davon zu vermitteln, in welchen Ängsten auch Elisabeth Braun gelebt haben muss.

Es blieb nicht aus, dass die »Arisierungsstelle« das Anwesen in der Theatinerstraße 52 und das Hildebrandhaus in den Blick nahm. Beide Häuser waren sehr lukrative Objekte für die nationalsozialistischen »Ariseure«: das eine ein Geschäfts- und Wohnhaus in bester Innenstadtlage, das andere eine noble Villa.

Der erste Versuch, Elisabeth Braun zu enteignen, erfolgte am 15. Februar 1939. Zweieinhalb Monate nach ihrer Rückkehr in das Hildebrandhaus erhielt Elisabeth Braun ein Schreiben des Regierungspräsidenten von Oberbayern, in dem ihr befohlen wurde, das Anwesen »umgehend zu veräußern«. Die Grundlage hierfür bildete die »Verordnung über den Einsatz jüdischen Vermögens« vom 3. Dezember 1938, mit deren Hilfe nach dem Novemberpogrom die »Arisierung« vorangetrieben werden sollte. Elisabeth Braun durfte den Verkauf auch nicht mehr selbst durchführen. Stattdessen wurde als Treuhänder jener oben genannte Gotthold Dziewas von der »Arisierungsstelle« eingesetzt.[99] Elisabeth Braun musste unter diesen Umständen damit rechnen, dass das Haus bei einem Verkauf weit unter Wert veräußert werden würde. Sie hatte also einen erheblichen finanziellen Verlust zu erwarten.

Elisabeth Braun ging daher mutig gegen den Bescheid des Regierungspräsidenten vor. Sie reichte am 28. Februar 1939 an höchster Stelle, beim Reichswirtschaftsminister Walther Funk, eine Beschwerde ein. Welche Argumente Elisabeth Braun anführte, ist nicht bekannt. Wahrscheinlich wies sie auf den Erlass des Reichswirtschaftsministers vom 6. Februar 1939 hin, in dem es hieß, »dass die zwangsweise Gesamtentjudung des nicht landwirtschaftlich oder forstwirtschaftlich genutzten Grundbesitzes nach ausdrücklicher Anordnung des Beauftragten für den Vierjahresplan im gegenwärtigen Augenblick noch nicht in Angriff zu nehmen« sei. »Die Durchführung dieser Aufgabe wird zentral angeordnet, sobald die Entjudung der gewerblichen Wirtschaft zu einem gewissen Abschluss gekommen ist. Die Zuständigkeit der höheren Verw.-Behörden auf dem Gebiet des Grundstücksverkehrs wird sich daher zunächst grundsätzlich auf die Genehmigung freiwilliger Veräußerungsgeschäfte beschränken.«[100] Die Realität in München sah anders aus, denn die »Arisierungen« auch von Grundstücken wurden immer weiter vorangetrieben, wie die Berichte der »Arisierungsstelle« zeigen. Dennoch war für die Betroffenen die abwartende Haltung des Reiches bei der »Haus- und Grundbesitzarisierung« möglicherweise ein Signal, sich zur Wehr zu setzen.

Elisabeth Braun hatte mit ihrer Beschwerde Erfolg. Der Reichswirtschaftsminister schrieb am 20. Juni 1939 in der Sache »Zwangsentjudung Grundstück München, Maria-Theresia-Str. 23« an Elisabeth Braun: »Ich habe den Herrn Regierungspräsidenten in München mit Weisungen versehen. Sie erhalten von dort weiteren Bescheid.« Am 5. Juli empfing sie tatsächlich ein Schreiben vom Regierungspräsidenten, mit dem die Anordnung vom Februar 1939, das Haus unter treuhänderischer Verwaltung zu verkaufen, aufgehoben wurde. Es wurde ihr freigestellt, das Haus »im Wege des freihändigen Verkaufs zu veräussern«.[101] Zwar war damit ein Zwangsverkauf abgewendet, aber der Reichswirtschaftsminister ging davon aus, dass das Haus verkauft werden würde.

Die Aufhebung der »Zwangsarisierung« war ein Erfolg von Elisabeth Braun im Kampf um ihr Haus in der Maria-Theresia-Straße. Aber damit war die Auseinandersetzung mit der »Arisierungsstelle« keineswegs beendet. Wegner und seine Kollegen blieben hartnäckig. Das Ziel, das Hildebrandhaus zu »arisieren«, sollte nicht so schnell aufgegeben werden. So erschien das Haus auf einer Liste der »Arisierungsstelle«, auf der 112 Anwesen und Grundstücke in München und Umgebung genannt waren, die sich im September 1939 noch »in jüdischem Besitz« befanden.[102]

Anfang 1940 nahm der Druck auf Elisabeth und Rosa Braun erneut zu. Ihre finanziellen Mittel waren inzwischen stark eingeschränkt. Als Elisabeth Braun Ende Januar 1940 »höflich und dringend« darum bat, weiterhin zumindest ihre Konten für die Hausverwaltung frei bewirtschaften zu dürfen, wurde ihr dies offenbar nicht genehmigt. Da sie dennoch fortfuhr, ihre Mieteinnahmen selbst zu bewirtschaften, wurde ihr ein Strafverfahren angedroht. Fünf Wochen später bat sie die Finanzbehörden daher erneut »höflichst und dringlichst« darum, dass das nun drohende Strafverfahren nicht eingeleitet werden möge. »Da ich nicht vorbestraft bin, würde die Einleitung eines Strafverfahrens […] die schwersten« Folgen für meine gesamt Ehre und Existenz haben«, schrieb sie in dem Brief und schloss »mit der Bitte« meine Existenz nicht vernichten zu wollen – unter Bezug auch auf § 72 DG – mit dem Ausdruck tiefster Ehrerbietung und Dankbarkeit für Gerechtigkeit«.[103]

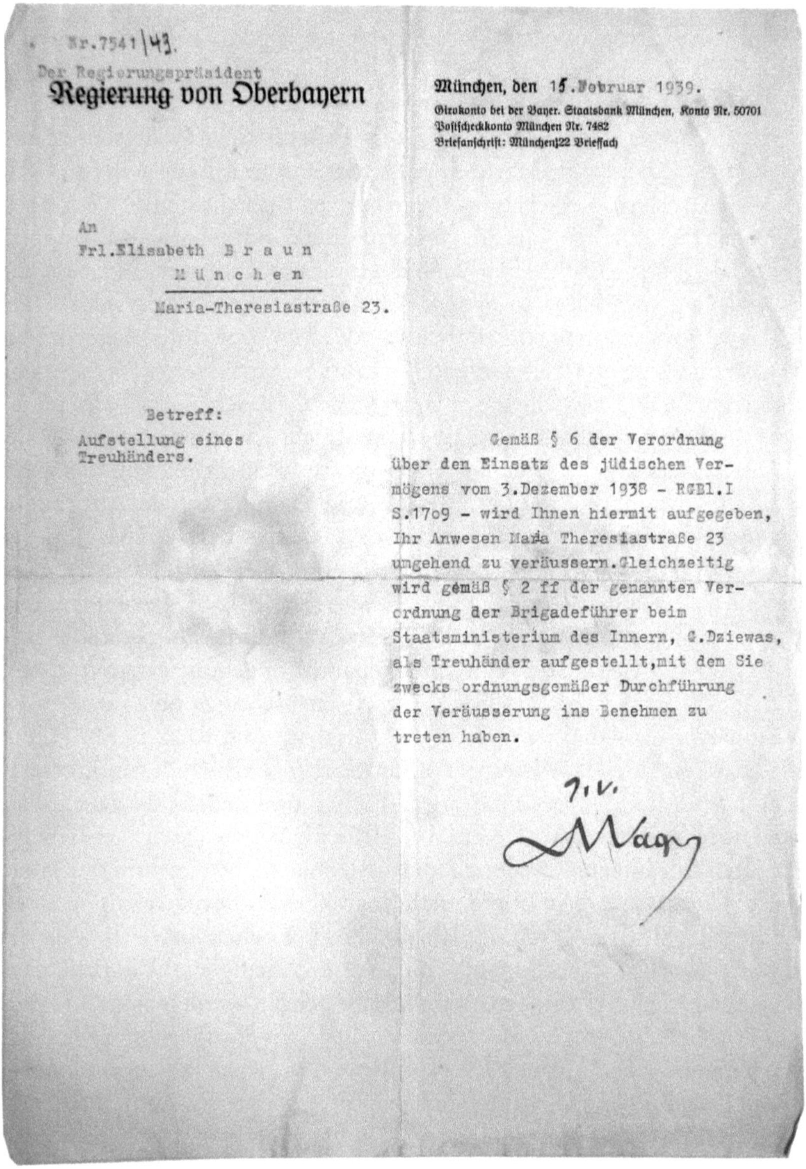

Nr.7541/43.

Der Regierungspräsident
Regierung von Oberbayern

München, den 15. Februar 1939.
Girokonto bei der Bayer. Staatsbank München, Konto Nr. 50701
Postscheckkonto München Nr. 7482
Briefanschrift: München 22 Brieffach

An
Frl. Elisabeth Braun
 München
Maria-Theresiastraße 23.

Betreff:
Aufstellung eines
Treuhänders.

Gemäß § 6 der Verordnung über den Einsatz des jüdischen Vermögens vom 3. Dezember 1938 - RGBl.I S.1709 - wird Ihnen hiermit aufgegeben, Ihr Anwesen Maria Theresiastraße 23 ungehend zu veräussern. Gleichzeitig wird gemäß § 2 ff der genannten Verordnung der Brigadeführer beim Staatsministerium des Innern, C. Dziewas, als Treuhänder aufgestellt, mit dem Sie zwecks ordnungsgemäßer Durchführung der Veräusserung ins Benehmen zu treten haben.

7.V.
[Signature]

Aufforderung an Elisabeth Braun zum Zwangsverkauf des Hildebrandhauses (Februar 1939)

> München 27, Maria Theresiastr.
> 23/I
> 11.V.1939.
>
> An Seine Exzellenz den Herrn
> Reichswirtschaftsminister Walter
> Funk, Berlin.
>
> Betreff: Einspruch gegen die Auflage
> zur umgehenden Veräusserung des
> Anwesens Maria Theresiastr. 23 vom
> 28.II.1939.
>
> Eure Exzellenz!
> In obiger Angelegenheit erbitte ich
> nochmals dringendst einen gütig
> ergangenen aufhebenden
> Bescheid bezüglich umgehender Veräusserung
> des Anwesens.
> Zu den schon am 28.II. eingehend dargelegten
> Gründen sind seit anfangs Mai noch
> weitere wesentliche dazu gekommen durch

Protestschreiben gegen die »Arisierung« des Hildebrandhauses von Elisabeth Braun an Reichswirtschaftsminister Walther Funk, erste Seite (Mai 1939)

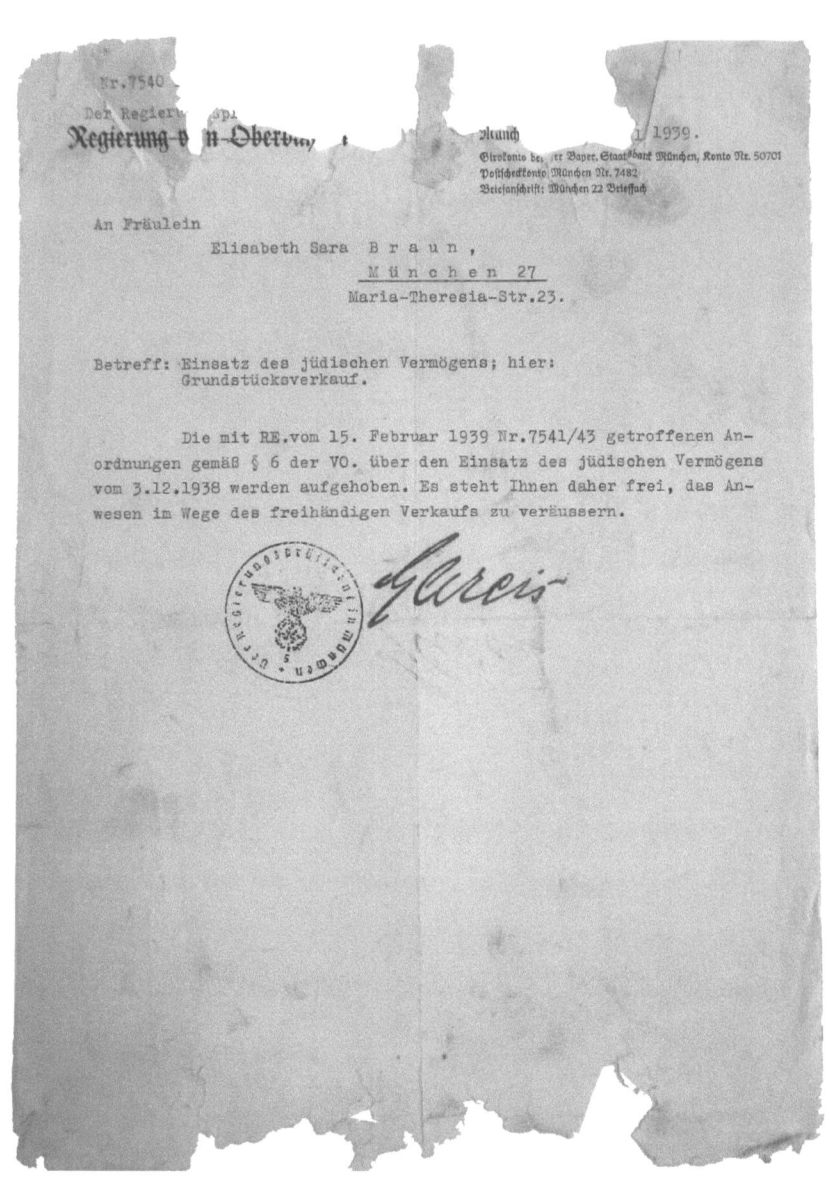

Aufhebung des Zwangsverkaufs durch die Regierung vom Oberbayern (Juli 1939)

Ihre Bitte und ihre Argumente hatten keinen Erfolg. Da Elisabeth Braun sich weiterhin weigerte, ihre Mieter anzuweisen, alle Zahlungen nur noch auf ein für sie als Verwalterin gesperrtes Konto zu überweisen, verurteilte die Devisenstelle sie schließlich am 24. Juli 1940 zu einer Geldstrafe von 1.000 Reichsmark. Sie war nicht in der Lage, die Summe zu zahlen. Die Zahlung wurde zwar gestundet, aber der finanzielle Druck blieb so groß, dass nur der Verkauf eines ihrer Häuser Abhilfe schaffen konnte.[104]

Elisabeth Braun suchte in diesem Zusammenhang den Rechtsbeistand durch den »nicht arischen« Anwalt Hans Bloch. Von Bloch ist bekannt, dass er, der zu diesem Zeitpunkt wegen der nationalsozialistischen Berufsbeschränkung nur noch als »Konsulent« Juden beraten durfte, insbesondere »nicht arische« Christen unterstützte.[105] Auch Bloch konnte jedoch die finanziellen Probleme, in die das NS-Regime die Brauns gezwungen hatte, nicht lösen, sondern lediglich für kurze Aufschübe sorgen.

Für die Familie Braun verschärfte sich die Lage weiter, als beide Anwesen, Maria-Theresia-Straße 23 und Theatinerstraße 52, am 1. August 1940 unter Zwangsverwaltung gestellt wurden und die bisher erzielten Einnahmen unter der neuen Verwaltung plötzlich sanken. Der Verwalter Thomas F. Witzgall, der im Auftrag des Leiters der »Arisierungsstelle« eingesetzt worden war,[106] scheint kein Interesse an einer ertragbringenden Führung der Häuser gehabt zu haben und erwirtschaftete kaum noch Gewinne.

Elisabeth Braun hatte darüber hinaus einen anderen Verdacht. Sie vermutete, dass Witzgall und der Leiter der »Arisierungsstelle« Hans Wegner kräftig in die eigene Tasche wirtschafteten. »Nach meinen sehr vorsichtigen Schätzungen«, so schrieb sie 1940 an Adolf Veit, den Vermögensverwalter ihres Onkels Wilhelm, »hat Herr Witzgall auf das Konto des Herrn Treuhänders Wegner […] noch mindestens 1600 M Überschüsse über die Verteil[ung] und Ausgaben erzielt.« In der Korrespondenz der Herren, die sie einmal einsehen hatte dürfen, sei auch »sehr schön von erheblichen Überschüssen der Theatinerstr. die Rede«.[107] Deutlich geht aus dem Brief hervor, in welcher Art und Weise der Verwalter der beiden Anwesen seiner Aufgabe nachging. Demnach gab Witzgall einen Teil der Einkünfte des Hauses Theatinerstraße 52 für nicht dringend notwendige Arbeiten am Hildebrandhaus aus. Dagegen hätte das Dach des Hauses in der Theatinerstraße 52 unbedingt einer Reparatur bedurft, weil es hineinregnete und der Schaden später nur unter viel größerem Aufwand zu reparieren gewesen wäre.

Ein weiteres schwerwiegendes Problem war, dass Rosa, Elisabeth und Wilhelm Braun ihre Einkünfte nicht mehr in voller Höhe erhielten. Da sie von den monatlichen Einnahmen ihres Hausbesitzes lebten, waren sie dem Treuhänder, der nun auch die Mieteinnahmen verwaltete, ausgeliefert. Zwar wurde den Besitzern eine monatliche Auszahlung zugebilligt, doch diese reichte nicht aus, um den Lebensunterhalt und vor allem die Steuern zu bezahlen. Vorsprachen bei der »Arisierungsstelle« blieben erfolglos. Dort wurden Elisabeth und Rosa Braun von den Angestellten nur verspottet und es wurde ihnen sogar gedroht, dass die »Freibeträge«, über die die Brauns verfügen konnten, weiter herabgesetzt werden würden.

In ihrem Brief an Adolf Veit wiederholt sich Elisabeth Braun oft, vermutlich verfasste sie ihn in starker Erregung. »Die Lage ist für mich bitter ernst«, heißt es in dem Schreiben. Gleichzeitig betont sie eindringlich, dass sich der Vermögensverwalter an die »Arisierungsstelle« wenden und um Abrechnung bitten, dabei aber keine Kritik üben solle: »keine Mitteil. über die 3 Beteiligten, nur eine höfliche kurze Bitte um Abrechnung für Sie«. Und sie schreibt nochmals: »Bitte keinen Bezug auf uns«. Unterstreichungen im Brief verweisen darauf, wie wichtig es ihr war, dass bei der »Arisierungsstelle« nicht der Verdacht aufkommen konnte, sie hätte die Anfrage nach einer Abrechnung initiiert.

Die beiden Häuser standen schon mehr als zwei Monate unter der Zwangsverwaltung durch die »Arisierungsstelle«, als Elisabeth Braun wieder Post vom Regierungspräsidenten erhielt. Das Schreiben vom 11. Oktober 1940 forderte Elisabeth Braun erneut auf, das Hildebrandhaus zu verkaufen: »Gemäss §§ 6,2 der VO. über den Einsatz des jüdischen Vermögens vom 3. Dezember 1938 (RGBl. 1 S. 1709) wird Ihnen hiermit nach Einverständniserklärung des Herrn Reichswirtschaftsministers aufgegeben, Ihr Anwesen Maria-Theresia-Str. 23 zu einem vom Treuhänder zu bestimmenden Termin zu veräussern. Gleichzeitig wird der Beauftragte des Gauleiters, SA-Obersturmführer Wegner, München, Widenmayerstr. 27, als Treuhänder zur Verwaltung und späteren Veräusserung des Grundstückes eingesetzt. Mit diesem haben Sie zwecks ordnungsgemässer Durchführung der Verwaltung und späteren Veräusserung sich ins Benehmen zu setzen. Die Kosten der treuhänderischen Verwaltung fallen Ihnen zur Last.«[108] Diesmal hatten offenbar Wegner und seine Mitarbeiter in der »Arisierungsstelle« die Genehmigung beim Reichswirtschaftsminister im Vorfeld bereits eingeholt, um das für sie peinliche Fiasko des ersten Versuchs zu vermeiden.

Erneut wandte sich Elisabeth Braun, wie schon 1939, mit einer Beschwerde an den Reichswirtschaftsminister, um die »Zwangsarisierung« zu verhindern. Weniger als zwei Wochen, nachdem sie die Verkaufsaufforderung erhalten hatte, schrieb sie an den Wirtschaftsminister Funk. In dem Brief bezog sie sich nicht ausschließlich auf den Verkauf des Hildebrandhauses, sondern auf die Zwangsverwaltung beider Anwesen. Sie hatte sich über »Arisierungsfragen« gut informiert und zitierte den Runderlass des Wirtschaftsministers vom 6. Juli 1940 über die »Vermeidung von Zwangsarisierung vor Ablauf des Krieges«. Sie betonte, dass die Zwangsverwaltung erst nach dem Runderlass erfolgt sei. Außerdem gäbe es kein öffentliches Interesse an der »Zwangsarisierung« beider Anwesen. Abschließend verwies sie auf die ausdrückliche Aufhebung der Treuhänderschaft durch den Reichswirtschaftsminister im Juli 1939.[109] Eine Antwort des Reichswirtschaftsministers auf die Beschwerde von Elisabeth Braun ist nicht überliefert. Allerdings scheint der eingesetzte Treuhänder nicht mit Verkaufsverhandlungen begonnen zu haben.

Dass es im Sommer 1940 zu einer Zuspitzung der Situation kam, könnte daran gelegen haben, dass Elisabeth Braun in dieser Zeit in »Schutzhaft« genommen worden war. Sie selbst bezeichnete später diese Zeit im Frühsommer oder Sommer 1940 lediglich als »Abwesenheit«, in der sie ihren Verpflichtungen nicht nachkommen konnte.[110] Sollte es sich tatsächlich um einen Haftaufenthalt gehandelt haben, dann wollte sie dies vermutlich aus Scham später nicht deutlich aussprechen. Eine Gefängnishaft dürfte sich auch negativ auf ihre Ausreisepläne ausgewirkt haben – ein weiterer Grund, nicht offen darüber zu sprechen. Die Aussage des im August eingesetzten Treuhänders für die Hausverwaltung spricht hingegen eine deutlichere Sprache: »Frl. Braun«, heißt es da in einem Schreiben an die Stadtverwaltung, »war längere Zeit in Schutzhaft und hat in ihren Papieren eine derartige Unordnung, daß ich veranlaßt bin, mir die Zustellung [...] von ihnen zu erbeten.«[111] Für eine unfreiwillige Abwesenheit spricht auch, dass Elisabeth Braun wichtige Behördengänge nicht selbst erledigte, sondern durch ihre Stiefmutter Rosa durchführen ließ.

Wie ärztliche Zeugnisse belegen, war Elisabeth Braun zu dieser Zeit auch schwer erkrankt. Bereits im April hatte bei ihr eine Ärztin »Kreislaufstörungen« und »infolge von Überanstrengung [...] einen nervösen Erschöpfungszustand« diagnostiziert. »Sie ist so weit geschwächt, dass sie sehr dringend erholungsbedürftig ist und zwar ist ein Aufenthalt in einer Kuranstalt notwendig«, hieß es in dem Attest, das allem Anschein nach von einem »arischen« Arzt ausgestellt worden war. Eigentlich hätte sich Elisabeth Braun als »Volljüdin« nur von einem jüdischen »Krankenbehandler« – wie die jüdischen Ärzte despektierlich bezeichnet wurden – untersuchen lassen dürfen. Dass sie dennoch einen »arischen« Arzt aufsuchte, spricht dafür, dass ihr die Angelegenheit sehr dringlich war. Der Besuch dieses Arztes war zwar ein Risiko – für sie selbst und für den Arzt –, aber nur so hatte sie überhaupt eine Chance auf eine aufwändige Behandlung und einen Kuraufenthalt. Bei einer Überweisung durch einen »Krankenbehandler« wäre eine weitere Behandlung durch Kureinrichtungen höchstwahrscheinlich abgelehnt worden. Am 2. August 1940 stellte eine »Krankenbehandlerin« bei Elisabeth Braun dann eine Schilddrüsenerkrankung (Basedowsche Krankheit) fest und empfahl ebenfalls einen Kuraufenthalt.¹¹² Möglich wäre also auch, dass die »Abwesenheit« eine Kurzeit war. Wahrscheinlicher ist jedoch eine zeitweise Inhaftierung.

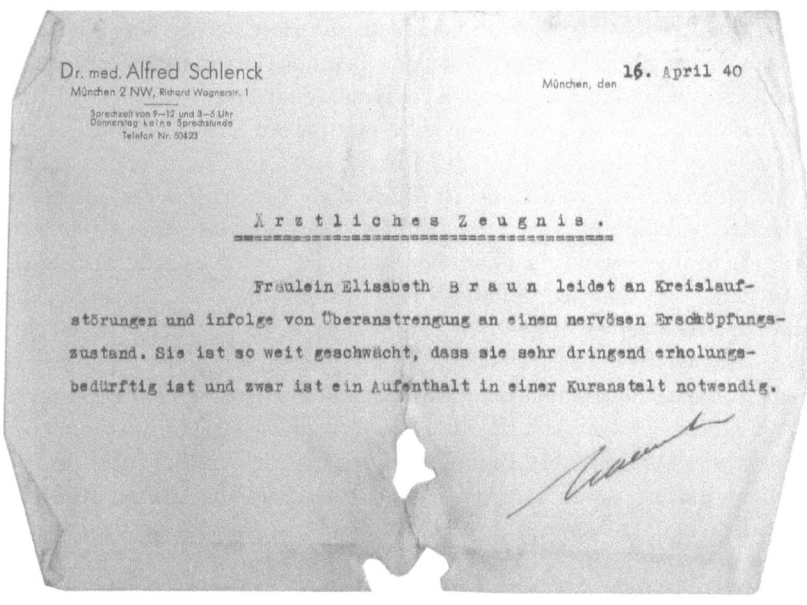

Ärztliches Zeugnis für Elisabeth Braun wegen nervösem Erschöpfungszustand (April 1940)

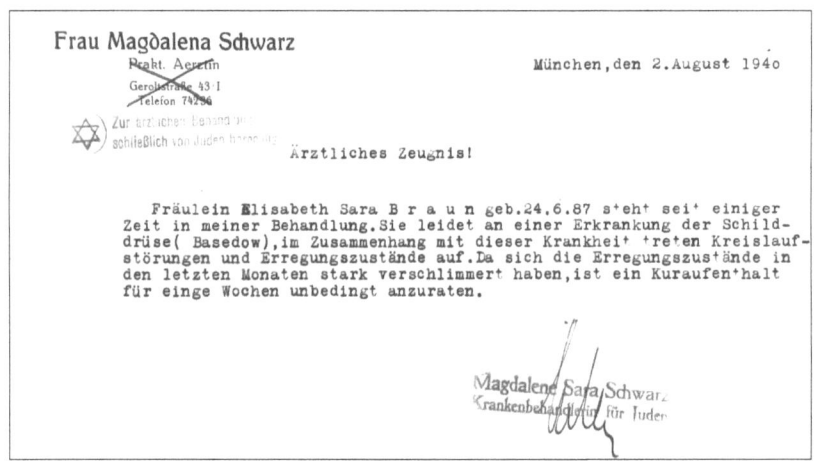

Ärztliches Zeugnis für Elisabeth Braun wegen Basedowscher Krankheit (August 1940)

Was Elisabeth Braun in diesen so dramatischen Wochen des Sommers 1940 erlebte und erlitt, muss sie in eine existenzielle Krise gestürzt haben. Vor diesem Hintergrund mag verständlich werden, warum sie gerade in dieser Zeit, am 21. Juni 1940, ihr Testament verfasste. Elisabeth Braun war zu diesem Zeitpunkt 52 Jahre alt.

Aus den einleitenden Worten des Testamentstextes wird deutlich, wie dramatisch sie ihre Lage empfand: »Infolge bestimmter persönlicher Bedrohungen in den letzten 17 Tagen«, hieß es darin, müsse sie »möglicherweise mit meinem vorzeitigen Ableben« rechnen. Der Zeitpunkt der Abfassung liegt genau einen Tag nach einer Vorladung beim Finanzamt, wo sich Elisabeth Braun für die Zahlungsrückstände bei ihren Steuern rechtfertigen musste. Die erdrückende Zwangslage und die Drohungen, denen sie im Finanzamt ausgesetzt war, mögen sie in ihrem Beschluss, das Testament zu verfassen, bestärkt haben.[113]

Elisabeth Braun vermachte ihr gesamtes Vermögen der Evangelisch-Lutherischen Kirche in Bayern. Die Kirche sollte Alleinerbin des Hildebrandhauses, ihrer Anteile am Wohn- und Geschäftshaus in der Theatinerstraße 52 sowie ihres Geldvermögens sein. Darüber hinaus verfügte Elisabeth Braun, dass die Kirche das Erbe für die »Betreuung nicht arischer Christen« und zur »Mission unter Juden« verwenden solle. Als Ersatzerben setzte Elisabeth Braun ihren Neffen Matthias Güldenstein ein. Der Hintergrund hierfür dürfte eine Abmachung zwischen der Familie Güldenstein und Elisabeth Braun gewesen sein, dass nach dem Ableben von Paula Güldenstein 1938 deren Anteil am Erbe nicht mehr wie bisher in Form einer Leibrente ausgezahlt, sondern die Güldensteins als Teilhaber der Immobilien eingesetzt werden sollten. Die Absprache wurde nicht mehr umgesetzt.[114]

Im Frühjahr 1941 verfasste auch Rosa Braun ein Testament.[115] Es lehnte sich sehr nah an den letzten Willen ihrer Stieftochter an. Dass auch Rosa Braun ihr Vermögen der evangelischen Kirche vermachte, ist insofern ungewöhnlich, als sie im Gegensatz zu Elisabeth nicht getauft war. Man muss diesen Vorgang wohl aus der unmittelbaren Gefahr deuten, in der sich beide Frauen befanden, und in der eine Erbregelung gesucht wurde, die das Vermögen retten konnte. Der Aspekt, das Vermögen in sicheren Händen zu wissen, mag eine Rolle gespielt haben. So setzte Elisabeth Braun beispielsweise auch »wegen arischen Erben« und »in deren Interesse« fest, dass Adolf Veit als Testamentsvollstrecker eingesetzt werden sollte, falls die Kirche das Erbe nicht antrete.[116]

Am 17. April 1941 ergänzte Elisabeth ihr bisheriges Testament: »Die guten zugehörigen Möbel« sollten möglichst »an 4 gottesfürchtige u.

möglichst wirtschaftlich sorgsame Brautpaare« verteilt werden. Die Bibliothek sollte an die Christuskirche gehen. Ihre Wäsche vermachte Elisabeth Braun in diesem Testamentszusatz an eine gewisse Kati Roiß.[117] Die Ergänzung ist handschriftlich abgefasst, und der Schreiber war offensichtlich nicht Elisabeth Braun selbst, sondern Theodor Karg, Oberkirchenrat der evangelischen Kirche und nach 1945 Testamentsverwalter des Erbes von Elisabeth und Rosa Braun. Er hatte den Ergänzungstext ebenfalls auf dem Dokument unterzeichnet. Das Papier fand sich auch später nicht bei den anderen Unterlagen, die die Brauns bei persönlichen Vertrauenspersonen hinterlegt hatten, sondern im Safe des Landeskirchenrats, von wo es 1951 der Akte »Erbe Braun« beigefügt wurde. Das Schriftstück belegt, dass Elisabeth Braun persönlichen Kontakt bis in hohe Kirchenkreise hatte. Wie ungebrochen ihr Glaube und ihr Vertrauen in die Kirche auch unter den größten persönlichen Schwierigkeiten noch war, kann man aus dem letzten Satz erahnen, den Elisabeth Braun selbst unter den Testamentszusatz geschrieben hat: »Mit freundlichem Dank für Ihre gütige Mühewaltung. Gott erhalte die teure Bayerische Landeskirche und segne sie weiter. Amen.«[118]

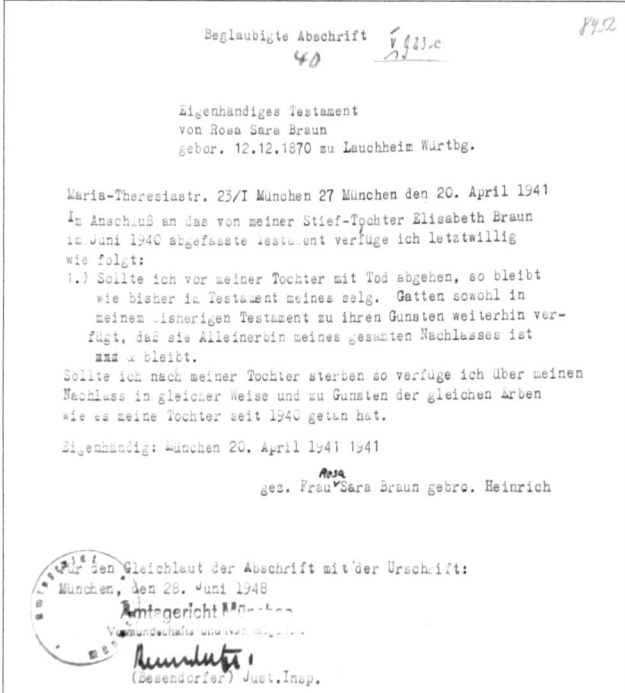

Testament von Rosa Braun vom 20. April 1941

München, am 21.Juni 1940.
Freitag.

Eigenhändiges Testament .

Da ich infolge bestimmter persönlicher Bedrohungen in den letzten 17 Tagen möglicherweise mit meinem vorzeitigen Ableben - vorzeitig im Sinn des Gegensatzes zu natürlichen gesundheitlich oder altersmässig bedingten Lebensablauf - rechnen muss, bestimme ich für den Fall meines Ablebens über meine heute noch in meinem Eigentum befindlichen bezw. bei meinem Ableben hinterlassenen mir gehörigen irdischen Güter wie folgt:

I. Erbe (Erbin) meines Vermögens soll sein bezw. werden die " Evang.Lutherischen Lamdeskirche in Bayern rechts des Rheins ". Zum Testamentsvollstrecker ernenne ic Herrn Justizrat Veit, München, Maximilianstrasse 35, Schauspielhaus

II. Sollte die evangel.luth.Landeskirche in Bayern rechts des Rheins das Erbe ausschlagen, so würde ich an 2.Stelle als Erbe den Sohn meines Vetters Dr.Gustav Güldenstein Riehen b.Basel, Wenkenstrasse 22, nämlich Matthias Güldenstein Sohn von Gustav G.& Frau Nora Siebert-Güldenstein ernennen sowie falls II ausschlägt

III. Herrn Josef Schmitt, Bankbeamter bei der Hyp.& Wechselbank München, Sohn unseres langjährigen Hausmeisters Nikolaus Schmitt falls auch Herr Dr.Güldenstein für seinen Sohn Matthias ausschlagen sollte. III. bezw. für seine Kinder falls er ablebt oder zu Gunsten seiner Kinder verzichtet.

Im Erbfalle I stelle ich an die Evangelische Landeskirche Bayern r.d.Rh. das dringendste Ersuchen, Werte die ich mit grösster Mühe und Sorgfalt während der letzten 18 Jahre teils erworben teils zusammengehalten habe, für Zwecke der Betreuung und vor allem - soweit irgend möglich - der Mission sogenannter nichtarischer Christen in deutschsprachlichen Ländern verwenden zu wollen. Ich bitte insbesondere das Anwesen Maria-Theresiastrasse 23 möglichst

Testament von Elisabeth Braun vom 21. Juni 1940, in dem sie die Evangelisch-Lutherische Kirche in Bayern als Alleinerbin für ihr Vermögen einsetzte, Seite 1

zum Wohnen für nichtarische gläubige Einzelnichtarier oder Rassenmischehen weiter zur Verfügung zu stellen; falls es nicht möglich sein sollte,den Erlös der Mieten den Obigen zur Betreuung & Mission zur Verfügung zu stellen.

Im Fall der Erben II oder III oder IV würde ich dieses Ersuchen als Auflage bis zu 2/3 des Erbes in dem Sinn machen, dass während der nächsten 15 Jahre 2/3 der zu verwaltenden Vermögensrente dem obigen Zweck zugeführt werden bezw.dafür angesammelt werden dürfen,falls Verteilung nicht möglich. Verwaltung ä̃x̃ẼX̃T̃x̃x̃x̃x̃ durch Testamentsvollstrecker im Fall II,III, IV.

Sollte die evangelisch lutherische Landeskirche das Erbe annehmen,so wäre ich einverstanden,dass anstelle von Herrn Justizrat Veit Herr Oberkirchenrat Dr.Karg Testamentsvollstrecker würde. Sowohl Herr Dr.Karg im Fall Erbe I Herr Justizrat Veit im Fall Erbe II ,III oder IV mit dem Recht einen Nachfolger sich zu ernennen. - Mein Nachlass besteht heute aus dem Anwesen Maria-Theresiastrasse 23 (Wert ca.90-100.000 ℳ) von dem die sogenannte Jud.Verm.Abgabe auf ca.27000 ℳ zu reduzieren und von Theatinerstr. 52 zu tragen wäre.

Ferner aus mindestens der Hälfte von Theatinerstr. 52, evtl. aus 2/3 dieses Anwesens. 1/3 besitze ich seit ca.1927 allein; 1/3 in Erbengemeinschaft mit Frau Rosa Sara Braun.Von letzteren Drittell gehört mir laut Erbschein 3/4 (- 3/12 des Anwesens). Frau Braun hatte aber falls sie mich überlebt,Anspruch auf Eigentum zu 1/24,auf Vermächtnis 3/24 des Anwesens. Sollte Frau Braun vor mir sterben,so kann ich über 2/3 = 2 Drittelle des Anwesens testamentarisch verfügen,sollte sie nach mir sterben,so kann ich mindestens über die Hälfte des Hauses verfügen.Statt 1/24 Theatinerstrasse erhielt Frau Braun ein Wohnrecht Maria-Theresisstrasse 23 auf 9 Jahre.

Testament von Elisabeth Braun vom 21. Juni 1940, in dem sie die Evangelisch-Lutherische Kirche in Bayern als Alleinerbin für ihr Vermögen einsetzte, Seite 2

3

Erbschein meines Sel.Vaters Testamentes liegt beim Nachlassgericht München-Au (3/4 Tochter 1/4 Gattin).

1.) Ich bitte dringlichst die Erben,meinen Wunsch für wirklich gläubige nichtarische Christen in deutschsprachlichen Ländern zu sorgen,folgeleisten zu wollen,insbesondere für Mission falls wieder möglich.

2.) Ich bitte an Frau Rosa Sara Braun (70 Jahre alt) aus dem Erbe möglichst so viel jährlich als Vermächtnis zu zahlen, dass ihr inklusive ihrer sonstigen Einkünfte mindestens 300 ℳ monatlich nach heutigem Geldwert verbleiben.& im Fall von Krankheit oder Operation ihr Beihilfen zu gewähren; ihr gegenwärtiges Einkommen dürfte ca.250 ℳ sein.

IV. Falls I,II,III ausschlagen: Ersatzerben Frau Lore Rosenbaum, geb.Heinrich Chicago und Herr Max Heinrich Chicago University Avenue 5456.

I,II,III& IV soll nicht gemeinschaftlich erben,sondern nur ersatzerbweise falls vorhergehende No.I,II,III ausgeschlagen haben sollten.

Ich bitte die evangel.luther.Landeskirche dringendst um Annahme für Christus !

Geistig völlig zurechnungsfähig gezeichnet

21.Juni 1940.

Testament von Elisabeth Braun vom 21. Juni 1940, in dem sie die Evangelisch-Lutherische Kirche in Bayern als Alleinerbin für ihr Vermögen einsetzte, Seite 3

Handschriftlicher Testamentszusatz von Elisabeth Braun vom 17. April 1941. Kurz vor ihrer Deportation und Ermordung veränderte Elisabeth Braun ihr Testament noch zwei Mal im August und im November 1941. Falls die Kirche und auch ihr Neffe Matthias Güldenstein das Erbe ausschlagen sollten, bestimmte sie nun statt des zuvor als Ersatzerbe benannten Hausmeisters Josef Schmitt den Vertrauten der Familie Franz Feiner als Universalerben. Außerdem überließ sie einen Teil der Nachlassgegenstände ihrer Mieterin Frau Gralls.

4. Alles verloren – Zwangsverkauf und »Entmietung«

4.1 Der Zwangsverkauf des Familienstammsitzes

Bereits vor ihrer Rückkehr nach München im November 1938 hatte Elisabeth Braun Versuche unternommen, das Anwesen in der Theatinerstraße zu verkaufen. Dabei wandte sie sich zunächst an langjährige Geschäftspartner und -nachbarn, mit denen ihre Familie bereits seit den 1920er-Jahren in engem Kontakt stand. Umso ernüchternder war die Erfahrung, dass sich die Situation inzwischen sehr zu ihren Ungunsten gewandelt hatte. So protestierte sie empört gegen das Angebot des Besitzers des Nachbarhauses, das etwa 60 Prozent unter dem von Elisabeth Braun erwarteten Preisniveau lag. Es habe sie »außerordentlich befremdet«, schrieb sie in einem Brief an den Kaufinteressenten, dass gerade er als langjähriger Nachbar einen solch niedrigen Preis genannt habe.[119] Elisabeth Braun kannte den Rechtsanwalt Otto Weber, der sich für das Anwesen interessierte, offenbar gut und versuchte, sich auf die jahrzehntelange Nachbarschaft und auf frühere geschäftliche Kontakte aus der Zeit vor der nationalsozialistischen Machteroberung zu berufen. Selbstbewusst schließt der Brief Elisabeth Brauns mit den Worten, sie halte ein Treffen nur dann für sinnvoll, wenn der Käufer einen angemessenen Preis zu bieten bereit sei.

Monatelang scheint aber kein höheres Kaufangebot eingegangen zu sein. Im August 1940 stellte Elisabeth Braun fest, dass sie zwar seit einem bis eineinhalb Jahren »in Fühlung« mit Kaufinteressenten stehe, ein Verkauf sei aber noch nicht in Aussicht. Obwohl Wilhelm Braun in Berlin offenbar sehr auf einen Verkauf drängte, rechtfertigte sie sich für die Verzögerungen: »Es scheint nicht angezeigt, ein Anwesen, das fast 80 Jahre unter grössten Opfern von uns speziell in den letzten 20 Jahren – finanziell, arbeitstechnisch u. moralisch – erhalten wurde, allzusehr unter dem tatsächlichen Dauerwert abzugeben, da in normalen Friedenszeiten bei guter Geschäftslage der Normalwert [...] höher war.«[120]

Elisabeth und Rosa Braun standen unter enormem Verkaufsdruck. Empfindlich spürbar wurde die Geldknappheit, als Elisabeth Braun am 7. Juni 1941 vom Amtsgericht München verurteilt wurde, an die Israelitische Kultusgemeinde 873,25 Reichsmark zu zahlen. Rosa Braun hatte

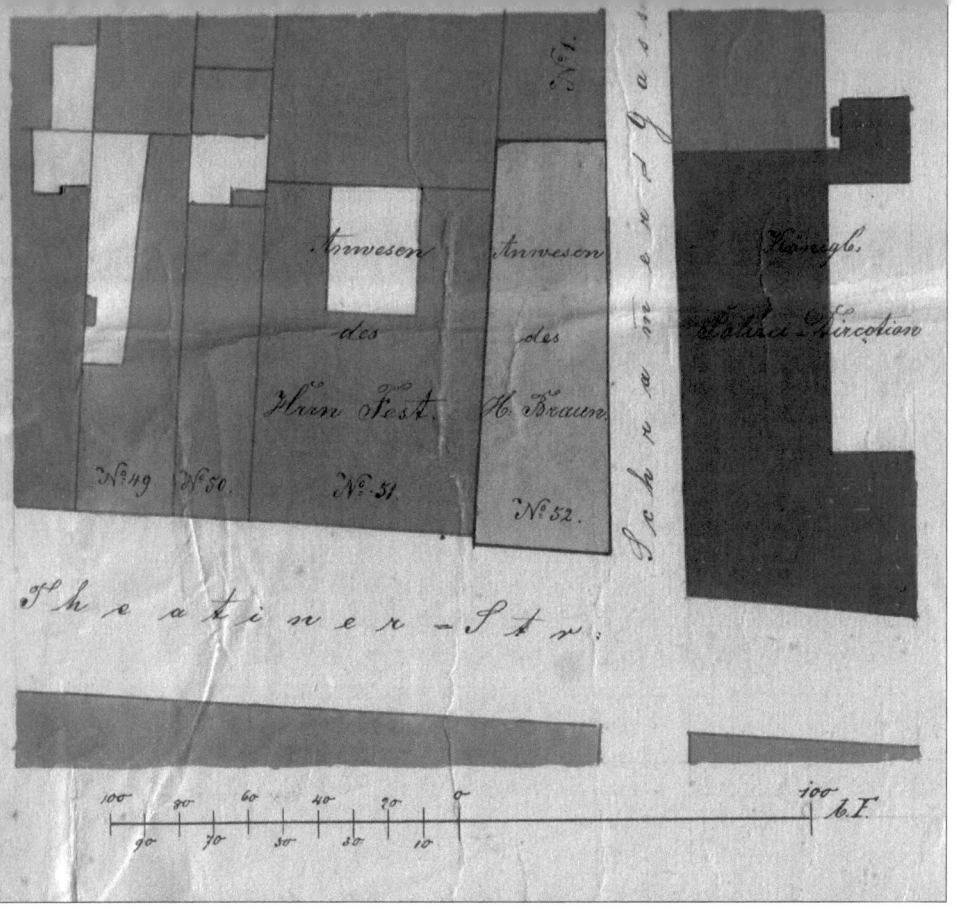

Plan des Geschäftshauses »Spiegelbrunneneck« in bester Münchner Innenstadtlage in der Theatinerstr. 52, das sich seit 1862 in Besitz der Familie Braun befand. Elisabeth Braun besaß die Hälfte des Anwesens, weitere Teile gehörten ihrer Stiefmutter Rosa Braun und ihrem Onkel Wilhelm Braun. In dem Gebäude gab es Mietwohnungen und im Erdgeschoss Geschäfte.

drei Tage zuvor ebenfalls eine Verhandlung. Sie sollte 244,05 Reichsmark überweisen. Die Gründe für diese Forderungen sind nicht bekannt. Möglich, dass Elisabeth Braun als Christin sich weigerte, Pflichtbeiträge an die 1939 zwangsweise gegründete »Reichsvereinigung der Juden in Deutschland« zu entrichten. Alle Personen, die nach den Nürnberger Gesetzen als Juden galten, also auch die »nicht arischen« Christen, mussten der »Reichsvereinigung der Juden in Deutschland« beitreten und Pflichtbeiträge zahlen.[121] Nachdem sie die Forderungen der »Reichsvereinigung« erhalten hatten, standen Elisabeth und Rosa Braun erstmals unmittelbar vor einer Pfändung.

Am 18. Juli 1941 erhielten Elisabeth und Rosa Braun von der »Arisierungsstelle« ein Schreiben, in welchem sie aufgefordert wurden, ihre Wohnung binnen eines Monats zu räumen. Es heißt darin: »Nachdem Ihre Wohnung für einen arischen Mieter benötigt wird, werden Sie hiermit zum 16.8.1941 entmietet.« Die Brauns sollten schon Mitte des Monats ausziehen, hätten aber die Miete bis zum 31. August zu zahlen – so der abschließende Satz des Schreibens.

Erste Seite eines Briefes von Elisabeth Braun an den Leiter der Münchner »Arisierungsstelle« Hans Wegner vom 16. Juli 1941, in welchem sie den Zuzug weiterer »nicht arischer« Menschen vorschlägt, um das Hildebrandhaus zu retten

Schweren Herzens scheint sich Elisabeth Braun daraufhin zu einem strategischen Entschluss durchgerungen zu haben: In dieser existenziellen Notsituation erklärte sie sich zum Verkauf der Theatinerstraße 52 unter der Bedingung bereit, dass sie dafür das Hildebrandhaus behalten und dort auch weiter wohnen dürfe. Der Leiter der »Arisierungsstelle« Hans Wegner ging sofort auf das Angebot ein. Ein Schriftstück von der »Arisierungsstelle« vom 28. Juli 1941 bestätigte, dass, falls das Anwesen Theatinerstraße 52 verkauft würde, Elisabeth Braun das Haus Maria-Theresia-Straße 23 zumindest bis Kriegsende behalten könne. Ihr und Rosa Braun wurde Wohnrecht eingeräumt sowie das Recht, den Verwalter des Hildebrandhauses selbst bestimmen zu können. Zudem sollten die beiden Frauen vom Arbeitsdienst, den sie bislang leisten mussten, befreit werden.[122]

Am selben Tag unterschrieben Elisabeth und Rosa Braun den Kaufvertrag, in welchem der Verkauf des Hauses Theatinerstraße 52 geregelt wurde.[123] Käuferin war Luise Roeckl. Zwischen den Familien Roeckl und Braun gab es langjährige wirtschaftliche Beziehungen, die u. a. auf die Phase der Vermögensumgestaltung bei den Brauns Mitte der 1920er-Jahre zurückgingen. Der Kaufpreis lag bei 220.000 Reichsmark, sicherlich weit unter Wert des Hauses. Bei Kaufverhandlungen vor Kriegsbeginn war von 360.000 Reichsmark die Rede gewesen. Diese Summe hätte Elisabeth Braun auch Anfang der 1940er-Jahre erwarten können. Als Maßstab für den unveränderten Wert des Hauses kann das von 1930 bis 1940 gleichbleibende Mietniveau für die Wohnungen und die gewerblichen Räume in dem Anwesen Theatinerstraße 52 gelten.

Beim Abschluss des Kaufvertrags am 28. Juli 1941 mit Luise Roeckl musste die Familie Braun eine Treuhandgebühr von fünf Prozent aus den 220.000 Reichsmark, also 11.000 Reichsmark, an den Treuhänder bezahlen. Auch das Finanzamt München meldete sofort Ansprüche an, da sich bei Elisabeth und Rosa Braun Steuerrückstände angehäuft hatten. Mehr Geld zum persönlichen Verbrauch hatten die Brauns durch den Verkauf des Hauses Theatinerstraße 52 nicht, denn der Rest des Erlöses floss vollständig auf ein Sicherungskonto.

Schon die Verhandlungsbedingungen ließen keinen Zweifel zu, dass es sich hier um eine skrupellose Übernahme mit hohem Profit für den »Ariseur« handelte.[124] Zusätzlich zu der Erpressung, das Wohnrecht in der Hildebrandvilla gegen einen extrem niedrigen Verkaufspreis aufzurechnen, kam es zu massiven Drohungen und Einschüchterungen.

Damit die »Arisierung« des Gebäudes auch formal als »Arisierung« galt und nicht etwa als ein fingiertes Geschäft, um den »jüdischen Besitz«

vorübergehend von »arischen« Freunden oder Bekannten bis zu einer späteren Rückgabe verwalten zu lassen, musste Luise Roeckl versichern, dass sie über das mit dem Vertrag erworbene Grundstück, seine Verwertung oder Nutzung keinerlei »Abreden oder Sonderabkommen in irgendeiner Form mit Juden oder zugunsten von Juden« getroffen habe und solche auch nicht treffen würde.[125]

4.2 Die »Entmietung« von Elisabeth und Rosa Braun

Dennoch waren die Bewohner des Hildebrandhauses zunächst wohl erleichtert. Ende Juli 1941 sah es so aus, als ob Elisabeth Braun das Hildebrandhaus behalten könnte, zumindest war ihr von der »Arisierungsstelle« bestätigt worden, dass bis Kriegsende der Status quo erhalten bliebe. Die Mitteilung, die die Brauns noch Mitte Juli 1941 erhalten hatten, dass ihre Wohnung »entmietet« werde, schien durch die Zusicherung vom 28. Juli außer Kraft gesetzt.

Im August 1941 beschleunigten sich allerdings die Ereignisse im Hildebrandhaus erneut dramatisch. Zum einen war Elisabeth Braun wieder krank geworden. Im Frühjahr 1941 wurde bei ihr eine »aussergewöhnlich grosse Geschwulst« diagnostiziert, dessen sofortige Entfernung der Arzt empfahl.[126] Sie scheint jedoch weder die Zeit noch die Möglichkeiten für eine Operation gehabt zu haben.

Am 14. August 1941 ließ die Israelitische Kultusgemeinde, die zu diesem Zeitpunkt bereits völlig unter der Kontrolle der Gestapo stand, für die immer noch ausstehenden Gemeindebeiträge von Elisabeth und Rosa Braun eine Pfändung durchführen. Im Pfändungsprotokoll heißt es, es sei kein Geld im Hause gewesen. Der Gerichtsvollzieher nahm daher ein mit 500 Reichsmark bewertetes Klavier, einen Sekretär, zwei Kommoden, einen Kleiderschrank und ein Schreibpult mit. Der Versteigerungstermin für die Gegenstände wurde auf den 10. September 1941 angesetzt.[127]

Am gleichen Tag, an dem der Gerichtsvollzieher die Pfändung für die Kultusgemeinde durchführte, suchte auch ein Herr Reiter von der Münchner Lagerhaus- und Transport-Gesellschaft m.b.H. die Maria-Theresia-Straße 23 auf, um »Umzugsvorbereitungen« zu besprechen.[128] Sein Besuch zerstörte alle Hoffnung für die Brauns. Die »Arisierungsstelle« hielt sich nicht an die Abmachung vom 28. Juli. Die Sondierung durch den Spediteur war der erste Schritt einer »Entmietung«. Obwohl Elisabeth und Rosa Braun der Besitz des Hauses und Wohnrecht zugesichert worden waren, leitete die »Arisierungsstelle« die Räumung des

Hauses ein. Die »freiwillige« Veräußerung, der Entschluss, den Besitz in der Theatinerstrasse zu opfern, war also vollkommen umsonst gewesen.

Der Besuch des Möbelspediteurs entsprach dem üblichen Ablauf einer »Entmietung« im Vorfeld der Deportationen. Nach Kriegsende schilderte der Auktionator Hans Regenscheit, wie die »Entmietungsaktionen« durchgeführt wurden: »Gegen L. H. [Name anonymisiert] wurde die sog. Entmietung durchgeführt «, erklärte er in einem Wiedergutmachungsverfahren 1954 »d. h. sie musste zu einem bestimmten Termin ihre Wohnung verlassen und wurde in das Sammellager Clemenz-Auguststr. [sic!] eingewiesen. Die Möbel mussten in der Wohnung bleiben. Aus gleichgelagerten Fällen ist mir bekannt, dass die Verfolgten dann kurzfristig die Wohnungen auch von ihren Möbeln freimachen mussten. Den Verfolgten waren die Namen der für die Verwertung der Möbel in Frage kommenden Firmen, insbesondere Versteigerungsfirmen bekannt; und so fiel die Wahl auf mich. [...] Nach Auftragserteilung traf ich L. H. in ihrer Wohnung [...] und schaute mir dort in ihrem Beisein die Wohnungseinrichtung an. Es war eine kultivierte Wohnungseinrichtung in gutem Erhaltungszustand.«[129]

Nachdem die Eigentümerin deportiert worden war, brachte eine Möbelspedition die Sachen zum Versteigerungsbüro. In komplizierten Berechnungen arrangierte Regenscheit dann den Schätzpreis so, dass selbst bei Höchstgebot maximal 70 Prozent des Wertes des Gegenstandes erzielt wurden, was den Preisvorgaben des NS-Regimes entsprach. Der Erlös wurde an die Finanzbehörden überwiesen, die die Raubaktion organisierten. Regenscheit beobachtete auch, dass die Nachfolger in den Wohnungen »verschiedene Gegenstände« beanspruchten.

Alles deutet darauf hin, dass es auch bei den »nicht arischen« Bewohnern des Hildebrandhauses zu einem ähnlichen Ablauf gekommen ist. Das Besichtigungsprotokoll des Spediteurs gewährt heute einen der ganz wenigen Einblicke in die Lebensverhältnisse von Elisabeth und Rosa Braun. 10 Meter Möbelwagenraum, schätzte der Spediteur, brauche er, um den besichtigten Hausstand »mit allem Drum und Dran« zu verladen – nicht viel, wenn man bedenkt, dass die Familie Braun einmal einen sehr wohlhabenden Haushalt geführt hatte. Vermutlich hatte die Zwangseinquartierung anderer Mieter die beiden Frauen schon länger dazu gezwungen, ihre Einrichtung auf wenige Räume zu begrenzen. Auch dürften sie aus wirtschaftlicher Not vieles verkauft haben. Von der wertvollen Wohnungseinrichtung, die Elisabeth Braun in den 1920er-Jahren besessen hatte, scheint kaum mehr etwas übrig gewesen zu sein.

Der Gerichtsvollzieher und der Möbelspediteur trafen an jenem Tag nur Rosa Braun an. Elisabeth Braun war seit dem 8. August 1941 im Gefängnis in Stadelheim inhaftiert.[130] Die »Entmietung« ihres Hauses erlebte Elisabeth Braun daher nur aus der Ferne. Der Auszug aus der Maria-Theresia-Straße fand zwei Tage nach der Wohnungsbesichtigung durch den Spediteur statt. Am 16. August 1941, einem Samstag, wurde Rosa Braun gezwungen, in die Clemens-August-Straße 9 im Stadtteil Berg am Laim, in eine »Heimanlage für Münchner Juden« umzuziehen. Elisabeth Braun, die erst am darauffolgenden Montag, dem 18. August, aus dem Gefängnis entlassen wurde, kehrte gar nicht mehr in die Maria-Theresia-Straße zurück, sondern musste sich gleich in die »Heimanlage« begeben.

Elisabeth und Rosa Braun waren nicht die einzigen Bewohner des Hildebrandhauses, die in die »Heimanlage« für Münchner Juden in Berg am Laim gebracht worden waren. Am selben Tag wie Elisabeth und Rosa Braun musste auch Getti Neumann ihre Wohnung im Hildebrandhaus aufgeben. Sie wurde ebenfalls in die Clemens-August-Straße 9 eingewiesen.[131]

Schon am 12. August hatte Victor Behrend das Haus in der Maria-Theresia-Straße 23 verlassen. Er fand eine neue Bleibe in der Thierschstraße 4. Am 15. August folgten Heinemann Edelstein und seine Frau Jeanette. Von Frau Edelstein ist bekannt, dass sie in die Bürkleinstraße 16/II umzog. Und auch Albert und Sophie Marx wurden gezwungen, am 16. August das Hildebrandhaus zu verlassen.

Etwa eine Woche später, am 22. August 1941, musste Klara Rosenfeld die Maria-Theresia-Straße 23 verlassen. Sie zog in die Reichenbachstraße 27. Es folgten am 15. Oktober 1941 Lilly Rosenthal und Valerie Theumann. Sie mussten ebenfalls in die »Heimanlage für Juden« in Berg am Laim in die Clemens-August-Straße 9 umziehen. Auch Charlotte Carney wurde hier eingewiesen. Sie war am 21. Oktober 1941 gezwungen worden, ihre Wohnung im Hildebrandhaus zu räumen.

Von Simon, Franziska und Maria Schmikler, von Käthe Singer und Helene Sulzbacher[132] ist das Datum ihres Auszugs nicht bekannt. Es dürfte aber nicht nach November 1941 gewesen sein. Wenn man davon ausgeht, dass in den Meldeunterlagen der Stadt München alle Bewohner des Hauses erfasst sind, lebten Ende 1941 keine »nicht arischen« Menschen mehr im Hildebrandhaus. Es war, wie es in der Sprache der Nationalsozialisten hieß, »judenfrei«, aber noch nicht »arisiert«. Elisabeth Braun war noch immer Eigentümerin des Hildebrandhauses.

5. Die Enteignung und Deportation der »nicht arischen« Bewohner des Hildebrandhauses

5.1 Elisabeth Brauns Ringen um den Familienstammsitz

Am 17. August 1941, einem Sonntag, schrieb Elisabeth Braun aus dem Gefängnis auf dem offiziellen Briefpapier der Justizvollzugsanstalt an die Notariate München V und XVII und erklärte die Nichtigkeit ihrer Unterschrift unter den Vertrag über den Verkauf der Theatinerstraße 52. Angesichts der Situation – sie saß im Gefängnis, das Hildebrandhaus schien verloren, ihre Stiefmutter musste ausziehen – begann Elisabeth Braun, gegen den Verkauf des Hauses Theatinerstraße 52 vorzugehen. Die »Arisierungsstelle« hatte sich nicht an die Vereinbarung gehalten, deshalb fühlte sich wohl auch Elisabeth Braun nicht mehr daran gebunden.

Auf Grund ihrer juristischen Ausbildung war sie in der Lage, den Vertrag mit allen ihr zur Verfügung stehenden Rechtsmitteln anzufechten: »Hiermit erkläre ich die Nichtigkeit einer bei Ihnen von mir abgegebenen Unterschrift und der damit verbundenen Unterschriften, Willenserklärungen, Beurkundungen und Rechtsgeschäfte«, schrieb sie. »Die Nichtigkeitserklärung und Anfechtbarkeit stützt sich in erster Linie darauf, dass eine Willenserklärung nichtig und anfechtbar ist, wenn sie durch Drohung und Nötigung veranlaßt worden ist, dann darauf, dass ein Rechtsgeschäft, das den guten Sitten widerspricht, nichtig ist.« Die Nichtigkeitserklärung galt auch laut Vollmacht für die Unterschriften von Rosa und Wilhelm Braun. Elisabeth Braun erläuterte weiter: »Die Anfechtbarkeit [...] gründet sich darauf, dass ich unter Ausnützung einer persönlichen Notlage zu einem Rechtsgeschäft innerhalb etwa 15-25 Minuten ohne irgend welche persönlichen Vorverhandlungen gezwungen worden bin [...]. Ich bin nur durch persönliche Bedrohung für den nächsten Tag falls ich mich weigern würde zu unterzeichnen und durch die dadurch drohende unmittelbare Lebensgefahr zu der Unterzeichnung gezwungen worden.« Das Notariat sollte sich darum kümmern, dass keinerlei Zahlungen und auch keine Änderungen im Grundbuch vorgenommen würden.[133]

Obwohl Elisabeth Braun aus dem Hildebrandhaus ausziehen musste, verlor sie nicht ihren Mut. Sie kämpfte weiter gegen das Unrecht, das ihr und ihrer Stiefmutter angetan worden war. Am 27. August 1941 notierte sie: »Hiermit erkläre ich, daß ich zur Unterzeichnung des Kaufvertrages Braun-Roeckl betreffs Theatinerstraße 52 nur durch Drohung u[nd] Gewalt gezwungen worden bin. Es wurde mir gedroht dass Mama u[nd] ich beide verhaftet würden wenn wir nicht zum Notar gingen u[nd] dann wurde ich als ich mich weigerte die Bedingungen anzuerkennen, unter der Drohung gezwungen dass ich bereits nächsten Tags früh in ein Arbeitslager geschafft würde. Nie hätte ich ohne Drohung diese unmöglichen Bedingungen anerkannt.« Aus dem Schriftstück geht hervor, dass auch die Käufer an der Zwangsmaßnahme beteiligt waren. Sie schrieb: »Petri und Roeckl wollten dazu helfen, dass Vertrag erzwungen wurde.«[134]

Am 20. September 1941 wandte sich Elisabeth Braun direkt an Heinrich Roeckl, den Ehemann von Luise Roeckl, mit dem sie offenbar gut bekannt war.[135] Sie könne ihm nur einen formlosen Brief schicken, sie sei in Eile, weil ihr nur Samstagnachmittag und an den Sonntagen Zeit bliebe: »Ich bin z. Z. in einem Arbeitsdienstverhältnis, das mir gar keine freie Zeit mehr lässt und bereits seit April in engem Zusammenhang mit den Hausverkaufsfragen stand [...]«. Offenbar wurde sie wieder zum Arbeitsdienst gezwungen, obwohl Wegner ihr am 28. Juli die Entlassung aus dem Arbeitsdienst zugesichert hatte.

Elisabeth Braun bat Roeckl um eine »ganz persönliche Rücksprache«. Schon am Tag nach dem erzwungenen Vertragsabschluss, am 29. Juli 1941 nachmittags 15.45 Uhr, sei sie in der Firma Roeckl in der Theatinerstraße 44 gewesen, um ihn zu treffen – ohne Erfolg. Auch Heinrich Roeckl berichtete sie detailliert, unter welchen untragbaren Rahmenbedingungen der Verkauf zustande gekommen war: »Ich bin am Morgen des 28. Juli 1941 gezwungen worden, an einem Tage an dem sowohl Mama als ich beide krank! waren, meine Zusage für das Erscheinen auf dem Notariat für den Nachmittag zu geben. Ich bin genötigt worden, meine Unterschrift für einen Vertrag zu geben, bei dem ich vor Erscheinen auf dem Notariat gar nicht gewusst hatte, dass Ihre Frau Gemahlin der Käufer sei, bei dem ich erst nach meiner Unterschrift erfuhr, dass auch Ihre Zustimmung noch nötig sei [...]«.

Dass sie bei dem Verkauf kein Mitspracherecht hatte, war aber nicht der Grund ihres Schreibens, dies sei im Moment nicht so wichtig, schrieb sie: »Das Wesentliche ist, dass leider Ehre und Leben zweier wesentlicher Mitkontrahenten des Vertrages so entscheidend auf dem

Notiz Elisabeth Brauns vom 27. August 1941 über Bedrohung und Gewaltmaßnahmen bei der »Arisierung« ihrer Immobilien. Laut dieser Notiz informierte sie darüber als Zeugen den Testamentsvollstrecker (Theodor Karg oder Adolf Veit), Oberkirchenrat Oscar Daumiller, Kirchenrat Friedrich Loy, Marie Wecklein aus der Gemeinde Bogenhausen und Direktor Seifried (oder Seyfried) vom Haus- und Grundbesitzerverein. Elisabeth Braun befand sich zu dieser Zeit bereits im Lager in der Clemens-August-Straße 9.

Spiel stehen, dass ich aus diesem so viel wichtigeren Grund Sie um eine Besprechung und vor allem unter weitgehendster umfassender Diskretion bitten muß.« Elisabeth Braun bat Roeckl um Hilfe und schlug ein Treffen am Sonntag, den 21. September vor. »Ich bin selbst morgen früh ohnehin 11 h in der Nähe meines Anwesens in der Maria Theresiastr. zum Kirchgang und es macht mir gar nichts aus, eventuell vergebl. in die Widenmayerstraße zu gehen, falls der so ungewöhnliche Herbsttag eine Umdisponierung für Sie wünschenswert machte.« Roeckl wohnte gleich auf der anderen Seite der Isar in der Widenmayerstraße, in unmittelbarer Nachbarschaft zur »Arisierungsstelle«. Elisabeth Braun beendete das Schreiben »im Vertrauen auf Martin Luthers Wort von den ›guten Nachbarn‹ als Gnade und im Hinblick auf das 1 Jahrhundert alte Nachbarschaftsverhältnis Bicklhaus – Spiegelbrunneneck hochachtungsvoll dankend E. Braun.« Ob Heinrich Roeckl geantwortet hat, ob es zu einem Treffen kam, ist nicht überliefert. Der Vertrag wurde jedenfalls nicht rückgängig gemacht, und es gab auch keine Änderungen.[136] Luise Roeckl musste den Kauf allerdings noch von den Behörden genehmigen lassen.

5.2 Im Lager in Berg am Laim und in Milbertshofen

Als Elisabeth Braun an Heinrich Roeckl schrieb, lebte sie in der »Heimanlage für Juden« in Berg am Laim. Die »Heimanlage« wurde im August 1941 im Kloster der Barmherzigen Schwestern eingerichtet und im September eröffnet. Der Nordflügel des Klosters musste zu diesem Zweck umgebaut und mit einem Bretterzaun umgeben werden. Auf zwei Stockwerken gab es 38 Zimmer. Jedem Bewohner standen 2,5 Quadratmeter zur Verfügung. Sechs Menschen teilten sich ein Zimmer. Die »Heimanlage« war mit knapp 300 Personen drückend eng belegt, es herrschten unmenschliche Lebens- und Wohnverhältnisse.[137]

Während die Gestapo die »Heimanlage« kontrollierte und beaufsichtigte, oblag die Leitung der Anlage der Israelitischen Kultusgemeinde. Zum leitenden Personal der »Heimanlage« gehörte Else Behrend-Rosenfeld, die zuvor als Fürsorgerin bei der Kultusgemeinde tätig gewesen war. In ihren persönlichen Aufzeichnungen beschrieb sie die »Heimanlage«. Am 26. Oktober 1941 notierte sie: »Unser Heim ist nun bis auf wenige Plätze voll belegt, ich habe unendlich viel Arbeit. [...] Daß es, bei so enger Belegung, bei Menschen, die durch Aufregungen, Demütigungen, Trennung von nahen Angehörigen, schwerer täglicher Arbeit, ständig Reibereien und Schwierigkeiten gibt, ist selbstverständlich.«

Zur Finanzierung des »Heimes« führt sie aus: »Auch die Kostenfrage ist nun geregelt. Zuerst verlangte der Stellvertreter des Gauleiters von jedem Insassen für das Wohnen allein eine Reichsmark pro Tag. Davon sollte das Kloster [...] zwanzig Pfennig erhalten, den Rest sollte die Partei für die Benützung der Pritschen und Schränke haben! Wir rechneten aus, dass ein Zimmer von zweieinhalb Metern mit einer Belegschaft von sechs Menschen monatlich hundertachtzig Reichsmark Miete bringe, wenn diese Forderung durchgehen würde. Der größte Teil unserer Insassen wäre nicht in der Lage gewesen, diese Miete zusätzlich zu den Verpflegungs-, Heizungs- und Beleuchtungskosten zu bezahlen.« Die Kontrollbehörde, das Reichssicherheitshauptamt als Dachorganisation der Gestapo, entschied, nachdem ihr die Lage geschildert wurde, dass von jedem Insassen pro Tag fünfzig Pfennig für das Wohnen zu zahlen seien.[138]

Später wurde Elisabeth Braun in das eigens für die Unterbringung von Juden errichtete Barackenlager im Münchner Stadtteil Milbertshofen eingewiesen. Das Lager entstand im Laufe des Frühjahrs und Sommers 1941. Den Befehl zum Aufbau des Lagers gab Gauleiter Adolf Wagner persönlich. Für den Bau von 18 Baracken auf dem 1.450 Quadratmeter großen Grundstück wurde zwar eine private Baufirma beauftragt, doch mussten Münchner Juden das Lager errichten.[139] Die Arbeit wurde nicht bezahlt. Ein »Arbeitsvertrag« für einen jüdischen Arbeiter begann wie folgt: »Ich, als Endunterzeichneter nehme davon Kenntnis und bestätige, dass ich mich auf Veranlassung der Dienststelle ›Der Beauftragte des Gauleiters‹ in München auf meine eigene Rechnung und Gefahr an der von der Bauunternehmung Gebhard Hinteregger, München 15, Haydnstr. 5, übernommenen Lageraufstellung, München, Knorrstr. 148, nach Art und Massgabe eines Bauhilfsarbeiters freiwillig beteilige.« Die Betroffenen hatten nicht die Möglichkeit, ihre Unterschrift unter den »Vertrag« zu verweigern; ebenso konnten sie die »unwiderrufliche Erklärung«, dass sie sich mit ›freiwilligen‹ Spenden an der Finanzierung des Judenbarackenlagers« beteiligen würden, ablehnen.[140]

Zu den jüdischen Menschen, die das Lager aufbauen mussten, gehörte vermutlich auch Elisabeth Braun. In dem schon zitierten Schreiben Elisabeth Brauns vom 16. Juli 1941 an den Leiter der »Arisierungsstelle« Wegner schreibt sie zumindest von ihren »Arbeitskameraden in Milbertshofen«. Sie erwähnt zudem den Arbeitsdienst. Ihre zwangsweise Arbeit in Milbertshofen könnte im Rahmen des Arbeitsdienstes erfolgt sein.

Im Oktober 1941 waren die Bauarbeiten in Milbertshofen abgeschlossen. Bis Ende Oktober 1941 wurden 412 Männer und 38 Frauen in das Lager an der Knorrstraße eingewiesen. Das Barackenlager, das offiziell etwa 1.100 Personen Platz bot, war später zeitweilig stark überbelegt. Beamte der Schutzpolizei bewachten es. Die Insassen wurden zunächst zu Arbeiten im Lager herangezogen und durften es nicht ohne Erlaubnis verlassen.[141] Nach ihrem »Abtransport« in das Lager in Berg am Laim bzw. später von Milbertshofen aus habe Elisabeth Braun sie besucht, berichtete die Nachbarin Maria Ebbinghaus. »Von dort ist sie noch öfters früh morgens um 5 Uhr oder spät in der Nacht zu mir gekommen, ihr Haus durfte sie nicht mehr betreten. Sie war körperlich und seelisch damals schon völlig gebrochen.«[142]

Wann Elisabeth Braun in das Lager Milbertshofen eingewiesen wurde, ist nicht bekannt. Es muss jedoch vor dem 18. November 1941 gewesen sein, denn an diesem Tag kam der Gerichtsvollzieher zu Elisabeth Braun ins Milbertshofener Lager und stellte ihr eine rückwirkend gültige Verfügung der Münchner Gestapoleitstelle vom 15. Oktober 1941 zu. Mit dieser Verfügung wurde ihr gesamtes Vermögen durch das Deutsche Reich eingezogen. Die Begründung der Enteignung lautete: »wegen volks- und staatsfeindlicher (reichsfeindlicher) Bestrebungen«.[143] Dies war die übliche Form, die Deportationsopfer auszurauben.

Münchner Juden bei der Ankunft im Lager Milbertshofen

Die Vermögenseinziehung betraf neben Wertpapieren, Barvermögen und Wertgegenständen auch Elisabeth Brauns Anteile am Haus in der Theatinerstraße 52. Eine endgültige amtliche Genehmigung für den Verkauf der Theatinerstraße 52 lag zu diesem Zeitpunkt noch immer nicht vor, der Verkauf des Hauses war also nicht bestätigt worden. Das bedeutete, dass Luise Roeckl das Anwesen nicht übernehmen konnte. Besitzer wurde das Deutsche Reich.

Elisabeth Braun hatte jetzt endgültig den Kampf um ihre Immobilien verloren. Nun übernahm die Oberfinanzdirektion München die Verwaltung der Häuser. Am 16. April 1942 wurden die Besitzanteile des Familienstammsitzes von Elisabeth Braun auf das Reich umgeschrieben. Am selben Tag nahmen die Beamten auch die Umschreibung des Hildebrandhauses vor, das wie die Theatinerstraße 52 vom Deutschen Reich eingezogen worden war.[144]

5.3 Deportation

Im November 1941 erhielten 1.000 Münchner Juden folgendes Schreiben von der Israelitischen Kultusgemeinde:

»Betr.: Evakuierung.
Zufolge Anordnung der Geheimen Staatspolizei – Staatspolizeileitstelle – München haben wir Sie davon zu verständigen, dass Sie und ihre unten namentlich bezeichneten Familienmitglieder zur Evakuierung eingeteilt worden sind. [...] Jeder Versuch, sich der Umsiedlung zu widersetzen, oder zu entziehen ist zwecklos und kann für die Betroffenen zu schweren Folgen führen [...].«[145]

Ein Abschiedsbrief der Münchnerinnen Elsa Balbier und Karoline Adler, die die »Anordnung zur Evakuierung« erhalten hatten, lässt das Ausmaß des Entsetzens bei den Empfängern dieser Aufforderungen erahnen: »Nun ist leider das Gefürchtete eingetreten. Am 19. No. geht unser Transport ab, unbestimmt wohin. Ist das nicht schrecklich? Heute früh ist schon Polizei aufgezogen, Sie können sich das alles gar nicht vorstellen. – Leben Sie wohl u. haben Sie vielen Dank für Ihre Güte. Wenn es geht lassen wir von uns hören. Viele liebe Abschiedsgrüße von Ihrer Karla A. u. Lisl B.«[146] Die Kultusgemeinde musste die zur Deportation ausgewählten Personen informieren und vorbereiten. Sie schickte den betroffenen Personen ein Verzeichnis, welche Gegenstände »unter Berücksichtigung der Notwendigkeit, das Gepäck eventl. selbst zu tragen, zur Auswahl in Frage kommen.«[147]

Sammelpunkt für die Deportation sollte das überwachte Barackenlager Milbertshofen sein. Viele der zur Deportation bestimmten Menschen befanden sich schon im Lager, andere mussten sich dort einfinden. Manche wurden schon Tage vorher, manche erst am Vortag des Transports an ihrem Wohnsitz abgeholt und mit Omnibussen oder in geschlossenen Möbelwagen in das Lager Milbertshofen gebracht. Bei ihrer Ankunft im Barackenlager Milbertshofen wurden die Personen sofort einer Leibesvisitation unterzogen. Die Betroffenen durften 50 kg Gepäck mitnehmen; für die »Reisekosten« waren zusätzlich noch 50 Reichsmark zu entrichten.

»2 Tage vor dem Abtransport wurde die sonst ständig von Lagerinsassen oder Lagerarbeitern versehene Wache am Eingang des Lagers von der SS besetzt. Bis zum Abtransport wurden Tag und Nacht Streifendienst innerhalb und außerhalb der Lagerumzäunung eingesetzt, teilweise durch Schutzleute, SS-Männer, teilweise auch von sogenannten Ordnern, die aus der Zahl der nicht abzutransportierenden im Lagerarbeitsdienst beschäftigten Juden genommen wurden und denen strengste staatspolizeiliche Maßnahmen angedroht wurden, falls durch ihre Schuld es einem Abwanderer gelänge zu flüchten«, berichtete ein Zeitzeuge.[148]

In der Deportationsliste vom 15. November ist unter der Nummer 975 auch Elisabeth Braun aufgeführt.[149] Maria Ebbinghaus berichtete: »Als sie in Milbertshofen wieder verschickt werden sollte, hat sie in der Nacht, wie ich später hörte, Gift genommen, einen Abtransport konnte sie auch nicht mehr überstehen.«[150] Ob Elisabeth Braun wirklich Gift genommen hat, ist unbekannt. Falls sie sich vergiften wollte, so misslang der Selbstmordversuch; sie wurde einige Tage später deportiert. Tatsächlich schieden viele Menschen freiwillig aus dem Leben, als sie erfuhren, dass sie sich zum Abtransport bereithalten sollten.[151] Durch die Verfolgung und Ausgrenzung nahmen die Selbstmorde jüdischer Menschen in den Jahren 1940 und 1941 erschreckend zu. Die seelischen Belastungen wurden für viele so unerträglich, dass sie lieber freiwillig in den Tod gingen, als weiter ihren Verfolgern ausgeliefert zu sein. Von den ehemaligen Bewohnern des Hildebrandhauses nahm sich Getti Neumann am 21. November 1941 das Leben. Wahrscheinlich ist auch der Tod Simon Schmiklers am 3. Oktober 1941 auf einen Suizid zurückzuführen.[152]

Auf der Deportationsliste standen noch weitere Personen, die vormals im Hildebrandhaus gewohnt hatten: Lilly Rosenthal, Käthe Singer, Maria Schmikler und Franziska Schmikler.[153] Am 20. November 1941 um 4.00 Uhr morgens mussten die für die Deportation ausgesuchten

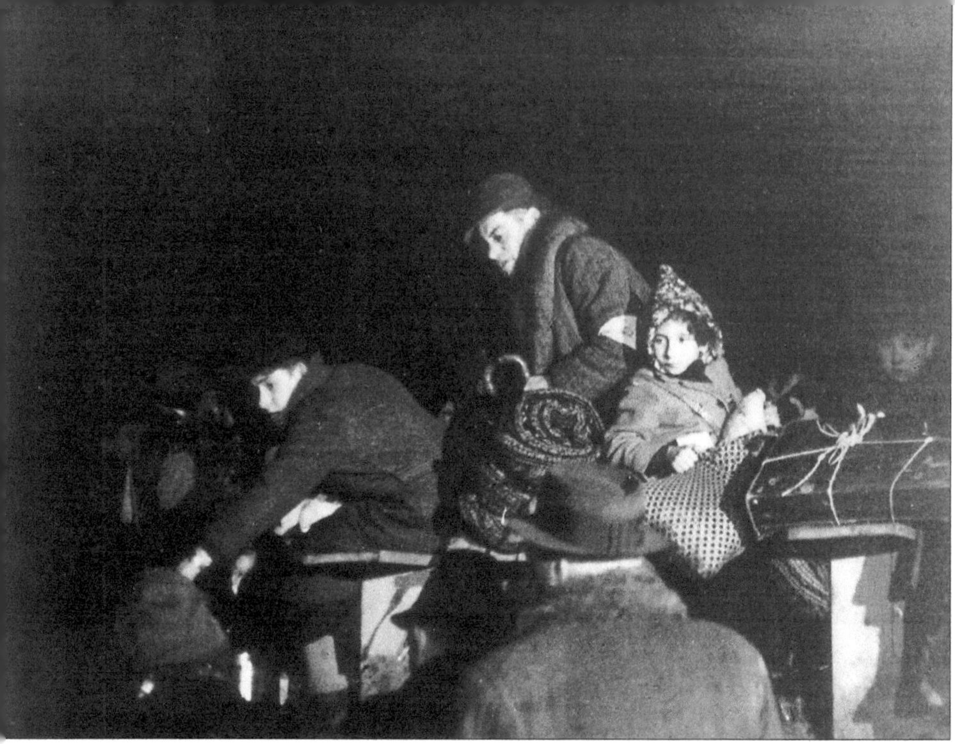

1.000 Münchner Juden wurden am 20. November 1941 deportiert. Auf der Deportationsliste vom 15. November ist unter der Nummer 975 auch Elisabeth Braun aufgeführt. Weitere Bewohner des Hildebrandhauses, die an diesem Tag deportiert wurden, waren Lilly Rosenthal, Käthe Singer, Maria Schmikler und Franziska Schmikler.

Menschen in einem 20 Minuten langen Fußmarsch bei starkem Regen zum Bahnhof von Milbertshofen marschieren. Dort wurden sie gezwungen, in 3.-Klasse-Waggons einzusteigen.[154] Ein Jugendlicher, der bei der Verladung des Gepäcks mithelfen musste, schildert die Ereignisse in der Nacht des Abtransports: » [...] in dieser Nacht begann der Abmarsch zum Güterbahnhof. Die Straße war abgeriegelt durch SS. Wir halfen so gut es ging, schleppten Gepäck, stützten alte u. kranke Leute. Am Güterbahnhof stand ein langer Zug unter Dampf. Unter wüsten Beschimpfungen wurden die Leute hineingetrieben. Als es anfing hell zu werden, schrie man uns zu, das Gepäck rauszuwerfen, damit die Leute schneller reingepfercht werden konnten. Dann kam ein Bus mit bewaffneter SS und den Kindern (kleinen) aus der Antonienstr. Auch sie mußten wir im Zug unterbringen. Wir versuchten ihnen die Angst zu nehmen, es war grauenhaft. Ich werde diesen Augenblick nie vergessen.«[155]

Kurz vor Abfahrt wurde das Ziel von Riga zu Kaunas in Litauen verändert. Grund dafür war die Überfüllung des Rigaer Ghettos. Am Vormittag des 20. November 1941 setzte sich der Zug in Richtung Kaunas in Litauen in Bewegung. Die Verhältnisse in den Wagen beschreibt ein Augenzeuge: »Es waren Personenwagen ältester Konstruktion 3. Klasse, wobei 9-10 Mann in jedem Abteil nebst ihrem Gepäck untergebracht werden mußten, so daß höchstens die Hälfte der Fahrgäste auf den Sitzbänken Platz nehmen konnte, während die übrigen gedrängt stehen mußten, da das Gepäck nicht in den Gepäcknetzen allein untergebracht werden konnte.«[156]

Die Fahrt dauerte drei Tage und der Zug erreichte an einem Samstagabend gegen 20 Uhr Kaunas. Bei der Ankunft in Kaunas übernahm die SS die Überwachung der Gruppe und führte sie über einen Fußweg in das etwa sechs Kilometer nordwestlich der Stadt gelegene Fort IX, eine Befestigungsanlage, die noch aus der Zarenzeit stammte und von den Deutschen als Gefängnis benutzt wurde.

Am 25. November 1941 – nachdem man sie noch zwei Tage in den verrotteten Verliesen des Forts festgehalten hatte – wurden die aus München deportierten Menschen gemeinsam mit anderen Juden aus Berlin und Frankfurt am Main von Angehörigen des Einsatzkommandos 3 erschossen. Der Augenzeuge Kulish berichtete, was sich am Morgen des 25. November 1941 ereignete: »Die Gestapo-Leute und die Litauer befahlen den Menschen, sich in einer Reihe aufzustellen, in Gruppen von etwa 80 Personen, und ordneten scheinbar Morgenübungen im Hof des Forts an. Dann veranlassten sie die Menschen zu laufen und zwar genau in Richtung der Gräben. Unmittelbar bei den Gräben schlugen sie auf die Opfer ein, sobald diese weglaufen wollten. Die meisten

Opfer wurden erschossen, nachdem sie in die Gräben gefallen waren. Die Schüsse wurden aus Maschinengewehren abgefeuert, die auf dem bewaldeten Hügel bei den Gräben postiert waren. Diejenigen, die nicht rannten oder die in eine andere Richtung rannten, wurden an Ort und Stelle von denjenigen Litauern und Deutschen erschossen, die sie vorher zu Gruppen zusammengestellt hatten.«[157]

Bei der brutalen Hinrichtung der Münchner Juden am 25. November 1941 handelte es sich um die erste Massenexekution deutscher Juden in den besetzten Ostgebieten. Elisabeth Braun und ihre ehemaligen Mitbewohnerinnen im Hildebrandhaus Lilly Rosenthal, Käthe Singer, Maria und Franziska Schmikler waren unter den tausend Menschen, die in Kaunas ermordet wurden.

In den folgenden Monaten und Jahren wurden auch die anderen »nicht arischen« Bewohner des Hildebrandhauses deportiert und ermordet: Rosa Braun, deportiert am 1. Juli 1942 nach Theresienstadt, ermordet am 4. März 1945 in Theresienstadt; Charlotte Carney, deportiert am 13. März 1943 nach Auschwitz, ermordet am 30. April 1943 in Auschwitz; Valerie Theumann, deportiert am 3. Juli 1942 nach Theresienstadt, ermordet am 19. September 1942 in Treblinka; Helene Sulzbacher, deportiert aus Berlin am 14. September 1942 nach Theresienstadt, ermordet am 16. Mai 1944 in Auschwitz; Heinemann Edelstein, deportiert am 1. Juli 1942 nach Theresienstadt, ermordet am 10. Juni 1944 in Theresienstadt; Jeanette Edelstein, deportiert am 1. Juli 1942 nach Theresienstadt, ermordet am 6. Februar 1943 in Theresienstadt; Victor Behrend, deportiert am 4. April 1942 nach Piaski, Todesort und Todesdatum unbekannt; Albert Marx, deportiert am 15. Juli 1942 nach Theresienstadt, ermordet am 18. Mai 1944 in Auschwitz; Sophie Marx, deportiert am 15. Juli 1942 nach Theresienstadt, ermordet am 18. Mai 1944 in Auschwitz; Klara Rosenfeld, deportiert am 10. Juni 1942 nach Theresienstadt, ermordet am 24. März 1943 in Theresienstadt.[158] Keiner der »nicht arischen« Bewohner des Hildebrandhauses hat den Holocaust überlebt.

5.4 Bewohner des Hildebrandhauses vor und nach der Deportation

Mit dem erzwungenen Auszug von Elisabeth und Rosa Braun, Getti Neumann, Victor Behrend, Heinemann und Jeanette Edelstein, Albert und Sophie Marx, Klara Rosenfeld, Lilly Rosenthal, Valerie Theumann, Charlotte Carney, Simon, Franziska und Maria Schmikler, Käthe Singer und Helene Sulzbacher waren im Hildebrandhaus eine Wohnung im ersten Stock, drei Räume im Dachgeschoss und zwei Räume im Erdgeschoss »frei« geworden.

17 Bewohner hatten das Hildebrandhaus Ende 1941 verlassen müssen. Damit stand die Künstlervilla jedoch keineswegs leer. Theodor Georgii, der nach wie vor in der zweiten Etage wohnte, mietete nach der »Zwangsentjudung« des Hauses in diesem Stockwerk drei Räume zu einem Preis von 55 Reichsmark an. Aus den bereits erwähnten Listen über die Vergabe von ehemals jüdischen Wohnungen wird deutlich, dass in diesen Räumen vormals »nicht arische« Personen gewohnt hatten – wohl Lilly Rosenthal und Charlotte Carney. In der Liste ist zu Georgii vermerkt: »grosse Familie, wohnt sehr beengt, seit 1.10. gemietet«.[159] Es ist also naheliegend, dass Theodor Georgii um die Umstände, unter denen die drei Räume »frei« geworden waren, wusste.

Sein Schwiegersohn, Franz Treppesch, kannte zumindest kurz nach dem Krieg die Bedingungen, unter denen die »nicht arischen« Bewohner des Hildebrandhauses gelebt hatten und deportiert worden waren. Er erwähnte dies in einem Brief an den damaligen bayerischen Ministerpräsidenten Wilhelm Hoegner, in dem er die Geschichte des Hauses seit 1933 skizziert: »Im Nazireich diente es längere Zeit als Massenlager für zur Deportation bestimmte Juden und musste, obgleich es als Zweifamilienhaus gebaut ist, oft 25-30 Familien aufnehmen. – Unter diesen Verhältnissen litt es erschreckend. Man fand Plastiken Hildebrands völlig zertrümmert in den Kehrichttonnen.«[160]

Treppesch handelt in seinem Brief die Deportation knapp und ohne Worte des Bedauerns, der Trauer oder des Entsetzens ab. Die befremdliche Darstellung der Ereignisse ist erklärungsbedürftig. Man kann wohl davon ausgehen, dass Franz Treppesch seine Worte in dem Brief nicht auf Grund einer inneren Übereinstimmung mit der Verfolgung der Juden im »Dritten Reich« wählte, denn Treppesch gehörte zum weiteren Kreis der »Weißen Rose«, einer Widerstandsgruppe, die sich auch gegen die Judenverfolgung aussprach. Treppesch hatte sich einer Gruppe um den Chemiestudenten Hans Leipelt angeschlossen, die 1943 versuchte, die Aktivitäten der »Weißen Rose« weiterzuführen.[161]

Im zitierten Brief stehen jedoch nicht das Schicksal der »nicht arischen« Bewohner, sondern die Belange des Gebäudes im Vordergrund. Das erklärt vielleicht zum Teil, warum Treppesch so auffällig darauf abhob, dass das Haus durch die vielen Menschen »gelitten« habe. Für seine Formulierung dürfte die Absicht ausschlaggebend gewesen sein, den schlechten Zustand des Hauses zu beschreiben.

Neben den Georgiis gab es eine Reihe anderer Mieter, die seit dem Verkauf an Elisabeth Braun 1934 in das Hildebrandhaus eingezogen waren, teilweise um darin zu wohnen, teilweise um dort zu arbeiten. Einer der ersten war der Pianist Wolfgang Ruoff gewesen.[162] Er hatte bereits im September 1934 mit Elisabeth Braun einen Mietvertrag geschlossen, kurz nachdem diese die Künstlervilla erworben hatte.[163] Als Meisterschüler des Pianisten und Komponisten Bernhard Stavenhagen, dem letzten bedeutenden Schüler von Franz Liszt und Leiter der Münchner Akademie der Tonkunst, war Ruoff nach seinem Studienabschluss erfolgreich im In- und Ausland aufgetreten und unterrichtete seit 1920 das Hauptfach Klavier an der Münchner Musikakademie. Als Wolfgang Ruoff in die Hildebrandvilla einzog, war er bereits seit neun Jahren außerordentlicher Professor für das Hauptfach Klavier an der Akademie der Tonkunst. Er mietete Wohn- und Atelierräume im ersten Stock des Hildebrandhauses, in denen er – mit kleinen Unterbrechungen während der Kriegszeit – von September 1934 bis zu seinem Tod 1964 lebte.

Einer seiner Schüler war während der NS-Zeit der später weltbekannte Dirigent Wolfgang Sawallisch. »In seinem großen Musikzimmer standen zwei Flügel nebeneinander, Tastatur an Tastatur sozusagen«, erinnerte sich Sawallisch an eine Unterrichtsstunde bei Wolfgang Ruoff im Hildebrandhaus. »Zwischen der Einbuchtung des linken Flügels und dem rechten Flügel stand sein Lehnstuhl. Ruoff zündete sich eine Zigarette an. ,Nun zeig mir mal Deine A-Dur-Sonate!' Mit diesen Worten setzte er sich in den Lehnstuhl [...]. Es war ein Ereignis, wie er aus der technischen Bewältigung einer Phrase heraus die Musik entwickelte, wie er mir klarmachte, dass die Musik anders wird, wenn die Technik anders ist. Bei ihm begriff ich, dass die Beherrschung der Technik eine der Voraussetzungen für Qualität ist, eine Erkenntnis, die für mich Bestandteil meiner ganzen musikalischen Erziehung wurde – auch vom Dirigentischen her.«[164]

Diese Szene, die Wolfgang Sawallisch in seinen Erinnerungen festgehalten hat, fand Ende 1941 oder im Laufe des Jahres 1942 statt. Sawallisch kam erst in die Künstlervilla, nachdem die »nicht arischen« Bewohner vertrieben worden waren. Dem Pianisten Wolfgang Ruoff jedoch, der seit 1934 Tür an Tür mit den Brauns im ersten Stock gewohnt hatte, können die Verfolgungsmaßnahmen gegen seine Nachbarn, die sich über Monate und Jahre hinzogen, kaum verborgen geblieben sein. Wie er darauf reagierte, weiß man heute nicht, da es darüber keine Quellen gibt. Bekannt ist lediglich, dass Ruoff nie Mitglied der NSDAP war. Auch die Tatsache, dass er erst sehr spät – 1943 – zum ordentlichen Professor befördert wurde, spricht dafür, dass Ruoff vermutlich keine guten Beziehungen zu den nationalsozialistischen Machthabern unterhielt. Nach Kriegsende konnte er weiterhin an der Hochschule unterrichten, weil er nicht unter das Entnazifizierungsgesetz fiel. Mit besonderer Erlaubnis der amerikanischen Militärregierung lagerte er seinen Unterricht für die Hochschule zeitweise ins Hildebrandhaus aus. 1948 wurde er aus Altersgründen pensioniert.

Zeitweise wohnte auch der weit über die deutschen Grenzen hinaus bekannte Geiger Wilhelm Stroß im Hildebrandhaus.[165] Stroß, der auf Grund seiner herausragenden künstlerischen Begabung 1934 schon im jungen Alter von 27 Jahren eine außerordentliche Professur an der Staatlichen Akademie für Tonkunst in München bekommen hatte, zog im Januar 1936 für eineinhalb Jahre in das Künstler-

Der Pianist Wolfgang Ruoff

Das »große Zimmer« in der Wohnung von Wolfgang Ruoff im Hildebrandhaus um 1940

haus in der Maria-Theresia-Straße ein, wo er eine Wohnung im Erdgeschoss bewohnte. Im selben Jahr heiratete Stroß, und wenig später wurde die erste Tochter Sigrid geboren.

Stroß lehrte während seiner Zeit im Hildebrandhaus – ebenso wie Wolfgang Ruoff – an der Hochschule für Tonkunst und baute gleichzeitig das international renommierte Stroß-Quartett auf, mit dem er zahlreiche Tourneen unternahm. Vergeblich versuchte er, seine Lehr- und Anwesenheitsverpflichtung an der Universität zu reduzieren, um mehr Zeit für Konzertauftritte mit seinem Quartett zu haben. Seine Anträge wurden abgeschmettert. Hier begann sich bereits ein Konflikt mit dem NS-Regime abzuzeichnen, der die spätere Karriere von Stroß maßgeblich beeinträchtigte. Da der Violinist trotz des frühen Parteieintritts 1933 in der Folgezeit offenbar nur wenig Engagement für die NSDAP zeigte, stieß der Versuch der Hochschule, ihn zum ordentlichen Professor zu befördern, auf Widerstand im Reichsministerium für Wissenschaft, Erziehung und Volksbildung: »Der Stellvertreter des Führers hat [...] mitgeteilt, dass er der Ernennung des außerordentlichen Professors an der Staatl. Akademie der Tonkunst in München Wilhelm Stroß zum ordentlichen Professor nicht zustimmen könne«, hieß es in einer Stellungnahme des Wissenschaftsministeriums. »Zur Begründung wurde angeführt: ‚Der Obengenannte wird von den von mir gehörten Parteidienststellen ungünstig beurteilt. Wenn ihm auch eine hervorragende Begabung als Geiger nicht abzuerkennen ist, so muß doch festgestellt werden, dass Stroß sein Lehramt an der Akademie als Nebenberuf auffasst und ihn nur soweit ausübt, als ihm seine Konzertverpflichtungen dazu noch Zeit lassen. [...] Stroß ist seit 1933 Parteigenosse. Er hat sich jedoch noch nicht im Geringsten für die Bewegung eingesetzt und auch seine persönliche Haltung lässt nationalsozialistischen Geist vermissen.«[166] Im Hinblick auf die Vorwürfe gegen seine Lehrtätigkeit erhielt Stroß anfangs volle Rückendeckung vom Leiter der Musikakademie, der den Geiger in allen Punkten entlastete. Dennoch blockierten Parteistellen mehrere Jahre lang Stroß' Beförderung. Erst 1941 wurde er zum ordentlichen Professor ernannt, jedoch schon wenig später auf eigenen Wunsch wieder aus dem Staatsdienst entlassen, weil er sich in seiner künstlerischen Arbeit eingeschränkt fühlte. Seinen Lebensunterhalt verdiente Stroß von nun an durch eine Anstellung bei der Bayerischen Staatsoper und widmete sich ansonsten ganz der Arbeit mit seinem Quartett. Obwohl er zuvor im Zusammenhang mit seiner Professur in Konflikt mit dem NS-Regime geraten war, suchte er nun offenbar verstärkt die Protektion durch hochrangige Nationalsozialisten. So beantragte er 1942 erfolgreich, dass das

Stroß-Quartett den offiziellen Beinamen »Bayerisches Staatsquartett München« erhielt. Der Gauleiter und Minister Adolf Wagner übernahm die Schirmherrschaft.

Im April 1946 wurde Stroß – wenige Tage, nachdem er seine Professur bei der Hochschule für Tonkunst wieder übernommen hatte – durch die amerikanische Militärregierung aller Ämter enthoben. Zum Zeitpunkt des Kriegsendes befand sich Stroß in Hamburg, wo er auch sein erstes Entnazifizierungsverfahren durchlief. Die Hamburger Behörde stufte den inzwischen weltbekannten Geiger 1948 in die am wenigsten belastete Gruppe ein. In Bayern wurde dieses Urteil nicht anerkannt, da Stroß, wie oben erwähnt, seit Mai 1933 Mitglied in der NSDAP gewesen war. 1950 wurde Stroß in Bayern in die Gruppe der »Mitläufer« eingestuft. Bis zu dieser abschließenden Entscheidung war eine Wiedereinstellung in der Münchner Hochschule nicht möglich. Ab 1946 führte Stroß zahlreiche private Konzertreisen durch, bevor er 1951 von der Staatlichen Hochschule Köln einen Dienstvertrag als Lehrer erhielt. Erst 1954 trat Wilhelm Stroß seinen Dienst an der Münchner Musikhochschule wieder an, wo er bis zu seinem überraschenden Tod 1966 tätig blieb.

Wie Stroß dazu kam, in das Hildebrandhaus zu ziehen, kann heute nicht mehr nachvollzogen werden. Möglicherweise kam der Kontakt über seinen Kollegen Wolfgang Ruoff zustande. Im Gegensatz zur Wolfgang Ruoff scheint Wilhelm Stroß jedoch die Räume in der Künstlervilla nur als vorübergehendes Quartier genutzt zu haben. Stroß zog bereits 1937 wieder aus dem Hildebrandhaus aus. Er hat also nie mit Elisabeth Braun zusammen in der Künstlervilla gewohnt, denn während seiner Zeit im Hildebrandhaus lebte nur Rosa Braun dort. Die Enge, als immer mehr »nicht arische« Menschen in das Hildebrandhaus zogen, sowie deren Verschleppung aus dem Haus, erlebte Stroß nicht mehr als Nachbar im Haus.

Am 8. November 1938 war der Bildhauer Ernst Andreas Rauch in das Hildebrandhaus eingezogen.[167] Rauch, der Schüler Bernhard Bleekers war, erhielt während des »Dritten Reiches« lukrative Aufträge der nationalsozialistischen Machthaber, weil sein Stil deren Kunstvorstellungen entsprach. Nach einem Studium an der Akademie der Bildenden Künste in München, das er 1927 beendet hatte, war Ernst Andreas Rauch zunächst freischaffend tätig gewesen. Sein Einkommen aus künstlerischer Tätigkeit und Honoraren für Privatstunden war ab 1936 auf fünfstellige Jahresbeträge gestiegen und erlaubte dem Bildhauer, 1938 ein Haus zu bauen. Im selben Jahr mietete Rauch auch das große Atelier im Erdgeschoss des Hildebrandhauses. Das Datum des Mietvertrags zwischen Ernst Andreas Rauch und Elisabeth Braun – ein Tag vor der Reichspogromnacht – könnte Vermutungen wecken über eine mögliche Verbindung zwischen der Verfolgungsmaßnahme und dem Einzug des Künstlers, der zu dieser Zeit hoch in der Gunst der Machthaber stand. Dafür, dass Ernst Andreas Rauch auf Grund von Protektion durch NS-Funktionäre ins Hildebrandhaus kam bzw. dass sein Einzug in einem Zusammenhang mit den Ereignissen der Pogromnacht stand, gibt es bislang keine Belege. Andere Erklärungen sind plausibler: Rauch scheint schon vor seinem Einzug Theodor Georgii gekannt zu haben. Auch mit dem Bildhauer Ernst Geiger, der wenig später ins Hildebrandhaus einzog, war er wahrscheinlich freundschaftlich verbunden. Zumindest deutet darauf ein Schreiben aus der Nachkriegszeit hin, das die drei Namen im Zusammenhang mit gegenseitigem solidarischen Verhalten während der NS-Zeit nennt.[168]

In die Zeit, in der Rauch im Hildebrandhaus tätig war, fällt unter anderem sein Beitrag zur Grossen Deutschen Kunstausstellung im Haus der Kunst in München 1940, wo Rauch einen Adler ausstellte. Ernst Andreas Rauch genoss während seiner Zeit im Hildebrandhaus die wohlwollende Förderung durch das NS-Regime, das ihm als Künstler ohne feste Anstellung die Möglichkeit zur Ausstellung und ein finanzielles Auskommen bot. Im Oktober 1941 wurde Rauch schließlich zum Professor an der Akademie der Bildenden Künste in Nürnberg ernannt. Dies dürfte der Grund dafür gewesen sein, dass er sein Atelier in der Münchner Künstlervilla auflöste. Auch wenn der Zeitpunkt mit der Deportation von Elisabeth Braun und den anderen »nicht arischen« Bewohner des Hildebrandhauses korreliert, scheint der Grund für Rauchs Wegzug der berufliche Aufstieg gewesen zu sein.

Erst mit seiner Berufung trat Ernst Andreas Rauch der NSDAP bei. Dies war vermutlich eine Bedingung für die Anstellung an der Nürnberger Akademie. Ab 1941 hielt sich Rauch bis Kriegsende weitgehend in Ellingen bei Weißenburg auf, wohin die Nürnberger Akademie der Bildenden Künste evakuiert worden war. Nach Kriegsende erhielt Rauch im Dezember 1945 seine »sofortige Entlassung« von der amerikanischen Militärregierung. Wie der damalige kommissarische Leiter der Kunstakademie im Kündigungsschreiben bemerkte, sei dafür nicht zuletzt Rauchs »bekannte Neigung zu unerquicklichen politischen und menschlichen Zwischenträgereien bei Parteistellen« verantwortlich.[169] Offiziell blieb die Kündigung jedoch ebenso wie alle anderen Kündigungen für Künstler der Nürnberger Akademie ohne Begründung. Die Vorgänge während Rauchs Tätigkeit in Nürnberg bzw. Ellingen, die auch Hauptgegenstand des Spruchkammerverfahrens in Weißenburg gegen den Bildhauer waren, spielten sich erst in der Zeit nach seinem Weggang aus dem Hildebrandhaus ab und sollen daher hier nicht Gegenstand der Untersuchung sein. Nach 1945 war Ernst Andreas Rauch freischaffend tätig. 1953 schuf er den Valentinbrunnen am Viktualienmarkt in München und erhielt 1962 den Kunstförderpreis der Stadt München.

»Adler« von Ernst Andreas Rauch. Abbildung aus dem Ausstellungskatalog der Grossen Deutschen Kunstausstellung 1940 in München (S. 54). Auch Wilhelm Nida-Rümelin, sein Sohn Rolf Nida-Rümelin und Theodor Georgii stellten auf dieser jährlich stattfindenden Ausstellung aus.

Rauch behielt auch nach seinem Weggang aus München weiterhin seinen Mietvertrag für das große Atelier im Erdgeschoss des Hildebrandhauses, schloss jedoch ab November 1941 einen Untermietvertrag mit dem Bildhauer und Freskenmaler Wilhelm Nida-Rümelin ab.[170] Wilhelm Nida-Rümelin nutzte die Räumlichkeiten nur zum Arbeiten, wohnte jedoch nicht im Hildebrandhaus. Ein Zusammenhang zwischen der Übernahme des großen Ateliers und der Deportation der jüdischen Bewohner des Hildebrandhauses besteht höchstwahrscheinlich nicht, da Rauch das Atelier schon seit 1938 gemietet hatte und der Arbeitsraum nach bisherigen Kenntnissen nie von den »nicht arischen« Mietern genutzt worden war. Der in Linz geborene Nida-Rümelin hatte ab 1910 in München gelebt, danach von 1923 bis 1941 als ordentlicher Professor an der Staatsschule für angewandte Kunst in Nürnberg unterrichtet. Als er das große Atelier im Hildebrandhaus 1941 übernahm, war Nida-Rümelin bereits 65 Jahre alt und wechselte wohl aus Altersgründen von Nürnberg zurück nach München. Ähnlich wie bei Rauch stand auch Wilhelm Nida-Rümelins Kunstverständnis in Einklang mit den ästhetischen Vorstellungen des NS-Regimes, was sich darin zeigt, dass er nach der Machteroberung der Nationalsozialisten seine Nürnberger Professur behielt, Aufträge für Repräsentationsbauten der neuen Machthaber bekam und an mehreren Ausstellungen teilnehmen konnte. So stellte Wilhelm Nida-Rümelin beispielsweise auf der Grossen Deutschen Kunstausstellung 1937 in München aus. Darauf, dass sein Einzug ins große Atelier in der Künstlervilla in der Maria-Theresia-Straße auf gute Kontakte zu den Machthabern im »Dritten Reich« zurückzuführen ist, die seit der Enteignung und Deportation von Elisabeth Braun im Herbst 1941 die Mietverhältnisse kontrollierten, gibt es bisher keine Hinweise. 1942 erhielt Wilhelm Nida-Rümelin den Linzer Preis für bildende Kunst. Er nahm sich im Mai 1945 das Leben.

Wilhelm Nida-Rümelin

Ab 1939 hatte sich der Bildhauer Ernst Geiger im Erdgeschoß eingemietet, der für seine Arbeit das kleine Atelier nutzte. Über die Hintergründe seines Einzugs ist nichts bekannt. Geiger lebte noch bis in die Nachkriegszeit im Hildebrandhaus.

Über die Reaktionen der verbliebenen Mieter im Hildebrandhaus auf die Internierung ihrer Nachbarn wissen wir wenig. Sehr wahrscheinlich wussten die Mitbewohner von den Vorgängen, zumindest von der erzwungenen Entmietung und von der Einweisung in die »Heimanlage für Juden« und später in das Lager in Milbertshofen. Allgemeine Berichte über die Reaktion der »arischen« Bevölkerungsmehrheit auf die Deportation zeigen, dass das Thema durchaus kontrovers diskutiert wurde. Insbesondere in kirchlichen Kreisen gab es ablehnende Äußerungen über die Deportationen, sie blieben jedoch vereinzelt.[171] Fest steht, dass die Verschleppung hunderttausender Menschen vor den Augen der Öffentlichkeit stattfand. Dafür ist auch die Entwicklung im Hildebrandhaus ein weiterer Beleg. Mehrere Mietparteien erlebten hier unmittelbar mit, wie die 17 »nicht arischen« Bewohner aus ihrem Haus innerhalb kürzester Zeit und unter unzumutbaren Bedingungen ausziehen mussten.

In die Wohnung von Elisabeth Braun zog schon am 14. August 1941 – also noch während Rosa Braun den Auszug für sich und ihre Stieftochter organisieren musste – die Münchner Pianistin Rosl Schmid mit ihrem Mann Ernst Schmidt und ihrer Tochter Ursula ein. Rosl Schmid zahlte für die 6-Zimmer-Wohnung im ersten Stock 173 Reichsmark Monatsmiete an die staatlichen Finanzbehörden, denen das Hildebrandhaus nach der Enteignung gehörte.[172] Ob Rosl Schmid über die Vorgeschichte ihrer Wohnung Bescheid wusste, ist ungewiss. Die beim Einzug zweijährige Tochter von Rosl Schmid erfuhr erst Ende der 1990er-Jahre von den Vormietern und deren Schicksalen.

Rosl Schmid war schon seit Juni 1940 auf Wohnungssuche gewesen. Sie hatte sich deshalb an das Wohnungs- und Siedlungsreferat der Stadt München gewandt und um die Vermittlung einer größeren Wohnung gebeten. Für ihre künstlerische Arbeit als Pianistin, argumentierte sie, sei es sehr wichtig, über größere Räumlichkeiten verfügen zu können. Möglicherweise kam Rosl Schmid auch durch den Rat ihres Arbeitskollegen Wolfgang Ruoff auf den Gedanken, in die Hildebrandvilla einzuziehen. Ruoff dürfte beruflichen Kontakt mit Rosl Schmid gehabt haben. Ob es darüber hinaus auch eine freundschaftliche Beziehung zwischen den beiden gab, ist nicht bekannt. Die Frage, ob eventuell Wolfgang Ruoff bei der Vergabe der Wohnung von Elisabeth Braun an Rosl Schmid 1941

Die Pianistin Rosl Schmid wohnte mit ihrem Mann und ihren Töchtern ab August 1941 in der ehemaligen Wohnung von Elisabeth und Rosa Braun im Hildebrandhaus.

vermittelte, kann daher nach bisherigen Kenntnissen nicht beantwortet werden.

Rosl Schmid konnte auf die Hilfe des städtischen Wohnungsreferats hoffen, denn sie war in München und über die Stadtgrenzen hinaus bekannt und berühmt. Als Pianistin hatte sie zahlreiche Preise gewonnen. 17jährig spielte sie mit den Münchner Philharmonikern unter Siegmund von Hausegger Beethovens Es-dur-Konzert, 1931 erhielt sie den Felix-Mottl-Preis. 1932 feierte Rosl Schmid mit dem Klavierkonzert des zeitgenössischen Komponisten Hans Pfitzner Triumphe in ganz Deutschland. 1937 nahm sie mit großem Erfolg am Chopinwettbewerb in Warschau teil. Im gleichen Jahr erhielt sie den Musikpreis der Stadt Berlin. Im Jahr darauf studierte Rosl Schmid bei dem Klavierpädagogen Robert Teichmüller. Eine internationale Auszeichnung errang sie 1938 in Brüssel. 1939 erhielt sie den mit 10.000 Reichsmark dotierten Nationalen Musikpreis für die beste deutsche Nachwuchspianistin.

Nach dem Krieg musste sich Rosl Schmid gegen den Vorwurf verteidigen, mit dem nationalsozialistischen Regime zu eng zusammen gearbeitet zu haben. Von der Militärregierung wurde ihr zeitweise verboten aufzutreten. An den Sonderbeauftragten für Kulturfragen, Hans Ludwig Held, schrieb sie am 25. Januar 1946: »Ich bin nicht nationalsozialistisch infiziert, ich darf ein reines Gewissen haben, ich habe die Gunst dieser Kreise, wie jeder Eingeweihte weiss, niemals besessen und bin herzlich froh darum gewesen!«

In ihrer Verteidigung erhielt Rosl Schmid Unterstützung vom Münchner Oberbürgermeister Karl Scharnagl. Mit Bezug auf ihr Engagement auf dem Gebiet der Kirchenmusik schrieb er am 23. Januar 1946: »Daß eine solche Tätigkeit nicht die Billigung der maßgebenden Kreise der letzten Jahre finden konnte, wäre mir begreiflich. Ich bin überzeugt, dass Sie so maßgebliche Bekundungen Ihrer Gesinnung vorlegen können, dass die Überprüfung eine reine Formsache bleiben wird.« Zahlreiche Freunde, Bekannte und Kollegen reichten Erklärungen ein, dass Rosl Schmid und ihr Mann Ernst Schmidt keine Nationalsozialisten gewesen seien, auch wenn Ernst Schmidt Mitglied der NSDAP gewesen war. Schon vor dem Krieg habe er oftmals zu einer Kollegin gesagt, nur ein Krieg könne helfen, die Nationalsozialisten, den »braunen Verbrecherklub«, wieder los zu werden.[173] Zu ihrer Verteidigung brachte Rosl Schmid auch vor, dass sie 1941 der »rassisch Verfolgten« Carola Kronheimer geholfen habe.

Die zahlreichen Bombenangriffe auf München bewogen Rosl Schmid in den letzten Kriegsjahren, mit ihrer Familie die Stadt zu verlassen und aufs Land zu ziehen. Damit konnte die Wohnung im ersten Stock vorübergehend für die Unterbringung von »Fliegergeschädigten« genutzt werden. Die zuständige Notdienststelle wies die Familie Sigl als »Totalfliegergeschädigte« in drei Zimmer der Wohnung Schmid/Schmidt ein. Die restlichen Räume der Wohnung waren nicht belegt worden, damit Rosl Schmid sie bei Bedarf für ihre Arbeit nutzen konnte.

Die Sigls waren nicht die einzigen »Fliegergeschädigten« im Hildebrandhaus. 1944 zog die Familie Ritt in einem Zimmer im Dachgeschoss des Hildebrandhauses ein, wo sie die Schrecken des Bombenkrieges erlebte. So erinnert sich Friedrich Ritt, der Sohn der Familie, dass bei einem Angriff eine Brandbombe durch das Dach fiel und auf dem Boden des Dachgeschosses liegen blieb, ohne zu detonieren. Der Vater der Familie, der sich gerade auf Fronturlaub zuhause befand, warf die Bombe geistesgegenwärtig mit einer Schaufel aus dem Fenster. Die Bombe zündete allerdings auch jetzt nicht, sie war ein Blindgänger.[174] Das Hildebrandhaus blieb im Luftkrieg von Zerstörung durch Bombentreffer verschont.

Als die Erben des Erbauers das Hildebrandhaus 1934 hatten verkaufen müssen, hatte sich das künstlerische Leben in dem Haus verändert. Zwar blieben mit Theodor und Irene Georgii Angehörige der Familie, die künstlerisch arbeiteten, weiterhin im Haus wohnen, waren aber nicht mehr bestimmend für die kulturelle und gesellschaftliche Bedeutung des Hauses. Nach dem Verkauf zogen eine Reihe weiterer Künstler in die Villa ein. Auch unter den »nicht arischen« Mietern befanden sich Menschen mit künstlerischen Berufen: Käthe Singer war Sängerin, Valerie Theumann Sängerin und Schriftstellerin, Elisabeth Braun Schriftstellerin. Ein Zentrum künstlerischer und intellektueller Diskussionen, wie bei Adolf und Dietrich von Hildebrand, konnte das Hildebrandhaus jedoch unter dem Terrorregime der Nationalsozialisten nicht mehr sein. Zunehmend gab es auch Bewohner ohne Bezug zu künstlerischem Schaffen. Nach den Einträgen im Münchner Adressbuch lebten zudem im Hildebrandhaus seit 1938 im Erdgeschoss auch der Buchhalter Friedrich Karl, die Gymnasiallehrerin Edith Grote, der Angestellte Hans Seidl und die Hausgehilfin Franziska Rosa Pröll. Nach der »Zwangsentjudung« veränderte das Haus seinen Charakter weiter. Zwar zogen in die Räume, die durch die Verschleppung und Ermordung »frei« geworden waren, Künstler ein. Ein Großteil der Bewohner des Hildebrandhauses übte aber inzwischen keinen künstlerischen Beruf aus.

6. Das Hildebrandhaus nach 1945

6.1 Kriegsende in München und geplante Beschlagnahmung

Am Vormittag des 30. April 1945 besetzten die 3., 42. und 45. Division der 7. US-Armee München. Die zwölf Jahre andauernde Terrorherrschaft des Nationalsozialismus war vorüber. Das Hildebrandhaus war durch die wechselvolle, tragische Geschichte in der NS-Zeit tiefgreifend verändert. Zeitweise hatten in dem Gebäude, das ursprünglich nur für Adolf von Hildebrand und seine Familie erbaut worden war, bis zu 30 Mietparteien unter äußerst beengten Bedingungen gelebt. Aus- und Umbauten sowie die zwangsläufige Abnutzung hatten seine Gestalt stark verändert.

Obwohl es keine schweren Bombentreffer gegeben hatte, war das Haus nach Kriegsende beschädigt. Die Zentralheizungsanlage war defekt, was zur Folge hatte, dass fast alle Heizkörper zerrissen. Das Dach hatte Schadensstellen, und in den Wohnungen und Ateliers darunter zeigten sich Wasserschäden. Viele Toiletten und Abflüsse funktionierten nicht. Innenwände waren einsturzgefährdet. In einer Wohnung gab es Ungezieferbefall. Vor allem aber war die Hauptabwasserleitung unter dem Haus durch Wurzeln verstopft und nicht mehr funktionstüchtig, so dass die Bewohner auch die intakten Wasserleitungen nur für begrenzte Zeit in Gebrauch nehmen konnten.[175] Renovierungs- und Instandsetzungsarbeiten in erheblichem Umfang waren notwendig.

Wie viele der Gebäude, die durch »Arisierung« in den Besitz des Deutschen Reiches gekommen waren, sollte das Hildebrandhaus vor der Rückgabe an die rechtmäßigen jüdischen Eigentümer vorübergehend von Behörden genutzt oder Verfolgten des NS-Regimes zur Verfügung gestellt werden. Mehrere Behörden interessierten sich für das Hildebrandhaus, das auf den Listen der von den Nationalsozialisten widerrechtlich enteigneten jüdischen Grundstücke und Gebäuden stand.

Am Abend des 28. Dezember 1945 kam ein Mitarbeiter der »United Nations Relief and Rehabilitation Administration« (UNRRA) zum Hildebrandhaus und beschlagnahmte es. Die UNRRA war eine der Hilfsorganisationen, die sich um die Verfolgten des NS-Regimes kümmerte. Sie teilte Lebensmittelrationen zu, organisierte Arbeitsplätze und vergab Gewerbelizenzen. Außerdem zählten zu ihren Aufgaben die Beschaffung und Zuteilung von Wohnraum für ehemals Verfolgte des Nationalsozialismus. »Das Vorgehen war so, dass am Abend die Beschlagnahmezettel an die Türen geheftet wurden, am nächsten Vormittag bereits die Transportfahrzeuge zum Abtransport der Möbel der Inwohner vorfuhren«, erinnerte sich Rosl Schmid.[176]

Noch am Abend des 28. Dezember begannen die Bewohner des Hildebrandhauses, allen voran Franz Treppesch und Rosl Schmid, gegen die Beschlagnahme vorzugehen. Sie beschwerten sich bei hochrangigen Persönlichkeiten, beriefen sich auf die künstlerisch-kulturelle Bedeutung des Hildebrandhauses und besorgten sich vom Landesamt für Denkmalpflege eine Bestätigung für den kulturellen Wert des Hauses.

Am selben Tag gelang es Rosl Schmid, den Staatskommissar für rassisch Verfolgte, Hermann Aumer, und den bayerischen Innenminister, Josef Seifried, persönlich zu sprechen. Aumer, dessen Aufgabe es war, sich um alle Belange von ehemals rassisch Verfolgten in Bayern zu kümmern, erklärte, dass die Beschlagnahme zurückgezogen werde und er das Haus für seine Zwecke nicht benötige. Vom Innenminister erhielt Theodor Georgii ein Schreiben, mit welchem verfügt wurde, dass in dem inzwischen unter Denkmalschutz gestellten Künstlerhaus an den bisherigen Wohnverhältnissen nichts verändert werden dürfe, es sei denn, eine schriftliche, anders lautende Verfügung der Militärregierung läge vor. Der Innenminister hatte sich im Vorfeld bei der Militärregierung rückversichert, dass dies nicht der Fall war.

Trotz dieser offiziellen Bestätigungen kamen nur zwei Tage später, am 30. Dezember 1945, Mitarbeiter vom »Joint Distribution Committee«, einer anderen jüdischen Hilfsorganisation, und verlangten Einlass. Rosl Schmid berichtete, dass die Bewohner in Erwartung einer weiteren Beschlagnahmung noch an diesem Sonntagmittag von der amerikanischen Besatzungsmacht ein provisorisches »Off Limits«, ein »Zutritt verboten!«, erwirkten. Das Schild wurde an den beiden Eingangstüren befestigt und sollte von nun an Interessenten abwehren.

Die Beschlagnahme und eine folgende Räumung des Hildebrandhauses schienen damit vorerst abgewendet. Rosl Schmid schrieb am 19. Januar 1946: »Somit könnte ich also hoffen, dass ich endlich einmal zur ungestörten Arbeit komme. Noch liegt mir aber das Auf und Ab der letzten Wochen (und Monate) etwas in den Knochen. Nachdem sich aber hinsichtlich des Hauses Maria-Theresia-Strasse 23, das mit seinen 6 grossen Ateliers und grossen Arbeitsräumen 7 Bildhauern, 2 Malern und 2 Musikern die Möglichkeit zu ihrer künstlerischen Arbeit gibt, allgemein ein gewisses Verständnis durchgesetzt hat, dürfen wir vielleicht doch zuversichtlich sein. Keiner von diesen Künstlern ist Nazi oder Pg [Parteigenosse, d.A.]. 2 davon haben Lehraufträge für die Münchner Hochschulen (Tonkunst und bildende Kunst), 1 (Prof. Georgii) ist Schwiegersohn und Lieblingsschüler Adolf von Hildebrands, des Erbauers.« Rosl Schmid stellte zusammenfassend fest, »dass [...] in diesen Wohnungen sich grossenteils Künstler zusammengefunden haben, die teils die Hildebrand-Tradition direkt fortsetzen, teils auf eigene Art dem genius loci (und damit der Stadt München) dienen.«

Doch wenig später zeigte erneut eine offizielle Stelle Interesse an dem Haus. Am 4. Februar 1946 erhielt das »Quartieramt für die Besatzungsmacht« von der Militärverwaltung den Auftrag, den derzeitigen Eigentümer des Hildebrandhauses und die Parteizugehörigkeit der Bewohner zu ermitteln, mit der Begründung, dass »dieses Haus für eine Beschlagnahme vorgesehen« sei.[177] Der Besuch der Beamten vom Quartieramt war Anlass für Franz Treppesch, sich direkt an den bayerischen Ministerpräsidenten Wilhelm Hoegner zu wenden. Im Auftrag seines Schwiegervaters Theodor Georgii bat er den Ministerpräsidenten zu helfen, »das seit 8-10 Wochen währende Kesseltreiben um das Haus Hildebrand« zu beenden und für das Anwesen »jene Sicherheit zu erwirken, die seiner künstlerischen Bedeutung für München und Deutschland und das Ausland entspricht.«[178]

Wilhelm Hoegner und auch der Münchner Oberbürgermeister Karl Scharnagl sprachen sich für den Erhalt des Hildebrandhauses aus. Schließlich nahm das Quartieramt von einer Beschlagnahme Abstand. Bei der Entscheidung spielte jedoch der Denkmalschutz eine geringe Rolle. Die Militärverwaltung überzeugte vielmehr die Tatsache, dass Dietrich von Hildebrand mittlerweile die US-amerikanische Staatsangehörigkeit bekommen und nach Aussagen Treppeschs angekündigt hatte, Anspruch auf das Haus anzumelden. Damit war die Frage der Beschlagnahme und anderweitigen Nutzung des Hauses endgültig erledigt.

Mit großem Nachdruck hatten die Bewohner des Hildebrandhauses erreicht, dass sie weiterhin in der Künstlervilla wohnen und arbeiten konnten. Menschen, die während der NS-Zeit dort eingezogen waren, blieben bis in die 1960er-Jahre dort wohnen. Darunter befanden sich auch Künstler, die beim NS-Regime hohes Ansehen und gute Karrieremöglichkeiten genossen hatten. Vergeblich sucht man nach Äußerungen von Mitgefühl für die verfolgten und deportierten Nachbarn, vergeblich nach einer Auseinandersetzung mit den Vorteilen, die sich dadurch boten. Die Geschichte des Hildebrandhauses und seiner Bewohner ist vielfach eine Geschichte von verdrängten Kontinuitäten über das Jahr 1945 hinweg.

Das große Atelier, in dem Wilhelm Nida-Rümelin gearbeitet hatte, wurde nach dessen Freitod von seinem Sohn Rolf übernommen. Rolf Nida-Rümelin, der 1910 geboren war, hatte zunächst in Berlin bei Ludwig Gies und später in München – ebenso wie Ernst Andreas Rauch – bei Bernhard Bleeker studiert. Nach dem Ende seines Studiums im Jahr 1933 war Rolf Nida-Rümelin bis zum Beginn des Krieges freischaffend tätig gewesen. Unter anderem sind in dieser Zeit Fresken für das Deutsche Jagdmuseum in München entstanden. Rolf Nida-Rümelin stellte 1937, 1938 und 1940 bei der Großen Deutschen Kunstausstellung in München aus. 1939 bis 1945 war Rolf Nida-Rümelin Soldat. Nach seiner Flucht aus russischer Kriegsgefangenschaft und der Rückkehr nach München fand er sein Schwabinger Atelier zerstört. So kam es, dass Rolf Nida-Rümelin am 28. Juni 1945 einen Mietvertrag für das große Atelier im Hildebrandhaus abschloss.

Rolf Nida-Rümelins Einzug in das Hildebrandhaus fiel in eine Phase, in der die Verwaltung des Hauses sehr unübersichtlich war. So kam es, dass er seinen Mietvertrag direkt mit dem staatlichen Hausverwalter abschloss, und nicht wie sein verstorbener Vater mit Ernst Andreas Rauch. Zeitweise hatten daher sowohl Ernst Andreas Rauch, der offiziell immer noch Hauptmieter des großen Ateliers im Erdgeschoss der

Der Bildhauer Rolf Nida-Rümelin mit seiner Frau Margret und den Kindern Martine und Julian

Künstlervilla war, als auch Rolf Nida-Rümelin Hauptmietverträge. Erst im Laufe des Sommers konnte die Frage geklärt werden und offiziell zog Rolf Nida-Rümelin im September 1945 in das Hildebrandhaus.

Schon bald lud der Bildhauer gemeinsam mit seiner Frau Margret im großen Atelier zu Diskussionen über Kunst und Wissenschaft, Literatur, Politik, Religion und Philosophie ein. In den unmittelbaren Nachkriegsjahren fanden im Hildebrandhaus Seminare der Akademie der Bildenden Künste statt, die Georgii leitete.[179] Auch Wolfgang Ruoff führte seinen Unterricht für die Akademie der Tonkunst zeitweise in der Künstlervilla durch. Dies alles trug dazu bei, dass die Künstlervilla ihre ursprüngliche Anziehungskraft als kultureller Treffpunkt ein Stück weit zurück gewann.

Die Ateliers im Hildebrandhaus wurden wieder Orte der Begegnung, wie schon zu Adolf von Hildebrands Zeiten, in denen prominente Besucher verkehrten: 1948/49 fertigte Rolf Nida-Rümelin unter anderem Porträts vom Schriftsteller Hellmut von Cube, dem Maler Hans-Jürgen Kallmann und dem Dramatiker Hans Rehberg an. Im Jahr 1950 kam der damalige bayerische Kultusminister Alois Hundhammer zu Porträtsitzungen ins Atelier.

Die evangelische Kirche nutzte die Wohnungen auch für Bedienstete der Kirche. So vermietete sie 1954 die Wohnung im Erdgeschoss an die Familie des Kirchenrats und späteren Professors für Kirchenrecht Siegfried Grundmann. Dessen Frau Lotte Grundmann war lange Zeit Bildhauer-Schülerin von Rolf Nida-Rümelin.

Blick ins Atelier des Bildhauers Martin Mayer, der nach dem Tod Theodor Georgiis dessen Atelier im Hildebrandhaus übernahm

6.2 Das Hildebrandhaus als Erbe der Evangelisch-Lutherischen Kirche in Bayern

Da das Deutsche Reich das Hildebrandhaus und auch die anderen Vermögenswerte von Elisabeth und Rosa Braun unrechtmäßig entzogen hatte, musste das Vermögen nach Kriegsende an einen rechtmäßigen Besitzer zurückgegeben werden. 1944 hatte die US-Militärregierung das Gesetz Nr. 52 zur »Sperre und Beaufsichtigung von Vermögen« erlassen, um Vermögen zu sichern, das später in Wiedergutmachungs- und Rückerstattungsverfahren den ehemaligen Besitzern oder ihren Erben zurückgegeben werden sollte.[180] Dazu gehörte auch das Hildebrandhaus in München.

Das bayerische Landesamt für Vermögensverwaltung und Wiedergutmachung, das für die Rückerstattung von geraubtem Eigentum gegründet worden war, nahm das Hildebrandhaus am 23. Juni 1946 unter der Seriennummer YG-2278-502 unter Kontrolle.[181] Als Treuhänder setzte das Landesamt den Oberfinanzpräsidenten Alexander Prugger ein – institutionell eine pikante Kontinuität, denn dieselbe Behörde hatte den Raub und die Verwaltung des konfiszierten Vermögens während der NS-Zeit organisiert. Auch wenn umfassende Forschungen bislang fehlen, kann man annehmen, dass nicht wenige Mitarbeiter der Vermögensverwertungsstelle der Finanzverwaltung, die 1941 eigens für die Enteignung von deportierten Juden eingerichtet worden war, nach 1945 als »Experten« für die Wiedergutmachung zuständig waren. In der Behörde fanden sich alle einschlägigen Akten über die staatliche Ausplünderung aus der Zeit der NS-Herrschaft.

In den Unterlagen der Finanzbehörden spiegelt sich, woraus das Vermögen von Elisabeth Braun bestand: Zwei Tage, nachdem Elisabeth Braun deportiert worden war, waren bei der Vermögensverwertungsstelle des Oberfinanzpräsidiums München 11 Reichsmark und 10 Pfennig sowie weitere 9 Pfennige in Form von Briefmarken eingegangen. Dies war offenbar die letzte Barschaft, die ihr unmittelbar vor dem Abtransport noch abgenommen worden war.[182]

Aus den Unterlagen der Behörde kann man zudem Informationen über den Verbleib der Wohnungseinrichtung Elisabeth Brauns herauslesen. So übernahm die Finanzbehörde selbst ein »Ausstattungsgut«, dessen Wert sie mit acht Reichsmark bezifferte. Für die übrigen Dinge fand im März 1942 eine Versteigerung statt. Insgesamt ging das, wenn auch nicht umfangreiche, so doch höchstwahrscheinlich wertvolle Mobiliar für 1.166 Reichsmark »in arische Hände« über. Der wahre Wert dürfte weit darüber gelegen haben. Hinzu kamen mehrere Versteigerungen für eingelagerte Möbelstücke.

Banken lieferten beim Oberfinanzpräsidium das Geld ab, das die jüdischen Eigentümer auf Konten hatten. Elisabeth Braun besaß Konten bei der bayerischen Staatsbank und bei der Bayerischen Hypotheken- und Wechselbank, deren »Abwicklung« – unter anderem, weil andere Mitinhaber vorhanden waren – bis in den Februar 1945 dauerte.

Schließlich hatte das Oberfinanzpräsidium die beiden Immobilien von Elisabeth Braun übernommen. Im Gegensatz zu vielen anderen »arisierten« Gebäuden war das Hildebrandhaus staatlich enteignet worden und blieb, ebenso wie das Gebäude in der Theatinerstraße 52, die ganze Zeit über im Besitz des Deutschen Reiches. Als Hausverwalter war im »Dritten Reich« Josef Zirngibl eingestellt worden. Nach dem Raub erbrachte das Künstlerhaus bis zum Kriegsende einen Mietüberschuss von fast 11.000 Reichsmark, der auf ein Konto der Finanzbehörden floss.[183]

Die nationalsozialistischen Behörden hatten das Vermögen von Elisabeth und Rosa Braun mit wochenlang rückwirkenden Fristen enteignet. Durch dieses Verfahren sollte bei den beiden Frauen, wie bei allen Deportationsopfern der ersten Verschleppungswelle, verhindert werden, dass sie ihr Eigentum noch in letzter Minute veräußern, verschenken oder testamentarisch vermachen konnten. Die Testamente von Elisabeth und Rosa Braun waren in der NS-Zeit nicht in Kraft getreten.

Unter teilweise dramatischen Bedingungen war es den Brauns gelungen, die Testamente vor ihrer Verschleppung und Ermordung an Vertrauenspersonen zu übergeben. Eine Kopie ihres Testamentes hatte Elisabeth Braun noch am Tag der Testamentsaufsetzung im Juni 1940 persönlich beim Münchner Nachlassgericht hinterlegt. Ein weiteres Exemplar hatte sie Justizrat Adolf Veit anvertraut. Er übergab das Testament und alle Unterlagen von Elisabeth und Rosa Braun, die sich in seinem Besitz befanden, am 3. Mai 1946 dem Staatskommissar für rassisch, religiös und politisch Verfolgte, der sich wie das Bayerische Landesamt für Vermögensverwaltung und Wiedergutmachung um Rückerstattungsangelegenheiten kümmerte.[184]

Der städtische Oberbaurat und Vertraute der Familie Braun Franz Feiner war eine weitere Person, die Schriftstücke über den letzten Willen von Elisabeth und Rosa Braun besaß. Ihm hatte Rosa Braun auch Zeugnisse über die Umstände der Ausplünderung und die Verbrechen des NS-Regimes gegen sie selbst und gegen ihre Stieftochter übergeben. Feiner vergrub die Unterlagen nach eigenen Aussagen in einer Metallbox unter der Erde. Erst nach dem Untergang des NS-Regimes barg er die Dokumente wieder und übergab sie 1946 ebenfalls dem Staatskommissar für die Betreuung für rassisch, religiös und politisch Verfolgte in Bayern. Die Akten und Briefe, die sich auf diese Weise erhalten haben und heute im Landeskirchlichen Archiv in Nürnberg liegen, bilden einzigartige Quellen, um die Bedrohung und Ausplünderung von Elisabeth und Rosa Braun zu rekonstruieren.

Zwei weitere Exemplare des Testaments, die allerdings nicht unterschrieben waren, befanden sich nach dem Untergang der NS-Herrschaft im Pfarramt der Dreieinigkeitskirche in München-Bogenhausen. Pfarrer Friedrich Bauer übergab die Schriftstücke am 13. September 1946 Oberkirchenrat Dr. Theodor Karg und schmiedete schon Pläne: »Wenn es gelänge, das Anwesen Maria Theresiastr. 23 für die Kirche zu gewinnen, wäre es wohl möglich dem Münchner Diakonieverein hier eine Heimstätte zu geben? Ich würde Dich herzlich bitten deswegen mit Herrn Pfarrer Hofmann in Fühlung zu treten, da derselbe für sein neues Diakonissenhaus ein brauchbares Objekt dringend sucht.« Oberkirchenrat Theodor Karg war bei der Kirche der richtige Ansprechpartner, denn falls die Landeskirche das Erbe annahm, sollte er, wie erwähnt, Testamentsvollstrecker werden.

Am 17. Oktober 1947 schrieb die Kirche an das Landesamt für Vermögensverwaltung und Wiedergutmachung. Sie setzte das Amt davon in Kenntnis, dass die Landeskirche im Testament von Elisabeth Braun als Alleinerbin eingesetzt worden sei: »Es ist uns nicht bekannt, ob Frl. Braun noch am Leben ist; Nachforschungen unsererseits waren bisher ergebnislos. Möglicherweise sind aber erbberechtigte Verwandte von Frl. Braun vorhanden.«[185]

Tatsächlich war zu diesem Zeitpunkt das Schicksal der beiden Frauen unbekannt. Franz Feiner wusste zu berichten: »Nach Angabe des seinerzeit mit der Liquidierung von Juden beauftragten Herrn Theodor Coroncyk, München, Schumannstr. 4 (jetzt zu 6 Jahren Arbeitslager verurteilt) wurde Frl. Elisabeth Braun am 20. Nov. 1941 in Riga, und Frau Rosa Braun am 14. Juni 1942 in Theresienstadt umgebracht.« Die genannten Daten waren die Deportationstage, die Coroncyk kannte, weil er die Listen für die Deportationen seinerzeit selbst zusammenstellen hatte müssen. Um das Erbe antreten zu können, musste die Kirche eine offizielle Todeserklärung für Elisabeth Braun einholen, die am 19. November 1947 beim Amtsgericht München beantragt wurde. Die Erklärung folgte am 1. März 1948; das Todesdatum wurde auf den 31. Dezember 1941 festgelegt.[186] Auch Rosa Braun wurde wenig später für tot erklärt.

Nun konnte am 20. Mai 1948 beim Amtsgericht München das Testament von Elisabeth Braun eröffnet werden. Das Erbe umfasste das Hildebrandhaus, das Anwesen in der Theatinerstraße 52 sowie Wertpapiere. Während das Hildebrandhaus im Krieg unversehrt blieb, war das Geschäftshaus in der Theatinerstraße völlig zerstört worden. Allein das Grundstück stellte aber schon einen beträchtlichen Wert dar.[187]

Das Erbe der Kirche war nicht unbestritten. Schon bei der Testamentseröffnung wies das Amtsgericht darauf hin, dass möglicherweise andere Personen Anspruch erheben könnten. Franz Feiner etwa glaubte, er sei der rechtmäßige Erbe, und erklärte, Elisabeth Braun habe ihn in ihrem Testament vom Juni 1940 ohne sein Zutun als rechtmäßigen Erben eingesetzt. Er meldete seinen Anspruch im April 1948 beim Zentralmeldeamt für Vermögensrückerstattung in Bad Nauheim an. In dem Schreiben bezeichnete er sich als »gesetzlicher Erbe zweier rassisch verfolgter und getöteter Personen«. Feiner kannte allerdings nicht das gesamte Testament von Elisabeth Braun, sondern nur die Zusätze von 1941, durch die er als Ersatzerbe eingesetzt worden war. Wahrscheinlich hatte Elisabeth Braun ihn nicht informiert, dass sie vor ihm andere Erben benannt hatte. Mit der Faktenlage konfrontiert, zog Feiner seinen Anspruch zurück.[188] Mit Erbschein vom 2. November 1948 und mit Erbschein vom 11. November 1948 wurde die Evangelisch-Lutherische Kirche als Alleinerbin für Elisabeth und Rosa Braun festgestellt.

Kurz nach der Ausstellung der Erbscheine meldete die Kirche gemäß Art. 56 des Gesetzes Nr. 59 »Rückerstattung feststellbarer Vermögensgegenstände« der Militärregierung vom 10. November 1947 ihren Rückerstattungsanspruch an. Als Bevollmächtigten setzte die Kirche Oberkirchenrat Karg ein. Sie blieb jedoch mit diesem Antrag nicht allein.

Als am 19. Dezember 1949 der Fall Braun vor der Wiedergutmachungsbehörde Oberbayern verhandelt wurde, spielten erneut Ansprüche von anderer Seite eine Rolle. Einmal brachte Elisabeth Brauns Cousin Gustav Güldenstein seinen Sohn Matthias als leiblichen Erben ins Spiel. »Da ich auf Grund meines Verwandtschaftsverhältnisses zu Frl. Elisabeth Braun und Frau Rosa Braun (Frl. Elisabeth Braun war die Tochter des Bruders meiner verstorbenen Mutter) und auf Grund persönlich getroffener Vereinbarungen mich als Alleinerben des Nachlasses von Elisabeth Braun bezw. Rosa Braun betrachten durfte, habe ich bereits vor Kriegsende die notwendigen Schritte in dieser Angelegenheit getan«, erklärte Gustav Güldenstein im November 1949. Er wolle keinen Prozess mit der Kirche führen, sondern rechne damit, dass der Landeskirchenrat auf »ordentliche und kirchliche Weise« seinen Wünschen Rechnung tragen werde. Scheinbar sind in der Folge Absprachen zwischen Güldenstein und der

Kirche getroffen worden, denn in der Verhandlung am 19. Dezember 1949 zog Güldensteins Anwalt seine Ansprüche zurück. 1951 erhielt Gustav Güldenstein für seinen Sohn 30.000 DM aus dem Fonds, der durch den Verkauf des Grundstücks in der Theatinerstraße entstanden war. Die Wertpapiere, deren Kurswert auf etwa 300 DM taxiert wurde, trat die Kirche an Betty Braun ab.[189]

Außerdem hatte die »Jewish Restitution Successor Organization« (JRSO), die für erbenlose Vermögen zuständig war, im August 1949 vorsorglich einen Anspruch auf das Erbe der Brauns angemeldet. Sie stützte ihre Ansprüche auf zwei Argumente. Zum einen konnten Testamente aus der Zeit vom 30. Januar 1933 bis zum 8. Mai 1945 angefochten werden, wenn die nächsten Verwandten von der Erbfolge ausgeschlossen wurden, um das Erbe vor dem Zugriff des Staates zu schützen. Die Testamente von Elisabeth und Rosa Braun konnten unter diese Beschreibung gerechnet werden, denn als die beiden Frauen sie verfassten, waren einige nahe Angehörige noch am Leben gewesen. Die Erbschaft wäre aber höchstwahrscheinlich sofort vom NS-Staat konfisziert worden. In einem behördlichen Vermerk hieß es dazu: »Wenn die mit dem 31.12.1941 für tot erklärte Frl. Elise Braun und die am 4.3.1945 verstorbene Frau Rosa Braun am 21.6.1940 und am 20.4.1941 (also zu einer Zeit, als noch Verwandte lebten), ihr Vermögen der ev.-luth. Kirche in Bayern vermacht haben, so erscheint es klar, dass sie das getan haben können nur aus Verzweiflung, um es dem Zugriff des Staates zu entziehen.«

Die Kirche bat die JRSO im September 1949, ihren Antrag zurück zu ziehen. Es waren entscheidende Fristen für eine solche Anfechtung bereits abgelaufen. Unsicher, ob man dennoch einen Rechtsstreit in dieser Sache beginnen sollte, fragte das Münchner Büro der JRSO in der Zentrale an. Dort hieß es, man sei nicht bereit, die Frage auszufechten, »wenn die Verfolgte nicht mehr Glaubensjüdin war als sie das Testament errichtete.« Elisabeth Braun war zur Zeit, als sie das Testament gemacht hatte, seit 20 Jahren getauft gewesen. Dies bewog die JRSO schließlich dazu, dem Wunsch der Landeskirche zu entsprechen und den Antrag zurückzuziehen.

Die JRSO bezog sich aber noch auf einen anderen Punkt. Sie focht das Testament Rosa Brauns nach § 2065 des BGB an. Dieser Paragraph besagte, dass ein Testament die Bestimmung des Erben nicht einem anderen überlassen kann. Genau das hatte aber Rosa Braun getan, denn in ihrem Testament hatte sie die evangelische Kirche nicht explizit als Erbe benannt. Sie hatte sich lediglich dem letzten Willen ihrer Stieftochter Elisabeth angeschlossen. Die Kirche bat daraufhin die JRSO, auch diesen Antrag zurückzunehmen. »Soweit von uns Verwandte der Frau Rosa Braun ermittelt werden konnten, haben diese die Gültigkeit der letztwilligen Verfügung nicht angefochten«, hieß es in einem Schreiben des Landeskircherats. »Der nächste Verwandte dürfte Herr Dr. Güldenstein in Riehen b. Basel sein, dessen Sohn als Erbe in Frage käme, falls unsere Kirche die Erbschaft ausgeschlagen hätte.« Güldenstein aber erkannte das Testament, in dem die Kirche als Alleinerbin eingesetzt war, inzwischen an.

Während der Verhandlung, als die Familie Güldenstein die testamentarische Verfügung zu Gunsten der Kirche anerkannte, zog sich auch die »Jewish Restitution Successor Organization« von diesem Antrag zurück. Sie tat dies »mit Rücksicht auf die Geringfügigkeit des Erbanteils von Frau Rosa Braun (1/12), der bei Ungültigkeit [des Testaments, d. A.] in Frage käme«.[190]

Ein Recht auf Rückerstattung der Künstlervilla glaubte auch die Familie von Hildebrand zu haben. Der Schwager von Dietrich von Hildebrand, der Bildhauer Theodor Georgii, nahm sich der Sache an und argumentierte, dass das Haus 1934 in einer Zwangssituation unter Wert den Besitzer gewechselt habe. Georgii wandte sich am 10. April 1946 an den Münchner Oberfinanzpräsidenten in dem Wissen, dass dieser der Verwalter aller Häuser war, die in der nationalsozialistischen Zeit in Staatseigentum überführt worden waren. Auch Georgiis Schwiegersohn Franz Treppesch hatte in seinem Bemühen im Januar und Februar 1946, das Haus vor einer Beschlagnahme zu bewahren, immer wieder den Anspruch der Familie betont.

Eine Kopie seines Schreibens richtete Georgii auch an den Oberbürgermeister Karl Scharnagl. Dieser schrieb am 13. April 1946 an die Treuhandstelle, Referat 10: »Wenn die Wünsche der Familie Hildebrand unterstützt werden können, so möchte ich dies empfehlen, damit das bedeutungsvolle Objekt wieder in den Besitz der Familie kommt.« Die Stadt allerdings verwies darauf, dass sie in diesem Fall nichts unternehmen könne.[191]

Beim Rückerstattungsfahren wurde der Anspruch der Nachkommen Hildebrands nicht vorgetragen, offenbar hatte die Familie ihre Ansprüche aufgegeben. Ein Rückerstattungsverfahren zu Gunsten der Hildebranderben scheint zu diesem Zeitpunkt nicht eingeleitet worden zu sein. Es gibt Hinweise auf ein Verfahren in den 1960er-Jahren, über das aber bisher keine Unterlagen gefunden wurden. Dass dieses späte Verfahren das Hildebrandhaus betraf, ist eher unwahrscheinlich. Vermutlich bezog es sich auf die Vermögenswerte, die Dietrich von Hildebrand bei seiner zweiten Vertreibung 1938 aus Wien durch die Nationalsozialisten geraubt worden waren. Möglich wäre auch, dass es in dem Verfahren um Nachteile im beruflichen Fortkommen ging.

So blieb die Kirche die einzige, die – gestützt auf die Testamente von Elisabeth und Rosa Braun – Wiedergutmachung für die Verfolgung und Beraubung der beiden Frauen beantragte. Die Gegenpartei des Rückerstattungsverfahrens war der Freistaat Bayern als Rechtsnachfolger des Deutschen Reiches. Bayern, vertreten durch das Bayerische Staatsministerium der Finanzen, erkannte die Ansprüche der Kirche an. In einem Vergleich einigte man sich darauf, dass das Hildebrandhaus, das Grundstück Theatinerstraße 52 sowie die Wertpapiere mit sofortiger Wirkung an die Kirche übergeben werden sollten. Außerdem wurde die Hypothek über fast 47.000 Reichsmark, die das Hildebrandhaus belastete, gelöscht. Sie war vom Finanzamt München Ost für Zwangsabgaben an das Deutsche Reich eingetragen worden. Neue Eigentümerin des Hildebrandhauses war nun die Evangelisch-Lutherische Kirche in Bayern.

7. Die Kirche und der Umgang mit dem »Erbe Braun«

7.1 »Ein Politikum ersten Ranges« – drohender Abriss und Rettung durch ein neues Denkmalschutzgesetz

Die evangelische Kirche vermochte Frau Braun vor den Schergen Hitlers nicht zu bewahren – im gleichen Trott aber ihren offensichtlichen letzten Wunsch, d. h. ihre Nachlassauflagen zu torpedieren, das fordert mit Recht ein Nachspiel heraus, das Resonanz verspricht.«[192] Mit diesen Worten fasste der damalige Hausherr der Stuckvilla Hans Ziersch im November 1969 seinen Unmut über die jüngste Entwicklung in der Geschichte der Hildebrandvilla zusammen. Was war geschehen?

In der Mitte des Jahres 1965 hatte sich die Evangelisch-Lutherische Kirche in Bayern zum Verkauf des Hildebrandhauses entschlossen. Zur Begründung heißt es im Protokoll der Vollsitzung des Landeskirchenrates: »Der Verkaufserlös [...] wird dringend benötigt, teils zum Kauf von Eigentumswohnungen, teils zum Erwerb des Grundstücks Karlstr. 18.«[193]

Es gab drei ernsthafte Bewerber um die Immobilie: Den Vorsitzenden des Stuck-Jugendstil-Vereins Hans Ziersch, das bayerische Kultusministerium und den Immobilienhändler Edgar Heckelmann. Als Ziersch Mitte August 1965 von den Verkaufsplänen der Landeskirche erfuhr, nahm er sogleich Verhandlungen mit dem Landeskircherat auf, suchte mit den Mietern im Haus langfristige Abkommen – womit er die Sympathie der Kirche zu gewinnen hoffte – und versicherte sich der Unterstützung des Kulturreferats der Landeshauptstadt München.[194] Ziersch, der selbst gegenüber der Hildebrandvilla aufgewachsen war und sich bereits sehr erfolgreich für die Rettung der Villa Stuck und anderer bedeutender Bauten in München eingesetzt hatte, erwog, die Künstlervilla entweder in eine Sozialeinrichtung für Kinder oder in ein Kulturzentrum umzuwandeln. In jedem Fall war er bereit, sich zum Erhalt des Gebäudes zu verpflichten.

Nach einem kurzen Intermezzo, in dem das bayerische Kultusministerium als Favorit unter den Kaufbewerbern galt, erhielt jedoch – für Ziersch und viele Beobachter überraschend – Heckelmann den Zuschlag. Die Kirche entschied sich nach offizieller Begründung für den Bauspekulanten, weil er die Schaffung von Studentenwohnungen für Theologiestudenten in Aussicht stellte. Das Kultusministerium hatte als »Mehrwert« ein Grundstücksangebot in die Verhandlungen eingebracht. Das Angebot, das Ziersch machen konnte, hatte in einer »Kombination mit Stiftungen für der evangelischen Landeskirche besonders naheliegende Aufgaben« bestanden[195] – beides offenbar keine attraktiven Alternativen in den Augen der Kirchenvertreter.

Wie Ziersch hatte auch der Baufinanzier Heckelmann, der gute Beziehungen in höchste politische Kreise der CSU besaß, gegenüber der Stadt München erklärt, dass er die denkmalgeschützte Künstlervilla erhalten wolle.[196] In einem informellen Schriftwechsel hatte Heckelmann dem damaligen Münchner Bürgermeister Albert Bayerle zugesichert, dass er das Anwesen bewahren würde.[197] Dennoch kam er bald nach dem Kauf zu dem Entschluss, die Hildebrandvilla abzureißen. Der Architekt und Karikaturist Ernst Maria Lang, der zu dieser Zeit für Heckelmann arbeitete, diagnostizierte Hausschwamm und Mauersalpeter und erarbeitete bereits Pläne für einen Neubau auf dem wertvollen Grundstück nach dem Abriss der Künstlervilla.[198] Öffentlich erklärte Lang, dass das Hildebrandhaus »keinen lebendigen Beitrag zur Erhaltung des Gedächtnisses an Hildebrand« darstelle.[199] Heckelmann beantragte eine Abbruchgenehmigung.

In den Jahren 1969 und 1970 kritisierten viele Zeitungen den geplanten Abbruch des Hildebrandhauses in ihren Schlagzeilen.

Nun rächte sich, dass die Kirche sich seinerzeit beim Verkauf mit den informellen Briefen Heckelmanns begnügt und keine notarielle Verpflichtung zum Erhalt des Gebäudes eingefordert hatte. Gegen den Abbruch hatte man auf diese Weise keine rechtliche Handhabe. Die öffentliche Empörung über die Abrisspläne richtete sich daher nicht nur gegen den Bauspekulanten Heckelmann, für den die symbolträchtige Künstlervilla lediglich ein Hindernis für eine lukrative Nutzung des Grundstücks zu sein schien, sondern auch gegen die Kirche, die das Anwesen ohne Auflagen verkauft hatte und damit in den Augen der Kritiker sowohl den testamentarischen Willen Elisabeth Brauns als auch ihre kulturelle Verantwortung verletzt hatte.

Bei den Beratungen über den Abbruchantrag zeigte sich, dass städtische Vertreter inzwischen großes Interesse am Erhalt der Künstlervilla hatten. Nachdem ein Gegengutachten durch Sachverständige der Stadt bescheinigt hatte, dass eine Instandsetzung und Erhaltung der Hildebrandvilla »jederzeit lohnend und möglich« seien,[200] lehnte der Bauausschuss der Stadt München im Januar 1969 den Antrag Heckelmanns ab. Heckelmann lenkte nun zwar ein,[201] plante aber in der Folge eine andere für ihn sehr vorteilhafte Lösung: Im Sommer 1969 verkaufte er das Anwesen an die Immobiliengesellschaft Messerschmidt AG weiter – und machte dabei gegenüber dem Preis von 650.000 DM, die er selbst Anfang 1967 an die Kirche bezahlt hatte, fast eine Million Mark Gewinn.[202]

Postwendend erreichte die Stadt nun ein erneuter Antrag zum Abbruch des Hildebrandhauses, diesmal von Seiten der neuen Eigentümer.[203] Zwar hatte Heckelmann die Erwerber wohl darauf hingewiesen, dass die Stadt gegen einen Abbruch votieren würde. Eine bindende Auflage zum Erhalt des Gebäudes gab es hingegen auch diesmal nicht.

In dem Wissen, dass es nach der damaligen Gesetzeslage keine Möglichkeit gab, die Abbruchgenehmigung dauerhaft zu verweigern, reizte die inzwischen in Raulino Treuhand AG umbenannte Immobiliengesellschaft in den folgenden Monaten alle juristischen Mittel aus. Die Rechtslage war eindeutig, und ein Abriss im Grunde nicht zu verhindern. Der Spekulationsgewinn, der in Aussicht stand, war enorm. Die Erwartung, dass das alte Gebäude abgerissen würde, jagte den Preis für das begehrte Grundstück in bester Stadtlage immer weiter in die Höhe. Im Februar 1970 erhielt die Raulino ein Kaufangebot über 2,85 Millionen DM.[204]

Doch das Vorhaben, das Hildebrandhaus abzureißen, provozierte Proteste und rief viele Freunde des Hildebrandhauses auf den Plan. Das Landesamt für Denkmalpflege, die Bayerische Verwaltung der staatlichen Schlösser und Seen und das Staatsministerium für Unterricht und

Kultus sowie bedeutende Kunsthistoriker und Architekten setzten sich für den Erhalt des Hildebrandhauses ein und bescheinigten dem Gebäude eine kulturhistorische Bedeutung, die über die Grenzen Münchens hinaus reiche.[205] Durch Leserbriefe und Presseartikel, an denen sich auch Mitglieder der Familie Adolf von Hildebrands beteiligten, gelang es, eine breite öffentliche Aufmerksamkeit für das Problem zu schaffen.[206] Gemeinsam mit einigen Familienmitgliedern setzte sich auch Wolfgang Braunfels, ein Enkel Adolf von Hildebrands, der gerade auf den berühmten Wölfflin-Lehrstuhl für Kunstgeschichte an die Universität München berufen worden war, energisch für den Erhalt seines ehemaligen Familienstammhauses ein.

Auch die Bewohner des Hauses beteiligten sich am Kampf um das Hildebrandhaus. Margret Nida-Rümelin schreibt über diese Jahre: »Eine aufregende Zeit begann schon Anfang der sechziger-Jahre, als bekannt wurde, dass die Evangelische Landeskirche beabsichtige, das Haus zu verkaufen. Man stand zusammen im Kampf um seine Erhaltung, nicht nur für sich selbst zum Verbleib, sondern auch um die Erhaltung dieses wertvollen Kulturgutes. Ein schrecklicher Gedanke machte die Runde: wenn verkauft wird, dann wird abgerissen! Mahn- und Bittbriefe an den Vermieter wurden besprochen und, so wie ich mich erinnere, von Rolf Nida-Rümelin formuliert und geschrieben. Überlegungen von mehreren Betroffenen, das Haus gemeinsam mit Wolfgang Braunfels zu kaufen, konnten letztlich nicht in die Tat umgesetzt werden. Einer nach dem anderen zog aus. Besonders schmerzlich war für die Bildhauer der Verlust ihres Ateliers, auch für Martin Mayer. Schon Jahre lang hatten wir nach einem Parterre-Atelier gesucht: vergebens.«[207]

Der damals 14-jährige Julian Nida-Rümelin empfand das Ringen um das Hildebrandhaus als einen Existenzkampf der Familie, denn es war nicht so leicht ein vergleichbares Bildhaueratelier zu finden, und ohne Atelier war die Bearbeitung von Aufträgen unmöglich. Die Familie Nida-Rümelin war die letzte, die 1969 aus dem Hildebrandhaus auszog. »Das Hildebrandhaus, in dem, seit ich mich erinnern konnte, immer so viel Leben war, wurde zunehmend gespenstisch«, erinnerte sich Julian Nida-Rümelin später. »Es fiel uns schwer, zu begreifen, dass die Zeit dieses Künstlerhauses unabwendbar anzulaufen schien.«[208]

Die Verteidiger des Hildebrandhauses formierten sich am 6. November 1969 im »Verein zur Erhaltung des Hildebrandhauses«.[209] Zweck des Vereins war der Rückkauf, die Renovierung und eine öffentliche Nutzung des Hauses. Gemeinsam sollte die benötigte Kaufsumme aufgebracht werden. Vereinsmitglieder waren unter anderem der Initiator der

Vereinsgründung, Bürgermeister Hans Steinkohl, Wolfgang Braunfels und der abgelehnte Kaufinteressent der ersten Stunde, Hans Ziersch. Dass auch Heckelmann Mitglied in dem Verein wurde, rief ein gewisses Befremden hervor: »Der Schatzmeister dieses Vereins ist jener Herr, der zunächst der Eigentümer des Objekts war und durch einen Verkauf eine stattliche Summe verdient hat«, kritisierte beispielsweise der Rechtsanwalt der Raulino und fuhr fort, dass dies doch »als sehr merkwürdig (um mich milde auszudrücken)« angesehen werde müsse.[210]

Intern war man sich im Verein dieser Problematik durchaus bewusst. »Bezüglich Hildebrandhaus dürfen wir nicht außer Acht lassen, daß der eigentlich schuldige nicht v. Bary & Co. [der Rechtsantwalt der Raulino, d. A.], sondern Heckelmann ist, auf dessen Konto auch ein weiterer Verkauf in der Maria-Theresia-Straße zu buchen ist«, schrieb Ziersch an Steinkohl.[211] Nach außen allerdings wurde eine andere Strategie verfolgt: Um die Angriffe gegen Heckelmann »etwas reduzieren und verteilen« zu können, betonte Hans Ziersch, dass ja ohne Zweifel »die Wurzel des Übels« in den Reihen des evangelischen Landeskirchenrats zu suchen sei.[212] Auf die Kirche und die Stadt konzentrierten sich auch in der folgenden Zeit die Vorwürfe des Vereins. Die Annäherung an Heckelmann, zu der sich Ziersch dem Anschein nach erst nach einiger Überlegung bereit fand, mag ihren Grund nicht zuletzt darin gehabt haben, dass Heckelmann erhebliche Mittel zum Rückkauf des Hildebrandhauses zur Verfügung stellen konnte. Heckelmann räumte seine Mitschuld an der Misere ein und wollte nun zum Erhalt des Anwesens beitragen.

Auf zwei Sitzungen in den Jahren 1969 und 1970 beschloss der Stadtrat, das Möglichste zu tun, um das Haus zu erhalten. Die städtische Baukommission verweigerte eine Abrissgenehmigung. Erfolgreich zog die Raulino daraufhin vor Gericht. Das Verwaltungsgericht München und der Bayerische Verwaltungsgerichtshof entschieden gegen die Stadt. Trotz weiterer Gutachten, etwa dem des Landesamtes für Denkmalpflege vom 14. Juli 1970, in welchem das Haus als »Wohnsitz und Arbeitsstätte des bedeutendsten Bildhauers der neueren Zeit wie auch als höchst persönliche Schöpfung des Künstlers zu den denkwürdigen, unbedingt erhaltenswerten Gebäuden Münchens« gezählt wurde, war die Rechtslage eindeutig: die Abbruchgenehmigung musste erteilt werden.[213]

Obwohl der »Verein zur Erhaltung des Hildebrandhauses« inzwischen einen Investor gefunden und den Rückkaufpreis beisammen hatte, verweigerte die Raulino jede Verhandlung. 1971, praktisch in letzter Minute, grub der städtische Rechtsrat Walter Grasser ein Gesetz aus, das eine Chance bot, das Hildebrandhaus doch noch zu retten. Das »Gesetz über die Enteignung aus Gründen des Gemeinwohls«, das aus dem Jahre 1933 stammte und nach 1945 nicht aufgehoben worden war, ermöglichte es, das Gebäude im Interesse des Gemeinwohls zu enteignen. Da der Begriff »Gemeinwohl« nicht näher definiert worden war, erweiterten die Juristen der Landeshauptstadt die Bedeutung um den Bereich des Denkmalschutzes. Als Begründung beriefen sie sich auf das damals schon enorme Presseecho und die öffentliche Diskussion über den Abriss des Hauses. Die Stadt hatte mit ihrer Argumentation Erfolg. Der Bayerische Ministerrat genehmigte im Juli 1971 die Enteignung, und am 29. November 1971 entschied der Bayerische Verwaltungsgerichtshof, dass die Rechtslage einen Abriss vorläufig verhindere. Die bereits begonnenen Abbrucharbeiten mussten gestoppt werden.[214]

Doch die Gesetzesdecke war denkbar dünn. Im Hinblick auf die Geschichte des Hildebrandhauses trugen die Umstände, die zur Rettung des historischen Gebäudes beitrugen, groteske Züge: Das Haus, das von den Nationalsozialisten »arisiert« worden war, wurde nun durch ein Gesetz gerettet, das die Nationalsozialisten erlassen hatten.

Da die Gefahr bestand, dass die Raulino in Revision gehen würde, war ein schnelles Handeln des Bayerischen Landtages geboten. Die Aussichten, das Haus auf dieser umstrittenen Gesetzesgrundlage endgültig vor dem Abriss zu bewahren, waren ungünstig. Ein längst überfälliges Denkmalschutzgesetz musste erlassen werden, um Klarheit in einer Situation zu schaffen, die nicht nur das Hildebrandhaus betraf.[215]

Am 1. Oktober 1973 trat schließlich das bayerische Denkmalschutzgesetz in Kraft. Nach Artikel 18 hatte der Bayerische Staat nun das Recht, das Hildebrandhaus zu enteignen. Allerdings musste der Eigentümer durch eine Zahlung aus dem Denkmalfonds entschädigt werden. Dies war eine kostspielige Sache; zwar war das Haus in den Jahren zunehmend verfallen, doch die Grundstückspreise waren im attraktiven Stadtteil Bogenhausen enorm gestiegen. Die Kauf- bzw. Entschädigungssumme belief sich auf 2,5 Millionen DM. Der Staat schenkte das Anwesen schließlich der Stadt München. Am 31. Juli 1974 nahm die Stadt die Schenkung an.[216]

Der Erhalt des Hildebrandhauses war ein Glücksfall, denn vor allem in den 1960er-Jahren fielen viele Villen in Bogenhausen der Bau- und Spekulationswut zum Opfer. Besonders das Gesicht der Möhlstraße, in der sich eine Gründerzeitvilla an die andere reihte, wurde durch Abrisse und zweckmäßige Neubauten grundlegend negativ verändert. So verschwand etwa mit der ehemaligen Villa Oberkamp der älteste Bau in der Möhlstraße, dessen Grundmauern auf die Biedermeierzeit um 1840 zurückgingen. Sie wurde ein Opfer der Bauspekulationen des bereits erwähnten Immobilienhändlers Edgar Heckelmann, der das Villenensemble am Ausgang der Möhlstraße/Gabelung Weberstraße durch ein modernes Wohnhaus ersetzen ließ.[217]

7.2 Streit um den letzten Willen Elisabeth Brauns

Während der neunjährigen Auseinandersetzung um den Erhalt des Hildebrandhauses waren immer wieder schwere Vorwürfe gegen die evangelische Kirche, die Stadt München und den Freistaat Bayern erhoben worden. Kern der Diskussion war die Frage, ob das Haus ohne Auflagen aus kommerziellen Gründen verkauft und abgerissen werden durfte oder ob es seitens der Familie Hildebrand und später seitens Elisabeth Brauns eine Auflage zum Erhalt des Gebäudes gegeben hatte.

Wolfgang Braunfels, Enkel Adolf von Hildebrands und vehementer Gegner des Abbruchs, erklärte in diesem Zusammenhang, dass Dietrich von Hildebrand 1934 beim Verkauf an Elisabeth Braun der neuen Eigentümerin – entsprechend dem Testament seines Vaters Adolf – das Versprechen abgenommen habe, das Haus zu erhalten.[218] Dieses Versprechen, für das es keinen schriftlichen Beleg gab, bildete jedoch keine juristisch tragfähige Basis. Der notarielle Kaufvertrag zwischen den Familien Hildebrand/Georgii und Elisabeth Braun enthielt nur Auflagen, die bestenfalls indirekt als Erhaltungsgebot interpretiert werden konnten. So wurden Teile des Mauerwerks, an denen sich Plastiken und Reliefs des Künstlers Adolf von Hildebrand befanden, nicht mitverkauft. Sie waren demnach auch nicht im Erbe Elisabeth Brauns enthalten und nicht Gegenstand der folgenden Weiterverkäufe gewesen. Als die Raulino im April 1970 die Reliefs im Hildebrandhaus mit höhnischem Begleitschreiben demonstrativ zum Verkauf anbot – »Die Stadt München hat ja wiederholt behaupten lassen, daß die Reliefs einen Wert an sich darstellen«[219] –, wandte Ziersch daher sofort ein, dass die Raulino dazu nicht berechtigt sei, da sich die Reliefs nach wie vor im Eigentum der Familie Hildebrand befänden.[220] Aus dem Besitz eines Teils der Wände wurde abgeleitet, dass die Hildebrandvilla auch nicht ohne Zustimmung der Reliefbesitzer abgerissen werden dürfe.

War beim Kaufvertrag zwischen Dietrich von Hildebrand, Theodor Georgii und Elisabeth Braun 1934 die Frage des Erhalts des Gebäudes nur indirekt berührt worden, so hatte Elisabeth Braun in ihrem Testament ganz eindeutig formuliert, dass ihr letzter Wille war, das Anwesen als Bau zu erhalten. In ihrem Testament hatte Elisabeth Braun verfügt, das Hildebrandhaus »möglichst zum Wohnen für nicht arische Gläubige, Einzelnichtarier oder Rassemischehen weiter zur Verfügung [zu] stellen«.[221] Elisabeth Braun wollte damit verfolgte Menschen unterstützen, wie sie selbst »nicht arische« Menschen in ihrem Haus aufgenommen und ihnen damit geholfen hatte. Nach ihrem Tod sollte die Kirche diese Aufgabe weiterführen. Möglicherweise hatte Elisabeth Braun sogar eine Art Hilfsstelle im Sinn.

Mit dem Einschub »möglichst« bedachte Elisabeth Braun, dass die gewünschte Nutzung des Hauses von den jeweiligen Umständen abhängen konnte. Unter den gegebenen Rahmenbedingungen der NS-Herrschaft war eine Verwendung des Hauses für die Betreuung von »Nichtariern« schwierig – das wusste sie selbst am besten. Andererseits verlangte gerade die Verfolgungssituation in Deutschland nach Hilfsmaßnahmen für den benannten Personenkreis.

Als die Kirche nach Kriegsende das Hildebrandhaus übernahm, hatten sich die Voraussetzungen grundlegend geändert. Es gab viele ehemals verfolgte »nicht arische« Christen im Nachkriegsbayern, die hilfsbedürftig waren, viele hatten während des Krieges alles verloren. Und die neuen politischen Umstände hätten eine Nutzung des Hauses als Zufluchtsort für den genannten Personenkreis erlaubt. Doch die Kirche ließ keine Anstalten erkennen, um der Verfügung für die Verwendung des Hildebrandhauses gerecht zu werden.

Allerdings wohnten, wie die Untersuchung zeigt, in dem Gebäude in den 1950er- und 1960er-Jahren Mieter, die zum Teil schon vor dem Zweiten Weltkrieg eingezogen waren. Für eine am Testament orientierte Nutzung des Hauses hätten die Mieter, zumindest zum Teil, das Haus verlassen müssen, was angesichts der dramatischen Wohnungsnot im München der Nachkriegszeit als eine soziale Härte gedeutet werden konnte.[222]

Nicht nur der testamentarische Wille Elisabeth Brauns war durch die Umstände des Verkaufs berührt. Hinzu kam eine Vereinbarung der Kirche mit dem Freistaat Bayern. Nach der staatlichen Enteignung Elisabeth Brauns 1941 waren das Deutsche Reich und später der Freistaat Bayern Eigentümer des Hildebrandhauses gewesen. Bayern hatte sich dabei immer für die Erhaltung des Hauses eingesetzt, es unter Denkmalschutz gestellt und mit der evangelischen Landeskirche, als diese das Anwesen übernahm, entsprechende Schutzvereinbarungen getroffen. Diese Argumente bildeten die Grundlage für schwere Vorwürfe gegen die Kirche, die durch den Verkauf ohne Auflagen das Andenken und den letzten Willen Elisabeth Brauns verletzt und den Denkmalschutz achtlos beiseite geschoben habe. Dass er die Vereinbarungen über den Denkmalschutz nicht im Grundbuch eintragen ließ, wurde dem Staat Bayern später als »schuldhafter Ermessensfehler« angerechnet.

Auch bei der Stadt München sahen die Kritiker Versäumnisse. Die Zusage Heckelmanns, das Hildebrandhaus zu erhalten, war während der Kaufverhandlungen lediglich in einem informellen Briefwechsel zwischen dem Baufinanzier und Bürgermeister Bayerle dokumentiert. Die Stadt hatte, als sie das Kaufgesuch prüfte, keine notarielle und grundbuchamtliche Verpflichtung eingefordert, was als »Beurteilungs- und Ermessensfehler« kritisiert wurde.

7.3 Der Sonderfonds »Nachlass Elisabeth und Rosa Braun«

Nach dem Verkauf des Hildebrandhauses stellte sich für die evangelische Kirche als nächstes die Frage, wie mit dem Geld aus dem Erlös umgegangen werden sollte. Hierfür gab das Testament Anhaltspunkte: Elisabeth Braun hatte an die Kirche das »dringendste Ersuchen« gerichtet, alle Werte, die von ihr »mit größter Mühe und Sorgfalt während der letzten 18 Jahre teils erworben, teils zusammengehalten« worden waren, »für Zwecke der Betreuung und vor allem – soweit irgend möglich – der Mission sogenannter nicht arischer Christen in deutschsprachigen Ländern verwenden zu wollen.«[223]

Schon 1952 hatte die Kirche einen Sonderfonds »Nachlass Elisabeth und Rosa Braun« eingerichtet, in dem sich anfangs etwa 120.000 DM befanden, die die Kirche aus dem Verkauf des Anwesens in der Theatinerstraße bekommen hatte. Aus dem Fonds war zunächst nur eine einzige Auszahlung getätigt worden:[224] Die oben erwähnte Zahlung an den Neffen von Elisabeth Braun, Matthias Güldenstein. Hier war in mehrfacher Hinsicht ein enger Bezug zum Testament gegeben, denn Matthias Güldenstein war als Ersatzerbe ausdrücklich benannt. Zudem argumentierte die Familie Güldenstein, dass Matthias ein »nicht arischer Christ« sei, und eine Unterstützung auch aus diesem Grunde im Sinne der Erblasserin wäre.

Dies war für lange Zeit die einzige Abbuchung aus dem Nachlass von Elisabeth Braun. Erst nachdem 1967 das Hildebrandhaus verkauft worden war, begann die Kirche den Sonderfonds »Nachlass Elisabeth und Rosa Braun« zu nutzen. Der Erlös aus dem Verkauf des Hildebrandhauses floss zwar vorerst nicht in den Sonderfonds. Er wurde dazu benutzt, elf landeskirchliche Eigentumswohnungen in der Trogerstraße 25 in München zu kaufen. Erst zwei Jahre später, am 2. Dezember 1969, beschloss der

Landeskirchenrat, dass die Mittel für den Kauf der Wohnungen an den Sonderfonds mit Zins und Zinseszins rückerstattet werden sollten.[225]

Der Verkauf des Hildebrandhauses dürfte aber Anlass gewesen sein, sich des Fonds zu erinnern, denn schon 1967 begannen Auszahlungen. So erhielt die Gesellschaft der Freunde der Hebräischen Universität Jerusalem in München im selben Jahr einen Zuschuss von 10.000 DM.[226] Am 16. Januar 1968 zahlte die Landeskirche 5.000 DM für das evangelische Mädcheninternat Talitha Kumi in Beit Jala, 12 km westlich von Jerusalem. Hier gingen und gehen palästinensische Kinder, Muslime und Christen, gemeinsam zur Schule.[227]

Anfragen, sich am Rückkauf des Hildebrandhauses zu beteiligen, wies die Kirche zurück. Als einer der Initiatoren der Rückkaufaktion, Bürgermeister Hans Steinkohl, davon erfuhr, schrieb er empört an den Landeskirchenrat, er sei »sehr betroffen [...], daß sich der Evang.-Luth. Landeskirchenrat nunmehr über seine moralischen Verpflichtungen gegenüber dem Hildebrandhaus hinwegsetzt und die Stadt in ihrem Bestreben, das Haus zu erhalten, im Stich zu lassen beabsichtigt. [...] In diesem Fall kann ich zur Stunde noch nicht glauben, daß sich ausgerechnet der Evang.-Luth. Landeskircherat über die Chance hinwegsetzt, seinen Fehler bei der Veräußerung des denkmalgeschützten Anwesens wieder gutzumachen.«

Aber es blieb dabei. Als der Kauferlös auf den Sonderfonds überwiesen wurde, verrechnete die Kirchenleitung damit die Besoldung für Pfarrer Wilhelm Grillenberger für seine Tätigkeit im »Dienst an Israel« in der Zeit von November 1950 bis April 1956. Er hatte aus Mitteln der Allgemeinen Kirchenkasse insgesamt 21.586 DM erhalten. Diese Summe wurde nun aus dem Sonderfonds rückfinanziert mit der Begründung, es seien Ausgaben »für einen Zweck im Sinne der Wünsche der Erblasserin«.[228]

Mitte Dezember 1969 beschäftigte sich der Landeskirchenrat eingehender mit der Frage, wie die finanziellen Mittel aus dem Sonderfonds verwendet werden könnten. Pfarrer Martin Levi Bass in München, damals Landeskirchlicher Beauftragter für den »Dienst an Israel«, und Pfarrer Reinhard Dobbert in Burgsinn, damals Vorsitzender des »Evangeliumsdienstes unter Israel«, wurden um Vorschläge gebeten.[229]

Pfarrer Bass meinte, man solle einen ehemaligen Prager Juden, der in der NS-Zeit viel gelitten habe und inzwischen in Erding wohnte, unterstützen. Er sei physisch und seelisch krank. Bass nannte auch Missionsprojekte unter Juden: »Der Evangeliumsdienst unter Israel ist zusammen mit der schwedischen Israelmission beteiligt an einem Rettungswerk für ca. 100.000 algerische Juden in der Gegend von Marseille. Die meisten sind jüdische Orthodoxe. Zur Zeit besteht Kontakt mit ca. 40 Familien, die missionarisch ansprechbar sind. Man versucht, dem Elend durch eine erste Schulung abzuhelfen. Die finanzielle Hauptlast trägt bisher die schwedische Israel Mission.« Man könne die schwedische Israelmission mit ihrer Missionsstation in Wien, die Pfarrer Adolf Rücker leite, fördern. Ein weiterer Betrag sei für den »Evangeliumsdienst unter Israel« für seine Missionstätigkeit in Buenos Aires zu verwenden. Die »Judenmission« gehörte nach der Gründung 1947 zunächst zu den Hauptaufgaben des »Evangeliumsdienstes unter Israel«. Seit Mitte der 1980er-Jahre distanzierte sich die bayerische Landeskirche zunehmend von der »Judenmission« und es setzte sich eine neue Sichtweise durch, die sich auf die »bleibende Erwählung Israels« beruft. 1992 änderte der Verein auch seinen Namen und nannte sich von nun an »Begegnung von Christen und Juden. Verein zur Förderung des christlich-jüdischen Gesprächs in der Evang.-Luth. Kirche in Bayern«.

Auch Pfarrer Dobbert schlug vor, das Geld dem »Evangeliumsdienst unter Israel« zu übergeben. Zudem stand die Unterstützung der »Arbeit an den Juden« in Marseille auf der Liste von Dobbert. Er wies auch auf das Schicksal der aus den Ostblockstaaten, vor allem Polen, geflüchteten Juden hin.

Aus dem Sonderfonds »Nachlass Elisabeth und Rosa Braun« stellte die Kirche unter anderem Mittel für den Bau und den Unterhalt des christlichen Altersheims Eben-Ezer in Haifa bereit. Dort verbringen Christen jüdischer Herkunft ihren Lebensabend.

Ein weiterer Vorschlag betraf die Mithilfe beim Bau eines Altenheimes für Christen jüdischer Herkunft in Haifa in Israel.[230] Hier arbeitete die Norwegische Israelmission auf Basis des Lutherischen Weltbundes mit dem Evangeliumsdienst zusammen. Ein Teil des Heimes war für aus Deutschland stammende Christen jüdischer Herkunft vorgesehen. In einer Aktennotiz des Landeskirchenrates heißt es: »Dobbert würde die Unterstützung dieser Arbeit für sehr erwägenswert halten, da es seiner Art und seinem Umfang nach am ehesten den vorhandenen Mitteln und dem Stifterwillen entsprechen würde.«

Eine Frage in diesem Zusammenhang war aber, »ob die betreffende Summe bezw. deren Zinsen im Sinn des Testaments nur für Juden und Judenchristen in deutschsprachigen Ländern verwendet werden kann oder auch für solche, die aus deutschsprachigen Ländern stammen.« Dem Wortlaut des Testaments entsprach Letzteres nicht, die Antragsteller betonten aber, dass eine solche Verwendung ihrer Ansicht nach im Sinn des Testamentes sei. Die Ansicht fand allgemeine Zustimmung, und die Kirche stellte beträchtliche Mittel für den Bau und zur Sicherung des Unterhalts des christlichen Altersheims Eben-Ezer in Haifa aus dem Sonderfonds bereit. Im Eben-Ezer Heim in Haifa verbringen Christen jüdischer Herkunft ihren Lebensabend. Heute leben dort 30 Menschen, die aus den verschiedensten Geburtsländern kommen: aus Rumänien, Russland, Ungarn, den USA, England, Deutschland, Litauen, Libanon und weiteren Ländern, aber auch aus Israel selbst.

Im Februar 1970 spendete die Evangelisch-Lutherische Kirche in Bayern aus dem Fonds 25.000 DM an die Israelitische Kultusgemeinde. Anlass war der Brand im jüdischen Altersheim in der Reichenbachstraße in München. In der Nacht vom 13. auf den 14. Februar 1970 wurde das jüdische Altersheim durch einen Brandanschlag völlig verwüstet. Dabei kamen sieben Bewohner ums Leben, unter ihnen der Bibliothekar der Israelitischen Kultusgemeinde, Siegfried Offenbacher. Der Fall blieb trotz intensiver Nachforschung ungeklärt, die Attentäter wurden nie gefunden. In dem Haus waren neben dem Altersheim die Büros der Israelitischen Kultusgemeinde und ein Kindergarten untergebracht. Bei den Opfern handelte es sich ausschließlich um Überlebende der Konzentrationslager.[231] Die Kirche nahm die Nachricht von dem Brandanschlag mit tiefer Bestürzung auf und übermittelte der Kultusgemeinde »zur Hilfe der in Not gekommenen Mitmenschen« die Spende.

In den 1970er-Jahren und Anfang der 1980er-Jahre verwendete die Kirche den Sonderfonds vor allem für die Bezuschussung von Reisen nach Israel, unter anderem erhielt der Münchner Motettenchor über

Jahre Zuschüsse für Konzertreisen nach Israel.[232] Die Projekte, die die Kirche aus dem Sonderfonds finanzierte, galten entweder der Betreuung von jüdischen Menschen oder dem Dialog zwischen Juden und Christen. In den 1980er- und 1990er-Jahren förderte die Landeskirche weiter das Altersheim Eben-Ezer und stellte weiter Mittel für Israelreisen bereit. Ab 1986 wurde jedes Jahr ein Zuschuss für den »Evangeliumsdienst unter Israel« gezahlt. 1986 belief sich die Summe auf 25.000 DM, stieg dann auf 60.000 DM jährlich. Als aus diesem Unternehmen 1992 der Verein »Begegnung von Christen und Juden. Verein zur Förderung des christlich-jüdischen Gesprächs in der Evang.-Luth. Kirche in Bayern« entstand, wurde dieses Projekt mit 60.000 DM bis 2001 weiter gefördert.[233]

1983 erstellte das Rechnungsprüfungsamt der Evangelisch-Lutherischen Kirche eine Liste der bisherigen Zahlungen und merkte kritisch an: »Diese Zahlungen entsprechen u. E. nicht dem Willen der Erblasserin«. Die Rechtfertigung des zuständigen Referats lautete: »Forscht man nach dem Wortlaut ›für gläubige, nicht arische Christen in deutschsprachigen Ländern zu sorgen‹ so mag es aus damaliger Sicht der Erblasserin vor allem darauf angekommen sein, dass sie dazu beitragen wollte, begangenes Unrecht wiedergutzumachen, Nichtariern zu helfen; dass es ihr auch darum ging, dass Kirche und Israel zueinander finden. Insofern können Zuschüsse zu Reisen nach Israel durchaus im Sinne der Verfügung ›insbesondere für Mission, falls wieder möglich‹ liegen.« Durch Reisen würde die besondere Lage des Staates Israel verständlich werden, andererseits sollten die dort lebenden Menschen etwas von praktizierter Verständigung und Aussöhnung erfahren. Auch die Zuschüsse für den Motettenchor seien so zu verstehen, denn der Chor sei in den vergangenen Jahren oft nach Israel gereist.[234]

Vor kurzem hat ein juristisches Gutachten bestätigt, dass die Verwendung der Mittel rechtlich gesehen nicht im Widerspruch zum Testament stehe.[235] Das Gutachten markiert den Rahmen, in dem der testamentarische Wille angesichts der veränderten theologischen, gesellschaftlichen und politischen Rahmenbedingungen gedeutet werden kann.

Eine Verfolgung »nicht arischer« Christen in Deutschland, wie sie Elisabeth Braun erlebt und erlitten hatte, gab es nach 1945 nicht mehr. In ihrer Lebensgeschichte finden sich jedoch Argumente dafür, was heute unter den Zielen, die Elisabeth Braun in ihrem Testament formulierte, verstanden werden kann. Betrachtet man den Entstehungskontext, dann stand für Elisabeth Braun die Hilfe für Verfolgungsopfer im Mittelpunkt, denn die »nicht arischen« Christen, deren Betreuung Elisabeth

Braun in ihrem testamentarischen Willen als zentralen Zweck nannte, waren Opfer einer absurden rassistischen Verfolgung durch ein Terrorregime.

Die Mission unter Juden, wie sie Elisabeth Braun in einem anderen Teil ihres letzten Willens angesprochen hat, sieht die evangelische Kirche heute nicht mehr als ihre Aufgabe an. Nach der Shoa haben die Kirchen ihre theologischen Grundlagen für das Verhältnis zwischen Christen und Juden auf den Prüfstand gestellt. Im Gefolge dessen besann man sich neu auf entscheidende Passagen im Römerbrief des Apostels Paulus und kommt zu dem Ergebnis, dass demnach der Bund Gottes mit Israel ungekündigt ist. Diese Wiederbesinnung auf die biblischen Quellen hat auch Folgen für die Judenmission. »Wir lassen uns aufgrund des Bußrufs der Shoa auf einen neuen Weg des Urteilens und Handelns ein«, heißt es in einer kirchlichen Stellungnahme aus dem Jahr 2000. »Ein wichtiger Schritt dazu besteht in der Einsicht, die sich aufgrund eines neuen Lesens des Alten und Neuen Testaments ergibt: Gott hat Israels Bund zu keinem Zeitpunkt gekündigt. Israel bleibt Gottes erwähltes Volk, obwohl es den Glauben an Jesus als seinen Messias nicht angenommen hat. ›Gott hat sein Volk nicht verstoßen‹ (Röm. 11,1). Diese Einsicht lässt uns – mit dem Apostel Paulus – darauf vertrauen, Gott werde sein Volk die Vollendung seines Heils schauen lassen. Es bedarf dazu unseres missionarischen Wirkens nicht.«[236]

Angesichts dieser Abkehr von der »Judenmission« tritt der zweite Verwendungszweck, den Elisabeth Braun in ihrem Testament nennt, in den Vordergrund: Die »Betreuung nicht arischer Christen«. Je mehr über das Schicksal von Elisabeth Braun bekannt ist, umso mehr Anhaltpunkte gibt es für eine konkrete Interpretation des Testaments von Elisabeth Braun. Ihr letzter Wille ist damit nicht nur Quelle eines Fonds, sondern mahnt gleichzeitig zur Erinnerung an die Vergangenheit.

8. Restaurierung der Hildebrandvilla und Einzug der Monacensia

Als sich der Erhalt des Hildebrandhauses abzeichnete, kam die Frage auf, wie eine neue Nutzung aussehen könnte. Der SPD-Landtagsabgeordnete Hans Kolo machte in einem Brief an Oberbürgermeister Georg Kronawitter den Vorschlag, im Hildebrandhaus die Monacensia-Sammlung und die Handschriftenabteilung der Münchner Stadtbibliothek unterzubringen. Die 1921 gegründete Monacensia-Sammlung ist eine umfangreiche Bibliothek zum Thema München und Region. In der drei Jahre später gegründeten Handschriftenabteilung, dem heutigen Literaturarchiv, werden Manuskripte, Briefwechsel, Dokumente und andere Zeugnisse von großen Persönlichkeiten und Schriftstellern mit Bezug zu München und dem süddeutschen Raum gesammelt, aufbewahrt, repräsentiert und vermittelt. Am 20. März 1974 stimmte der Stadtrat der Nutzung des Hildebrandhauses als Bibliothek und Literaturarchiv zu.[237]

Sofort nachdem das Haus in den Besitz der Stadt München übergegangen war, wurden Maßnahmen zur Sicherung der Bausubstanz und zur Renovierung der Innenräume in die Wege geleitet. Dem Haus war in den Monaten und Jahren der gerichtlichen Auseinandersetzungen großer Schaden zugefügt worden, das jahrelange Hin und Her um Abriss und Erhaltung hatte dem Vandalismus im Hildebrandhaus Tür und Tor geöffnet. Unbekannte hatten in den Innenräumen Parkett und Treppen in Brand gesteckt, die wertvollen Reliefs der Familie Hildebrand zerstört, mutwillig das Dach beschädigt und Fensterscheiben eingeworfen. Innen wie außen war es in einem sehr schlechten Zustand. Schließlich musste das Haus als einsturzgefährdet eingestuft und für Unbefugte gesperrt werden.

Am 10. Dezember 1974 wurde ein Umbau-, Renovierungs- und Restaurierungsprogramm beschlossen, das auf die neue Nutzung des Hildebrandhauses als Bibliothek und Handschriftenabteilung und auf die Erhaltung der historischen Bausubstanz ausgerichtet war.[238] Die verschiedenartigen Räumlichkeiten und das ursprüngliche Gesamtbild des Hauses wurden weitgehend wieder hergestellt und nur minimal verändert.

Aus statischen Gründen bot sich für die Jahrhunderte alten Zei-

Zustand des Hildebrandhauses vor der Renovierung

tungs- und Buchbestände eine Unterbringung im Keller an. Das große Atelier im Erdgeschoss, das in der Nachkriegszeit Rolf Nida-Rümelin genutzt und mit seiner Familie bewohnt hatte, wurde in den Lesesaal der Monacensia-Sammlung umgewandelt. Eine Galerie wurde eingebaut, um die Stellfläche für die Bücher zu vergrößern. Aus dem kleinen Atelier, gleich links vom Eingang, machten die Planer eine Garderobe, und in dem Atelier, in dem früher Adolf von Hildebrand, Theodor Georgii und Martin Mayer gearbeitet hatten, entstand der Katalograum.

Die Handschriftenabteilung – das spätere Literaturarchiv – sowie Büros und Besucherzimmer wurden im oberen Geschoss des Hildebrandhauses eingerichtet. Für das Depot des Literaturarchivs nutzte man das ehemalige Damenatelier, was wegen der großen Atelierfenster für die lichtempfindlichen Papierdokumente in konservatorischer Hinsicht eine besondere Herausforderung darstellte. Inzwischen sind aus konservatorischen und statischen Gründen die wertvollen Originalmaterialien in ein Depot außer Haus ausgelagert worden. Wegen der häufigen Ebenenwechsel, die typisch für das Hildebrandhaus waren, war der Einbau eines Lasten- und Personenaufzuges notwendig geworden, um Bücher und Dokumente aus den Depots im Keller in die oberen Stockwerke zu transportieren. Nur so konnte der Betrieb der Monacensia garantiert werden.

Weitere Herausforderungen für die Restauratoren und Handwerker vor Ort bildeten die Rekonstruktionen von Böden, Decken und Treppenbalustraden, die teilweise nach Fotos oder Zeichnungen aus dem Originalbauplan angefertigt werden mussten. In der kleinen Bibliothek des Hausherren, die unter der Kuppel des Zwiebelturmes untergebracht war, befanden sich ursprünglich aufwändig gestaltete Wandvertäfelungen, Einbauschränke und Regale, die mit viel Liebe zum Detail rekonstruiert werden konnten. Einige Zimmertüren waren erhalten geblieben und konnten wieder verwendet werden.

Die Fassade war an vielen Stellen abgeplatzt oder stark beschädigt und die ursprüngliche Farbgestaltung kaum mehr zu erahnen. Experten des Bayerischen Landesamts für Denkmalpflege analysierten zusammen mit Kirchenmalern den Originalputz, um die Putzflächen innerhalb des Hauses und an der Fassade möglichst originalgetreu zu renovieren.

Die aufwändigen Renovierungsarbeiten hatten ihren Preis. Weder die »einigen hunderttausend Mark«, von denen anfangs die Rede war, noch die 1974 veranschlagten zwei Millionen Mark reichten aus. Am Ende zahlte die Stadt München knapp 2,5 Millionen DM für die Instandsetzungsarbeiten. Am 19. Oktober 1977 zogen die Monacensia-Sammlung und die Handschriftenabteilung in das Hildebrandhaus ein.

Das Hildebrandhaus während der Renovierung der Terasse

Rekonstruierte Treppenbalustrade im Hildebrandhaus heute

Nicht jeder Beteiligte und am Hildebrandhaus Interessierte hielt die Umwandlung des Hildebrandhauses in eine Bibliothek und in ein Literaturarchiv für eine gute Lösung. So hatten die ehemaligen Mieter Ende der 1960er-Jahre darum gekämpft, das Haus für die Bildende Kunst zu erhalten. Auch Hans Zierschs Vorstellungen waren damals u.a. in diese Richtung gegangen. Schon in den 1950er-Jahren wurde in der Presse beklagt, dass es in München kaum Bildhauerateliers gab. Mit der neuen Nutzung als Bibliothek gingen nun weitere Ateliers verloren. Noch Anfang der 1980er-Jahre schlug Julian Nida-Rümelin, unterstützt von einer Initiative, vor, in dem Haus internationalen Kunststipendiaten einen Schaffensraum zu bieten. Wohnraum war vorhanden, und die fünf Ateliers boten hervorragende Arbeitsmöglichkeiten für die Stipendiaten. Anlass zu dieser Initiative gaben Überlegungen, die Monacensia-Sammlung und die Handschriftenabteilung in den Gasteig zu verlegen.[239]

All diese Vorschläge zielten zwar auf eine ursprünglichere Nutzung des Hauses, doch musste Mitte der 1970er-Jahre für die Monacensia-Sammlung und die Handschriftenabteilung ein neues Domizil gefunden werden. Das Hildebrandhaus erschien als eine ideale Lösung. Außerdem knüpfte man mit der Unterbringung der Monacensia-Sammlung und der Handschriftenabteilung im Hildebrandhaus an die Bedeutung des Hauses als kulturelle Begegnungsstätte an. Die beiden ehemals getrennten Abteilungen wurden Mitte der 1980er-Jahre zu einem Institut unter einer Leitung zusammengefasst. Mitte der 1990er-Jahre wurde dieser Entscheidung durch die Umbenennung der Einrichtung in »Monacensia. Literaturarchiv und Bibliothek« Rechnung getragen.

Inzwischen ist im Hildebrandhaus wieder ein Ort des geistig-kulturellen Austauschs und der Beschäftigung mit dem kulturellen Erbe der Stadt München entstanden. Programmatisch knüpft die Monacensia damit an die Vergangenheit des Hildebrandhauses als Künstlervilla an. Als literarisches Gedächtnis Münchens liefert sie einen wichtigen Beitrag zum kulturellen Leben der Stadt und ist aus ihrem Veranstaltungskalender nicht mehr wegzudenken. Auf der Basis der einmaligen Originalbestände finden regelmäßig Ausstellungen, Lesungen, Buchpräsentationen, Vorträge und Gesprächsrunden statt. Münchner Bürgerinnen und Bürger und internationale Gäste nutzen das literarische Angebot von zwei bis drei Wechselausstellungen und etwa 40 Abendveranstaltungen im Jahr. Mit den Publikationsreihen »monAkzente« und der »edition monacensia« ist die Monacensia am Buchmarkt präsent und konnte ihre Öffentlichkeitswirkung in den letzten Jahren noch intensivieren.

Durch den systematischen Ausbau besonders der Originalbestände entwickelte sich die Monacensia unter der Leitung von Dr. Elisabeth Tworek in den letzten 12 Jahren zu einem bedeutenden Literaturarchiv im deutschsprachigen Raum. Etwa 280 literarische Nachlässe mit 350.000 Autographen, Manuskripten, Typoskripten, Briefen, Tagebüchern und anderen Dokumenten stehen Wissenschaftlern, Publizisten, Historikern und Studenten zur Verfügung. Es handelt sich vorrangig um Nachlässe und Dokumente bayerischer, vor allem Münchner Persönlichkeiten. Bedeutende Exilnachlässe, wie der Teilnachlass von Oskar Maria Graf und die Nachlässe von Erika und Klaus Mann, Therese Giehse, Annette Kolb, Hermann Kesten, Alfred Neumann und Max Mohr zählen zu den Herzstücken der Sammlung, die in jüngster Zeit um den schriftlichen Nachlass von Elisabeth Mann Borgese ergänzt wurde. Von besonderem Wert sind die Nachlässe von Vertretern der Schwabinger Bohème der Jahrhundertwende und ihres Umfeldes, so von Franziska Gräfin zu Reventlow, Ludwig Thoma, Frank Wedekind, Ludwig Ganghofer, Otto Julius Bierbaum oder Gustav Meyrink. Ein besonderes Augenmerk gilt den Münchner Autorinnen und Autoren der Gegenwart, deren Archive in der Monacensia betreut werden, wie das von Wolfgang Bächler, Asta Scheib, Dagmar Nick, Grete Weil, Carl Amery und Herbert Achternbusch.

Die Monacensia-Bibliothek mit etwa 130.000 Bänden bildet für Forscher und Neugierige eine geradezu ideale Ergänzung zu den Beständen des Literaturarchives. Dort finden sich Bücher zur Literatur, Kunst, Geschichte, Politik und Kultur der bayerischen Landeshauptstadt und ihrer näheren Umgebung in den letzten hundert Jahren. Der Lesesaal der Monacensia-Bibliothek wird bei besonderen Anlässen als Veranstaltungsort genutzt.

Das Hildebrandhaus mit Terrasse heute

Zusammenfassung:
Das Hildebrandhaus in der NS-Zeit – ein Lebensort für »nicht arische« Christen

In rascher Folge spiegeln sich höchst unterschiedliche Aspekte der nationalsozialistischen Herrschaft und seiner Nachgeschichte im Mikrokosmos des Münchner Hildebrandhauses. Vor 1933 war das Künstlerhaus in der Maria-Theresia-Straße, das der Bildhauer Adolf von Hildebrand nach eigenen Plänen errichtet hatte, ein bekannter Ort gesellschaftlicher und kultureller Begegnung in München gewesen. Die nationalsozialistische Machtübernahme bedeutete für die Bewohner des Hildebrandhauses eine tiefe Zäsur. 1934 verkauften die Kinder Adolf von Hildebrands das Haus, weil einer der Söhne – der katholische Philosoph Dietrich von Hildebrand – vor dem NS-Regime ins Ausland fliehen musste. Neue Eigentümerin wurde die »nicht arische« Christin Elisabeth Braun.

Die Geschichte des Hildebrandhauses und seiner Bewohner in der NS-Zeit ist maßgeblich dadurch bestimmt, dass Elisabeth Braun nach den rassistischen Kategorien der nationalsozialistischen Machthaber als »Volljüdin« galt. Sie stammte aus einer wohlhabenden Münchner jüdischen Schneiderfamilie. Obwohl sich Elisabeth Braun 1920 evangelisch taufen ließ, galt sie nach der Definition der NS-Ideologie durch ihre Geburt als »Volljüdin«. Sie war damit eine von schätzungsweise 600 bis 800 »nicht arischen« evangelischen Christen in München, die nicht der Israelitischen Kultusgemeinde angehörten und sich auch nicht als Juden empfanden, im »Dritten Reich« jedoch genauso verfolgt wurden wie die »Konfessionsjuden«.

Das Hildebrandhaus gehörte seit dem Erwerb 1934 zum Vermögen der Familie Braun, das Elisabeth Braun, die als einzige Angehörige ihrer Generation in München blieb und nicht vor der nationalsozialistischen Verfolgung ins Ausland floh, mit größtem Nachdruck verteidigte. Sie war als Einzelkind Alleinerbin des Besitzes in ihrem Familienzweig und fühlte sich für dessen Erhaltung verantwortlich. Zahlreiche Briefe belegen, dass sie Angriffe des NS-Staates auf ihr Vermögen mit außergewöhnlich großem und mutigem persönlichen Einsatz abzuwehren versuchte.

Mit zunehmendem Verfolgungsdruck wuchs die Bedeutung des Hildebrandhauses für Elisabeth Braun. War es zunächst wohl nur eine Übergangsstation auf dem Weg zu einer geplanten Emigration gewesen, so wurde es zunehmend zum letzten, vermeintlich sicheren Lebensort. Während sich Elisabeth Braun anfangs auf den Erhalt des Familienstammsitzes in der Münchner Innenstadt konzentriert hatte, wo die Familie seit fast 100 Jahren ansässig war, gewann mit steigender persönlicher Bedrohung das Hildebrandhaus, in das Elisabeth Braun 1938 auch selbst einzog, als scheinbar geschützter Platz an Bedeutung. Das Hildebrandhaus, das ihr gehörte, empfand sie als letzte »sichere Wohnstätte«.

Elisabeth Braun versuchte auch zunehmend, andere »nicht arische« Christen in ihr Haus aufzunehmen. Während der NS-Zeit fanden im Hildebrandhaus zeitweise 17 »nicht arische« Menschen Unterkunft. Es ist unklar, inwieweit Elisabeth Braun vom Regime gezwungen wurde, Juden und Christen jüdischer Herkunft aufzunehmen, oder ob sie sich freiwillig dazu entschloss. Fest steht aber: Sie selbst hat darauf gedrungen, dass es möglichst christlich getaufte Menschen sein sollten.

Elisabeth Braun gelang es bis unmittelbar vor ihrer Deportation und Ermordung, das Hildebrandhaus in ihrer Verfügungsgewalt zu halten. Einen drohenden Zwangsverkauf durch das Regime wehrte sie 1939 erfolgreich ab, und sie setzte noch im Sommer 1941 bei der »Arisierungsstelle«, die in München die Enteignung von Juden mit Terror und Folter betrieb, das Zugeständnis durch, im Hildebrandhaus bis Kriegsende wohnen bleiben zu können. Die lokalen NS-Potentaten hielten sich jedoch nicht an die Abmachung. Kurz nachdem die Vereinbarung geschlossen worden war, leiteten sie dennoch die »Entjudung« des Hildebrandhauses ein. Alle »nicht arischen« Bewohner – darunter auch Elisabeth Braun und ihre Stiefmutter Rosa Braun – mussten in ein Lager umziehen, von wo aus sie wenig später deportiert wurden. Elisabeth Braun wurde am 20. November 1941 mit dem ersten Deportationszug aus München verschleppt und fünf Tage später in Kaunas ermordet. Erst im Zusammenhang mit der Deportation enteignete das NS-Regime Elisabeth Braun. Das Hildebrandhaus ging wie alle anderen Vermögensteile in den Besitz des NS-Staates über.

Während des »Dritten Reiches« wohnten nicht nur Verfolgte des NS-Regimes im Hildebrandhaus. Tür an Tür mit Elisabeth Braun und den anderen Opfern rassistischer Verfolgung lebten und arbeiteten bekannte Bildhauer und Musiker, die teilweise in der NS-Zeit hohes Ansehen genossen. Die Verfolgung und Deportation ihrer Nachbarn kann ihnen nicht verborgen geblieben sein. Vergeblich sucht man jedoch nach Äußerungen von Mitgefühl für die verfolgten Hausbewohner. Eine Auseinandersetzung mit den Vorteilen, die sich für einige dadurch boten, fand nie statt. Stattdessen erreichten die Bewohner des Hildebrandhauses nach Kriegsende, dass sie weiterhin in der Künstlervilla wohnen und arbeiten konnten. Einige Künstler, die während der NS-Zeit eingezogen waren, blieben bis in die 1960er-Jahre dort wohnen. Die Geschichte des Hildebrandhauses und seiner Bewohner ist daher auch eine Geschichte von verdrängten Kontinuitäten über das Jahr 1945 hinweg.

1940 hatte Elisabeth Braun ein Testament verfasst, in dem sie ihr Vermögen der Evangelisch-Lutherischen Kirche in Bayern vermachte. Nach Kriegsende nahm die Kirche das Erbe an. Nachdem Elisabeth Braun und ihre Stiefmutter Rosa für tot erklärt worden waren, verfocht die Kirche erfolgreich die Ansprüche auf das Vermögen, das den beiden Frauen während der NS-Zeit geraubt worden war. Im Zuge der teilweise langjährigen Wiedergutmachungsverfahren wurden viele bislang verborgene oder vom NS-Regime gezielt unterschlagene Aspekte des Lebens von Elisabeth Braun sichtbar: Verwandte, Freunde und Helfer, aber auch die ehemaligen Verfolger gewannen konkrete Züge. Die Verfahren befassten sich aber vor allem mit vermögensrechtlichen Fragen. Insofern zeigt sich hier wie insgesamt in den Rückerstattungsprozessen nach 1945 eine »Monetarisierung« der Erinnerung, die es heute teilweise schwer macht, Fragen, die über wirtschaftliche Aspekte hinausgehen, zu klären.

Die materiellen Interessen dominierten auch den anfänglichen Umgang mit dem Erbe von Elisabeth und Rosa Braun bis zu Beginn der 1970er-Jahre. In der Verwaltung der Kirche war das Hildebrandhaus vor allem eine Vermögensanlage. Während andere Teile des Erbes von Elisabeth Braun bereits kurz nach der Rückerstattung verkauft wurden, blieb das Hildebrandhaus zunächst im Besitz der evangelischen Kirche. Die Wohnungen wurden teilweise an bekannte Künstler, aber auch an Kirchenmitarbeiter vermietet. 1966 verkaufte die Kirche das Anwesen an einen Bauspekulanten. Der Verkauf ohne bindende Auflagen zum Erhalt des Gebäudes stieß in der Öffentlichkeit auf massive Kritik. Es wurde der Vorwurf erhoben, dass die Kirche damit sowohl gegen den letzten Willen Elisabeth Brauns als auch gegen Denkmalschutzinteressen verstoßen habe.

Der drohende Abriss des Hildebrandhauses konnte nur durch einen jahrelangen politischen Kampf verhindert werden, an dem sich die Kirche kaum beteiligte. Auf der neu geschaffenen gesetzlichen Grundlage eines bayerischen Denkmalschutzgesetzes enteignete der Freistaat Bayern schließlich die Künstlervilla und schenkte sie 1974 der Stadt München. Diese ließ das Haus aufwändig renovieren und richtete an dem symbolischen Ort die Monacensia – Literaturarchiv der Stadt München und München-Bibliothek – ein.

Laut Testament sollten das Erbe und das Hildebrandhaus zu Gunsten »nicht arischer« Christen genutzt werden. Man kann daher den Umgang der Kirche mit dem Gebäude auch als Ausdruck des kirchlichen Selbstverständnisses in Bezug auf diese Verfolgtengruppe deuten. Die Verortung der Opfergruppe der »nicht arischen« Christen ist bis heute hoch umstritten. So findet sich der Name von Elisabeth Braun einerseits im Gedenkbuch der Münchner Juden.[240] Rechnet man sie unter die Opfer antisemitischer Verfolgung, bedeutet das jedoch, die Kategorien der nationalsozialistischen Machthaber in gewissem Maße zu reproduzieren. Elisabeth Braun setzte sich wie viele andere nicht zuletzt deshalb gegen ihre Verfolgung zur Wehr, weil sie sich nicht als Jüdin ansah.[241]

Björn Mensing führt Elisabeth Braun hingegen in der Liste der christlichen Märtyrer der NS-Zeit auf. Er rechnet sie damit zu der Gruppe von Personen, »bei denen es Belege gibt, die einen Zusammenhang zwischen ihrem Christsein bzw. ihrem christlich motivierten Reden und Handeln oder ihrem kirchlichen Dienst und der nationalsozialistischen Verfolgung mit Todesfolge erkennen lassen, auf die also am ehesten ein weitgefaßter Märtyrerbegriff zutreffen könnte.«[242] Für Mensing gehören dazu auch Menschen aus der Gruppe der Christen jüdischer Herkunft, die im Holocaust ermordet wurden. Mensing stützt sich in diesem Fall vor allem auf das Testament Elisabeth Brauns zu Gunsten der Evangelisch-Lutherischen Kirche in Bayern, in dem Elisabeth Braun bestimmte, dass mit ihrem Vermögen »nicht arische« Christen und die »Judenmission« gefördert werden sollten. Allerdings ist bei Elisabeth Braun die Verbindung zwischen christlich motiviertem Reden und Handeln und der Verfolgung nicht belegbar. Verfolgt wurde sie nicht wegen ihrer christlichen Haltung oder wegen ihres Testamentes, sondern auf Grund der rassistischen Einordnung als »Volljüdin«.

Elisabeth Brauns Übertritt zur evangelischen Kirche geschah mit großer Wahrscheinlichkeit aus innerer Überzeugung. Konsequent beschreibt sie sich selbst als »nicht arisch« und vermeidet durch diesen Begriff aus dem rassistischen Vokabular der NS-Machthaber einen Bezug zum Judentum. Diese innere Distanz zum Judentum schlug bei Elisabeth Braun nicht in Ablehnung um. In ihren Briefen und Notizen fehlt jede Spur von Antisemitismus, wie er von manchen anderen »nicht arischen« Christen überliefert ist.[243] Allerdings gibt es bei Elisabeth Braun auch keine Hinweise auf Solidarität mit jüdischen Verfolgten. Ihr Angebot für Hilfe und Unterkunft richtete sich an christlich Getaufte.

Bei der Annäherung an die Person Elisabeth Braun müssen wohl beide Perspektiven berücksichtigt werden: Das NS-Regime zwang ihr durch seine Verfolgungsmaßnahmen die Einordnung als »Volljüdin« auf. Will man das Schicksal Elisabeth Brauns im »Dritten Reich« beschreiben, dann muss man sie daher auch in die Opfergruppe einordnen, in die sie durch das NS-Regime hineingestoßen wurde. Dem Rassismus, dem sie ausgesetzt war, hielt Elisabeth Braun ein Glaubenskonzept entgegen, in dem es zwar Abgrenzung zwischen Juden- und Christentum, aber keine rassistische Verfolgung gab. Nach ihrer Überzeugung war die Taufe das entscheidende Kriterium. Elisabeth Braun muss die Verfolgung daher als einen Angriff auf ihre religiöse Identität empfunden haben. Dass sie sich dagegen in Wort und Tat zu wehren versuchte, ist Zeichen ihres starken Selbstbehauptungswillens.

Die besondere Perspektive auf das gar nicht so seltene Schicksal einer evangelisch getauften Jüdin, die vom NS-Regime verfolgt und von ihrer Kirche nicht geschützt wurde, die ungewöhnliche Fortsetzung der Verbindung zur Kirche durch die Erbschaft – dies alles macht die Geschichte des Hildebrandhauses während des »Dritten Reiches« zu einem wichtigen Stück Zeitgeschichte. Als Lebensort für »nicht arische« Christen während der NS-Zeit steht das Hildebrandhaus auch als Symbolort für diese bislang wenig beachtete Gruppe von Verfolgungsopfern im »Dritten Reich«.

Christiane Kuller

Anhang

Anmerkungen

1. Zu Adolf von Hildebrand und dem Haus um 1900 vgl. Burmeister, Enno/Hoh-Slodczyk, Christine: Das Hildebrandhaus in München, seine Erbauer – seine Bewohner, München 1981. Kehr, Wolfgang/Rebel, Ernst: Adolf von Hildebrand (1847 bis 1921). Person, Haus und Wirkung, München 1998. Adolf von Hildebrand und seine Welt. Briefe und Erinnerungen, besorgt von Bernhard Sattler, München 1962.
2. Zu Dietrich von Hildebrand vgl. Erinnerungen von Dietrich Hildebrand, Manuskript in der Monacensia. Hildebrand, Alice von: Die Seele eines Löwen. Dietrich von Hildebrand, Düsseldorf 2003. Schorcht, Claudia: Philosophie an den bayerischen Universitäten 1933–1945, Erlangen 1990, S. 152–157.
3. Sattler, Bernhard: Erinnerungen an meinen Großvater Adolf von Hildebrand und an das Leben in seinem Haus, in: Burmeister/Hoh-Slodczyk, Das Hildebrandhaus in München, S. 89–94, S. 93.
4. Hildebrand, Die Seele eines Löwen, S. 174.
5. Erinnerungen von Dietrich Hildebrand, Monacensia. Dort findet sich auch die Szene, die im folgenden Absatz geschildert wird. Vgl. auch Hildebrand, Dietrich von: Memoiren und Aufsätze gegen den Nationalsozialismus 1933–1938, hg. von Ernst Wenisch mit Alice von Hildebrand und Rudolf Ebneth, Mainz 1994.
6. Zum Hitler-Putsch 1923 vgl. Hildebrand, Memoiren und Aufsätze, S. 6–9; zur Auswanderung 1933 ebd., S. 20–25 (Zitate).
7. Hildebrand, Die Seele eines Löwen, S. 200.
8. Ebneth, Rudolf: Die österreichische Wochenschrift »Der christliche Ständestaat«. Deutsche Emigration in Österreich 1933–1938, Mainz 1976, S. 38–40. »Der christliche Ständestaat« war eine Zeitschrift, die Dietrich von Hildebrand im Wiener Exil herausbrachte, die sich scharf gegen den Nationalsozialismus wandte, und in der vorwiegend Emigranten aus Deutschland publizierten.
9. Zum Verkauf des Hildebrandhauses vgl. Hildebrand, Memoiren und Aufsätze, S. 50 (Zitate). Zur Situation Georgiis: Von Münchner Künstlern und ihrem Schaffen, 64. Folge: Theodor Georgii, in: Bayerischer Staatsanzeiger vom 27.3.1932.
10. Das Buch erschien erst nach Kriegsende: Hildebrand, Dietrich von: Christian Ethics, London 1953.
11. Fragebogen Dietrich von Hildebrands im Archiv der Ludwig-Maximilians-Universität München (UAM), E-II-1733. Dietrich von Hildebrands Großmutter Clementine (1817–1879) entstammte der jüdischen Bankierfamilie Guttentag.
12. Hildebrand, Memoiren und Aufsätze, S. 37. Wie sehr die Erklärung als Protest gegen den Nationalsozialismus zu verstehen ist, geht aus einer anderen Stelle der Erinnerungen Dietrich von Hildebrands hervor, an der er sich persönlich vom Judentum distanziert: »Ich hatte die jüdische Großmutter nie gekannt und fühlte mich nie als irgendwie im Judentum verwurzelt«, erklärte er dort.
13. Dietrich von Hildebrand wurde am 27.6.1933 gemäß § 3 des Gesetzes zur Wiederherstellung des Berufsbeamtentums in den Ruhestand versetzt. Vgl. dazu Ebneth, Wochenschrift, S. 38.
14. Ein solches Verfahren wurde gegen Dietrich von Hildebrand erst Ende 1935 und letztlich wohl nicht wegen seiner Erklärung zum »Nichtarier«, sondern auf Grund seines

publizistischen Kampfes gegen den Nationalsozialismus eingeleitet. Am 2.12.1936 wurde Dietrich und Gretchen von Hildebrand sowie ihrem Sohn Franz die deutsche Staatsangehörigkeit aberkannt und ihr Vermögen eingezogen. Vgl. Ebneth, Wochenschrift, S. 42. Gegen einen Verkauf unter Druck argumentierte Bäumler, Klaus: Schatten über dem Hildebrandhaus. Auf der Spurensuche nach Elisabeth Braun, in: Koordinierungsstelle für Kulturgutverluste Magdeburg (Hg.): Entehrt. Ausgeplündert. Arisiert. Entrechtung und Enteignung der Juden, Magdeburg 2005, S. 183–206, S. 188.
15 Hildebrand, Memoiren und Aufsätze, S. 65 f.
16 Zum folgenden: Notarieller Kaufvertrag vom 10.2.1934, Urkunde des Notariats München I, Staatsarchiv München (StAM), Notariat (Not.) München I, Urkunde (Urk.) 1934, Urk.Nr. 392. Notarieller Kaufvertrag vom 25.4.1934, Urkunde des Notariats München I, StAM, Not. München I, Urk. 1934, Urk. Nr. 1224. Notarieller Kaufvertrag vom 25.9.1934, Urkunde des Notariats München I, StAM, Not. München I, Urk. 1934, Urk. Nr. 3231. Vgl. Bäumler, Klaus: Menschen im Hildebrand-Haus in den Jahren 1933–1941. Eine Dokumentation, München 2003, Ergänzung 2005. Bäumler, Schatten, S. 185-189.
17 Verfügung des Präsidenten des Landesfinanzamts München – Devisenstelle – vom 9.10.1934, StAM, Not. München I, Urk. 1934, Urk.Nr. 3231, und die Anträge Elisabeth Brauns an die Devisenbewirtschaftungsstelle wegen der Zahlungen vom 1.12.1934, Landeskirchliches Archiv der Evangelisch-Lutherischen Kirche in Bayern (LAELKB), LKR 2862.
18 Zeitzeugengespräch mit Gabriele Wannieck (*1912), geborene Sattler, Nichte von Dietrich von Hildebrand und Irene Georgii, im Mai 2005.
19 Reder, Christian: Unfaire Blicke auf das Ganze. Eine Art Zusammenfassung, in: Hochschule für angewandte Kunst in Wien (Hg.): Kunst – Anspruch und Gegenstand. Von der Kunstgewerbeschule zur Hochschule für angewandte Kunst in Wien 1918–1991, Salzburg/Wien 1991, S. 9–26, S. 20. Koller, Gabriele: Die bildenden Künste. Über die Lehrbarkeit des Nichtlehrbaren, in: ebd., S. 180–201.
20 Vgl. dazu auch die Überlegungen von Klaus Bäumler, Schatten, S. 188, der bei einem Vergleich mit dem Kaufpreis der Kaulbachvilla zu ähnlichem Ergebnis kommt. Allerdings ist eine Einordnung des Preises sehr schwierig, da die Hildebrandvilla ein einzigartiges Objekt war und ein fairer Preis heute kaum mehr zu ermitteln ist.
21 Laut Einbürgerungsakte und polizeilichem Meldebogen (PMB) im Stadtarchiv München (StadtAM) wurde Julius Braun am 25.6.1855 in München geboren und starb am 11.4.1929 in München. Auch die Eltern von Julius Braun, Heinrich Braun und Amalie geb. Neuburger, waren in München ansässig. Die Eltern von Fanny und Rosa Heinrich waren von Handelsmann Lazarus Heinrich und Bertha geb. Rosenthal in Lauchheim, später in Ellwangen. Eine erste Dokumentation zum familiären Hintergrund von Elisabeth Braun erstellte Schmidt, Ernst Ludwig: Dokumentation über die Christin jüdischer Herkunft Elisabeth Braun, geboren am 24. Juli 1887 in München, ermordet am 25. November 1941 in Kaunas, unveröffentlichte Dokumentation, Erlangen 2001. Vgl. auch die Veröffentlichungen von Klaus Bäumler sowie die gemeinsame Darstellung von ihm und Irmgard Schmidt im evangelischen Frauenzeitschrift Efi 4/2005.
22 Die Belegbogen und das Studienbuch von Elisabeth Braun befinden sich im Archiv der Ludwig-Maximilians-Universität München. Vgl. auch Bäumler, Schatten, S. 201. Zur Berufstätigkeit vgl. die Ergänzungskarte zur Volks-, Berufs- und Betriebszählung vom 17.5.1938 im Bundesarchiv Berlin und die Meldekarte von Elisabeth Braun im Rathaus Tegernsee. In der Liste der Gestapo Polizeileitstelle München II B »Evakuierung von Juden nach Riga aus dem Stapobereich München« vom 15. November 1941 findet sich der Vermerk »ohne Beruf« (Institut für Zeitgeschichte (IfZ) München, Fa 208).
23 Meldekarte Elisabeth Braun im Rathaus Tegernsee.
24 PMB Elisabeth Braun, StadtAM.

[25] Vgl. Abschrift der Grundbucheintragungen, Oberfinanzdirektion Nürnberg (OFD), B III 508 (Rosa Braun). Zwei weitere Kinder Heinrichs, Paula, verh. Güldenstein, und Josef, waren anderweitig abgefunden worden: Paula erhielt eine Leibrente, Josef andere Erbteile. Vgl. Schreiben Gustav Güldensteins an den Rechtsanwalt Heinrich Fiedler vom 29.11.1948, LAELKB, LKR 2862.
[26] Zu Wilhelm Braun ermittelte das Oberfinanzpräsidium München am 10.12.1942, als das Vermögen der Familie Braun konfisziert wurde, OFD Nürnberg, B III 508 (Rosa Braun). Vgl. auch Mitteilung der Oberfinanzdirektion München an das Finanzamt Berlin Schöneberg vom 28.6.1951, OFD Nürnberg, B I 975 (Elisabeth Braun). Am 23.10.1951 erhielt Hans Braun einen Erbschein für Wilhelm Braun. Auskunft des Amtsgerichts Berlin Tempelhof vom 29.6.1955, StAM, BFD 4994.
[27] Für diese Informationen danken wir Herrn Alois Schwarzmüller aus Garmisch.
[28] Bericht Maria Ebbinghaus, LAELKB, LKR 2862.
[29] Zu Nora Güldenstein vgl. 130. Jahresbericht der Musikakademie Basel 1996/97, S. 6.
[30] Nach Aussage Gustav Güldensteins gab es nach 1945 vier Cousins und Cousinen von Elisabeth Braun, die den Holocaust überlebt hatten. Die Identität der vierten Person, die eine Frau gewesen sein dürfte, ist bislang aber ungeklärt. Gustav Güldenstein an den evangelisch-lutherischen Landeskirchenrat am 15.7.1948, LAELKB, LKR 2862.
[31] Bericht Maria Ebbinghaus, LAELKB, LKR 2862. Während der NS-Zeit hieß die Nachbarin noch mit Nachnamen Reuss und unter diesem Namen stellte sie auch 1948 einen Antrag auf Wiedergutmachung für die Verfolgung von Elisabeth Braun, der jedoch auf Grund des Testaments zu Gunsten der Kirche nicht weiter bearbeitet wurde (StAM, WB I a 4884).
[32] Franz Feiner an die evangelisch-lutherische Landeskirchenverwaltung am 3.6.1948, LAELKB, LKR 2862 (dieses und die folgenden Zitate). Franz Feiner an das Finanzmeldeamt für Vermögensrückerstattung in Bad Nauheim April 1948, StAM, WB I a 4884.
[33] Beglaubigte Abschrift des Testaments von Elisabeth Braun vom 21.6.1940 und Ergänzungen vom 11.11.1941. Handschriftliche Testamentsergänzung von Elisabeth Braun vom 17.4.1941, LAELKB, LKR 2862.
[34] Friedländer, Saul: Das Dritte Reich und die Juden. Die Jahre der Verfolgung 1933–1939, München 1998, S. 27.
[35] Bäumler erörtert die Möglichkeit, dass Elisabeth Braun über Wilhelm Freiherr von Pechmann Kontakt zu den Hildebrands hatte. Der einflussreiche evangelische Laie Pechmann wohnte in der Nähe des Hildebrandhauses und hatte persönliche Kontakte zu katholischen Kreisen, insbesondere zu den Jesuiten Patern Max Pribilla und Erich Przywara, die auch mit Dietrich von Hildebrand in Kontakt standen. Bäumler, Menschen im Hildebrand-Haus. Ohne konkrete Anhaltspunkte bleibt diese These aber spekulativ.
[36] Anlage zum Schreiben von Wolfgang Braunfels, Neffe Dietrich von Hildebrands und Vorsitzender des »Vereins zur Erhaltung des Hildebrandhauses«, an Bürgermeister Steinkohl ohne Datum [ca. 1970], Monacensia, Ordner Ziersch.
[37] Gretchen von Hildebrand war unter anderem tief erschüttert über den Freitod des langjährigen Freundes Jacobsohn. Vgl. Hildebrand, Memoiren und Aufsätze, S. 44. Weitere Beispiele für Verfolgungsschicksale aus dem persönlichen Umfeld der Hildebrands ebd. Wichtigster Aufsatz von Hildebrands gegen den nationalsozialistischen Antisemitismus: Die Juden und das christliche Abendland, in: Die Erfüllung, 3 (1937) Nr. 1/2, abgedr. in: Hildebrand, Memoiren und Aufsätze, S. 340–358. Vgl. dazu auch Ebneth, Wochenschrift, S. 182–186.
[38] Theodor Georgii an das Oberfinanzpräsidium München am 10.4.1946, StAM, WB I a 4884; Franz Treppesch (im Namen Georgiis) an Hoegner am 5.2.1946, Monacensia, Akt Rosl Schmid.
[39] Bericht Maria Ebbinghaus, LAELKB, LKR 2862.

[40] Elisabeth Braun an den Beauftragten des Gauleiters Hans Wegner am 16.7.1941, LAELKB, LKR 2862 (Feiner Aktentasche).
[41] Die genannten Zahlen schließen auch die »Mischlinge« mit ein. Büttner, Ursula: Von der Kirche verlassen: Die deutschen Protestanten und die Verfolgung der Juden und Christen jüdischer Herkunft im »Dritten Reich«, in: dies./Greschat, Martin (Hg.): Die verlassenen Kinder der Kirche. Der Umgang mit Christen jüdischer Herkunft im »Dritten Reich«, Göttingen 1998, S. 15–69. Büttner spricht von 400.000 Personen, zählt allerdings die betroffenen Ehepartner in Mischehen mit (S. 20). Zu München vgl. Schönlebe, Dirk: München im Netzwerk der Hilfe für »nicht arische« Christen (1938–1941), unveröffentlichte Magisterarbeit an der LMU München 2002.
[42] Zur gewerblichen »Arisierung« in München vgl. Baumann, Angelika/Heusler, Andreas (Hg.): München »arisiert«. Entrechtung und Enteignung der Juden in der NS-Zeit, München 2004. Rappl, Marian: »Arisierungen« in München. Die Verdrängung der jüdischen Gewerbetreibenden aus dem Wirtschaftsleben der Stadt 1933-1939, in: Zeitschrift für bayerische Landesgeschichte 63 (2000), S. 123-184. Selig, Wolfram: »Arisierung« in München. Die Vernichtung jüdischer Existenz 1937-1939, Berlin 2004. Ders.: Leben unterm Rassenwahn. Vom Antisemitismus in der »Hauptstadt der Bewegung«, Berlin 2001.
[43] Weltsch, Robert: Tragt ihn mit Stolz, den gelben Fleck, in: Jüdische Rundschau Nr. 27 vom 4.4.1933, abgedr. in: Juden in Berlin 1671-1945. Ein Lesebuch, Berlin 1988, S. 258–261, S. 260.
[44] Ben-Chorin, Schalom: Jugend an der Isar, Gerlingen 1980, S. 162 ff.
[45] Am 25.4.1933 war das »Gesetz gegen die Überfüllung deutscher Schulen und Hochschulen« erlassen worden, das Zulassungsbeschränkungen für jüdische Schüler und Studenten beinhaltete. Zur Geschichte der Ludwig-Maximilians-Universität im »Dritten Reich« vgl. Kraus, Elisabeth (Hg.): Die Universität München im Dritten Reich. Ausgewählte Aspekte. Teil 1 (erscheint September 2006).
[46] Essner, Cornelia: Die »Nürnberger Gesetze« oder Die Verwaltung des Rassenwahns 1933-1945, Paderborn u.a. 2002.
[47] Schönlebe, München im Netzwerk der Hilfe. Vgl. dazu auch Baumann, Arnulf H. (Hg.): Ausgegrenzt. Schicksalswege »nicht arischer« Christen in der Hitlerzeit. Maria Sello – Ursula Bosselmann – Werner Steinberg, Hannover 1992, S. 9.
[48] Bericht Maria Ebbinghaus, LAELKB, LKR 2862.
[49] PMB Gustav Ferdinand Güldenstein, StadtAM.
[50] Stark beschädigter Ausreiseantrag von Elisabeth Braun, LAELKB, LKR 2862 (Feiner Aktentasche). Wiedergutmachungsanträge von Lore Rosenbaum, geb. Heinrich, und Max Heinrich, StAM, WB I a 4884.
[51] Bericht Maria Ebbinghaus, LAELKB, LKR 2862.
[52] Fromm, Bella: Blood and Banquets. A Berlin Social Diary, London 1942, S. 238, zit. nach: Kaplan, Marion: Der Mut zum Überleben. Jüdische Frauen und ihre Familien in Nazideutschland, Berlin 2001, S. 189.
[53] Elisabeth Braun an das Oberfinanzpräsidium [Fragment, ohne Datum], LAELKB, LKR 2862 (Feiner Aktentasche) (Zitat). Zur Verschärfung der Devisengesetze kam es durch die Änderung des § 37 des Devisengesetzes am 1.12.1936, RGBl. I, S. 1000. Vgl. dazu das Fallbeispiel von Füllberg-Stolberg, Claus: Die Rolle der Oberfinanzbehörden bei der Vertreibung der Juden: Familie Seligmann aus Ronnenberg bei Hannover, in: zeitenblicke, 3 (2004) Nr. 2, url: http://www.zeitenblicke.historicum.net/2004/02/fuellberg-stolberg/index.html [15.8.2006].
[54] Zit. nach Hanke, Peter: Zur Geschichte der Juden in München zwischen 1933 und 1945, München 1967, S. 184 ff. Vgl. zum folgenden ebd., S. 212–220 (Zitat S. 217).
[55] Heusler, Andreas/Weger, Tobias: »Kristallnacht«. Gewalt gegen die Münchner Juden im November 1938, München 1998, insb. S. 95–111. Vgl. zum Übergriff auf die Privatsphäre auch Kaplan, Mut, S. 182.

56 Fritz Dispeker an Bürgermeister Grieblinger, Gemeinde Rottach, am 23.5.1935, Monacensia.
57 Bäumler, Schatten, S. 189.
58 Strasser, Marguerite: N. Stark & Cie. Tuchhandlung, in: Landeshauptstadt München (Hg.): Jüdisches Leben in München, München 1995, S. 134–146, S. 143 (Zitat). Dass es Hilfe von Nachbarn und Bekannten in diesen Tagen gab, ist belegt. Siehe Hanke, Zur Geschichte der Juden, S. 218.
59 Erster Pfarrer der 1932 neu gegründeten Gemeinde war Ernst Veit. Ob hier ein verwandtschaftliches Verhältnis zu dem Vermögensverwalter von Elisabeth Brauns Onkel Wilhelm, Adolf Veit, bestand, konnte bislang nicht geklärt werden. Ernst Veit wurde allerdings schon 1936, also lange vor der Rückkehr Elisabeth Brauns nach München, pensioniert. Vgl. Bäumler, Menschen im Hildebrand-Haus.
60 Notiz Elisabeth Brauns vom 27.8.1941, LAELKB, LKR 2862.
61 Archiv der Kirchengemeinde Dreieinigkeitskirche in München-Bogenhausen, Niederschriften der Kirchenausschusssitzungen und Mappe Kirchenkampf 1934. Wecklein gehörte 1934 während des Kirchenkampfes in Bayern zu den Unterzeichnern eines Aufrufs für einen Verbleib des Landesbischofs Hans Meiser im Amt.
62 Jesse, Horst: Die Geschichte der Evangelisch-Lutherischen Kirchengemeinden in München und Umgebung 1510–1990, Neuendettelsau 1994, S. 261.
63 Pfarrer Friedrich Hoffmann auf einer Münchner Kapitelkonferenz 1939, zit. nach Jesse, Geschichte der Evangelisch-Lutherischen Kirchengemeinden, S. 279.
64 Vgl. zum Folgenden: Nicolaisen, Carsten: »... unseres Führers allergetreueste Opposition«. Hans Meiser als bayerischer Landesbischof im »Kirchenkampf« 1933–1945, in: Herold, Gerhart/Nicolaisen, Carsten (Hg.): Hans Meiser (1881–1956). Ein lutherischer Bischof im Wandel der politischen Systeme, München 2006, S. 32–52. Hermle, Siegfried: Zwischen Bagatellisierung und engagierter Hilfe. Hans Meiser und die »Judenfrage«, in: ebd., S. 53–68 (danach auch die Zitate Hans Meisers). Töllner, Axel: Die Evangelisch-Lutherische Kirche in Bayern während des Nationalsozialismus, in: Müller, Hans-Jürgen/Rudnick, Ursula (Hg.): Christen und Juden. Juden und Christen. Katalog zur Wanderausstellung in Bayern, Hannover 2002, S. 32–47. Büttner, Von der Kirche verlassen.
65 Wienecke, Friedrich: Die Glaubensbewegung Deutsche Christen, in: Schriftenreihe der »Deutschen Christen«, 2 (1933), S. 14 ff., zit. nach: Schröttel, Gerhard: Christen und Juden. Die Haltung der Evangelisch-Lutherischen Landeskirche in Bayern seit 1933, in: Treml, Manfred/Kirmeier, Josef (Hg.): Geschichte und Kultur der Juden in Bayern, München u.a. 1988, S. 479–489.
66 Vgl. hierzu und zum folgenden: Hermle, Bagatellisierung.
67 Die Selbsthilfe der »Judenchristen« im »Reichsverband der nicht arischen Christen«, später »Paulus-Bund« beschreibt Vuletic, Aleksandar-Sasa: Christen jüdischer Herkunft im Dritten Reich. Verfolgung und organisierte Selbsthilfe 1933–1939, Mainz 1999, S. 262–268.
68 Büro Pfarrer Grüber. Evangelische Hilfsstelle für ehemals Rasseverfolgte. Geschichte und wirken heute, hrsg. von der Evangelischen Hilfsstelle für ehemals Rasseverfolgte, Berlin 1988, S. 2. ... wo ist dein Bruder Abel? 50 Jahre Novemberpogrom. Christen und Juden in Bayern in unserem Jahrhundert. Ausstellungskatalog zur Ausstellung des Landeskirchlichen Archivs, Nürnberg 1988, S. 152. Folgende Zitat ebd., S. 153 f. (Berichte vom 16.1.1939 und 2.11.1939).
69 Listen evangelischer Christen jüdischer Abstammung der Hilfsstelle für rassisch verfolgte Christen 1938 bis 1941 München, LAELKB, Vereine II/14 u. 15. Es ist möglich, dass auch andere der »nicht arischen« Bewohner im Hildebrandhaus getauft waren, allerdings sind sie in den Listen nicht aufgeführt.
70 Vgl. zu den folgenden Angaben auch Bäumler, Menschen im Hildebrand-Haus, des-

sen Ausarbeitung mit auf der Datenbank für das »Biographische Gedenkbuch für die Münchner Juden«, Dr. Andreas Heusler, Stadtarchiv München, beruht.
71 Elisabeth Braun an den Beauftragten des Gauleiters Hans Wegner am 16.7.1941, LAELKB, LKR 2862 (Feiner Aktentasche).
72 Ärztliches Zeugnis von Simon Gutmann vom 7.2.1941, LAELKB, LKR 2862 (Feiner Aktentasche).
73 Haerendel, Ulrike: Der Schutzlosigkeit preisgegeben: Die Zwangsveräußerung jüdischen Immobilienbesitzes und die Vertreibung der Juden aus ihren Wohnungen, in: Baumann/Heusler, München arisiert, S. 105–126, S. 105. Vgl. auch Führer, Christian Karl: Mieter, Hausbesitzer, Staat und Wohnungsmarkt. Wohnungsmangel und Wohnungszwangswirtschaft in Deutschland 1914–1960, Stuttgart 1995.
74 Guth, Karin: Bornstraße 22 – Ein Erinnerungsbuch, München 2001, S. 18–19. Buchholz, Marlis: Die hannoverschen Judenhäuser. Zur Situation der Juden in der Zeit der Ghettoisierung und Verfolgung 1941–1945, Hildesheim 1987.
75 Vgl. zum folgenden Haerendel, Ulrike: Kommunale Wohnungspolitik im Dritten Reich. Siedlungsideologie, Kleinhausbau und »Wohnraumarisierung« am Beispiel Münchens, München 1999, S. 400 f.
76 Tätigkeits- und Abschlussbericht der »Arisierungsstelle« vom 30.6.1943, abgedr. in Stadtarchiv München (Hg.): »... verzogen, unbekannt wohin«. Die erste Deportation von Münchner Juden im November 1941, Zürich/München 2000, Dokument Nr. 22.
77 Haerendel, Der Schutzlosigkeit preisgegeben, S. 108. Listen Dez. VII/6, Vormerkung vom 27.5.1941, StadtAM, Wohnungsamt 58.
78 Bauer, Anne: Ein Lebensbild. Heinrich Emmerich, geboren in Bad Homburg am 25.11.1885, Jude, in: Landeshauptstadt München, Jüdisches Leben in München, S. 166–168.
79 Deutschkron, Inge: Ich trug den gelben Stern, Köln 1978, S. 94–95. Ohne Datumsangabe, wohl Frühjahr 1942.
80 Elisabeth Braun an den Beauftragten des Gauleiters und Leiter der »Arisierungsstelle«, Hans Wegner, am 16.7.1941, LAELKB, LKR 2862 (Feiner Aktentasche).
81 Zeitzeugengespräch mit Gabriele Wannieck, Mai 2005.
82 Bajohr, Frank: »Arisierung« als gesellschaftlicher Prozeß. Verhalten, Strategien und Handlungsspielräume jüdischer Eigentümer und »arischer« Erwerber, in: Fritz Bauer Institut (Hg.): »Arisierung« im Nationalsozialismus. Volksgemeinschaft, Raub und Gedächtnis, Frankfurt a.M. 2000, S. 15–30.
83 Zur umstrittenen Rolle Hjalmar Schachts siehe Fischer, Albert: Hjalmar Schacht und Deutschlands »Judenfrage«. Der »Wirtschaftsdiktator« und die Vertreibung der Juden aus der deutschen Wirtschaft, Köln/Weimar/Wien 1995.
84 Vgl. dazu Hockerts, Hans Günter u.a. (Hg.): Die Finanzverwaltung und die Verfolgung der Juden in Bayern. Bericht über ein Forschungsprojekt der LMU München in Kooperation mit der Generaldirektion der Staatlichen Archive Bayerns, München 2004.
85 Kopien der Vermögensanmeldung, LAELKB, LKR 2862.
86 Siehe Heusler/Weger, »Kristallnacht«, S. 103–105.
87 Drecoll, Axel: Die Rolle der Finanzverwaltung bei der wirtschaftlichen Verfolgung in München, Nürnberg und Unterfranken, in: Hockerts, Hans Günter u.a. (Hg.), Die Finanzverwaltung und die Verfolgung der Juden, S. 39–54. Kuller, Christiane: Finanzverwaltung und »Arisierung« in München, in: Baumann/Heusler, München arisiert, S. 176–197, auch zum folgenden.
88 Mahnungen des Finanzamts München-Ost an Elisabeth und Rosa Braun, beide vom 4.11.1939, LAELKB, LKR 2862 (Feiner Aktentasche).
89 Bäumler, Schatten, S. 190.
90 Mitteilung der Oberfinanzdirektion München an die Bayerische Hypotheken- und Wechselbank vom 30.8.1949, OFD Nürnberg, B I 975 (Elisabeth Braun) und Abschrift aus dem Grundbuch, OFD Nürnberg, B III 508 (Rosa Braun).

91 Elisabeth Braun an Justizrat Adolf Veit am 25.11.1940, LAELKB, LKR 2862 (Feiner Aktentasche).
92 Schlussbericht der Vermögensverwertung München GmbH vom 15.1.1939, StAM, NSDAP 37. Zur Tätigkeit der verschiedenen »Arisierungsstellen« vgl. Modert, Gerd: Motor der Verfolgung – Zur Rolle der NSDAP bei der Entrechtung und Ausplünderung der Münchner Juden, in: Baumann/Heusler, München arisiert, S. 145–175. Kuller, Finanzverwaltung und »Arisierung« in München.
93 Zu »Arisierung« von Haus- und Grundbesitz im »Dritten Reich« vgl. allgemein Kornemann, Rolf: Gesetze, Gesetze... Die amtliche Wohnungspolitik in der Zeit von 1918 bis 1945 in Gesetzen, Verordnungen und Erlassen, in: Kähler, Gert (Hg.): Geschichte des Wohnens, Bd. 4, Stuttgart 1996, S. 599–723, insb. S. 689–693. Willems, Susanne: Der entsiedelte Jude. Albert Speers Wohnungsmarktpolitik für den Berliner Hauptstadtbau, Berlin 2002, S. 119–134. Gruner, Wolf: Die Grundstücke der »Reichsfeinde«. Zur »Arisierung« von Immobilien durch Städte und Gemeinden 1938–1945, in: Fritz Bauer Institut, »Arisierung« im Nationalsozialismus, S. 125–156. Für München grundlegend: Haerendel, Wohnungspolitik.
94 Regierungspräsident an das Zentralfinanzamt am 8.5.1939, StadtAM, Kommunalreferat, Jüdisches Vermögen 1. Haerendel, Schutzlosigkeit, S. 110.
95 Zu den Biographien von Dziewas und Wegner vgl. Modert, Motor der Verfolgung.
96 Tätigkeits- und Abschlussbericht der »Arisierungsstelle« vom 30.6.1943, abgedr. in Stadtarchiv München, »... verzogen, unbekannt wohin«, Dokument Nr. 22. Hanke, Zur Geschichte der Juden, S. 236.
97 »Arisierungsstelle« München an den Gauschatzmeister des Gaues Berlin der NSDAP Otto de Mars vom 7.2.1941, StAM, NSDAP 37.
98 Beradt, Charlotte: Das Dritte Reich des Traums, München 1966, S. 141 f.
99 Regierungspräsident von Oberbayern an Elisabeth Braun am 15.2.1939, LAELKB, LKR 2862 (Feiner Aktentasche).
100 Ministerialblatt des Reichs- und Preußischen Ministeriums des Innern 1939 Nr. 7, Spalte 265–276, hier 266. Die Genehmigungspflicht für alle Verfügungen, die Juden über Grundstücke oder grundstücksgleiche Rechte trafen, war in § 8 der Verordnung über den Einsatz jüdischen Vermögens festgestellt worden. Zit. nach: Haerendel, Der Schutzlosigkeit preisgegeben, S. 106.
101 Reichswirtschaftsminister an Elisabeth Braun am 20.6.1939 und Regierungspräsident von Oberbayern an Elisabeth Braun am 5.7.1939, beide LAELKB, LKR 2862 (Feiner Aktentasche).
102 Liste der »Arisierungsstelle« vom 14.9.1939, StAM, Staatsanwaltschaft 17856/2, Bl. 208, zit. nach Bäumler, Schatten, S. 189.
103 Elisabeth Braun an das Oberfinanzpräsidium München am 30.1.1940 und am 7.3.1940, beide LAELKB, LKR 2862. Vgl. auch Bäumler, Schatten, S. 190.
104 Oberfinanzpräsidium, Devisenstelle, an Dr. Hans Bloch [Datum nicht lesbar]. Reaktion auf Schreiben vom 5.2.1941, LAELKB, LKR 2862 (Feiner Aktentasche).
105 Schönlebe, München im Netzwerk der Hilfe, S. 68.
106 Bäumler, Schatten, S. 191.
107 Elisabeth Braun an Adolf Veit, den Anwalt von Wilhelm Braun, am 25.11.1940, LAELKB, LKR 2862 (Feiner Aktentasche).
108 Regierungspräsident von Oberbayern an Elisabeth Braun am 11.10.1940, LAELKB, LKR 2862 (Feiner Aktentasche).
109 Elisabeth Braun an den Reichswirtschaftsminister am 24.10.1940, LAELKB, LKR 2862.
110 Elisabeth Braun an Justizrat Adolf Veit am 25.11.1940, LAELKB, LKR 2862 (Feiner Aktentasche).
111 Hausverwalter Witzgall an die städtische Lokalbaukommission am 9.8.1940, zit. nach Bäumler, Schatten, S. 191.

[112] Ärztliches Zeugnis vom 16.4.1940, LAELKB, LKR 2862 (Feiner Aktentasche). Ärztliches Zeugnis vom 2.8.1940, LAELKB, LKR 2862.
[113] Testament Elisabeth Brauns vom 21.6.1940 (Abschrift), LAELKB, LKR 2862. Vgl. auch Bäumler, Schatten, S. 191.
[114] Gustav Güldenstein an seinen Rechtsanwalt Heinrich Fiedler am 29.11.1948, LAELKB, LKR 2862. Zu Matthias Güldenstein vgl. url: http://www.bpv.ch/vorsitzende.html [15.8.2006].
[115] Testament von Rosa Braun vom 20.4.1941 (Abschrift), LAELKB, LKR 2862.
[116] Mitteilung Elisabeth Brauns an das Grundbuchamt am 11.11.1941, LAELKB, LKR 2862.
[117] Möglicherweise handelt es sich um einen Schreibfehler für den Namen Reuss, die Nachbarn in der Maria-Theresia-Strasse 22.
[118] Handschriftliche Testamentsergänzung von Elisabeth Braun vom 17.4.1941, LAELKB, LKR 2862.
[119] Elisabeth Braun an Otto Weber am 11.5.1939, LAELKB, LKR 2862.
[120] Elisabeth Braun an Adolf Veit am 7.8.1940, LAELKB, LKR 2862 (Feiner Aktentasche).
[121] Urteile des Amtsgerichts München, Streitgericht, 4. und 7.6.1941, LAELKB, LKR 2862 (Feiner Aktentasche). Selig, Leben unterm Rassenwahn, S. 301.
[122] Schreiben der »Arisierungsstelle« vom 28.7.1941, LAELKB, LKR 2862.
[123] Abschrift des Kaufvertrags vom 28.7.1941, StadtAM, Kommunalreferat, Jüdisches Vermögen 82.
[124] Vgl. Frank Bajohr, der drei Kategorien von »Arisierungsprofiteuren« unterscheidet: »gutwillige Erwerber«, »stille Teilhaber« und »skrupellose Profiteure«. Bajohr, »Arisierung« als gesellschaftlicher Prozeß.
[125] Abschrift des Kaufvertrags vom 28.7.1941, StadtAM, Kommunalreferat, Jüdisches Vermögen 82.
[126] Diagnosen von zwei Ärzten vom 17.3.1941 und 19.5.1941, LAELKB, LKR 2862 (Feiner Aktentasche).
[127] Pfändungs- und Leistungs-Protokoll Gerichtsvollzieher Amtsgericht München vom 15.8.1941, LAELKB, LKR 2862 (Feiner Aktentasche). Über die Begleichung der Schuld von Rosa Braun gibt es keine Unterlagen.
[128] Speditionsauftrag vom 14.8.1941 von Maria Theresia Straße 23 nach »Lager, Berg am Laim«, LAELKB, LKR 2862.
[129] Protokoll der Wiedergutmachungsverhandlung G. H. gegen Deutsches Reich am 15.1.1954, Zeugenaussage Hans Regenscheit, OFD Nürnberg, B V 76.
[130] Gefangenenbuchnummer H 760/41, StAM, JVA München 1951. Vgl. Bäumler, Schatten, S. 193. Die Gründe für die Verhaftung sind unbekannt.
[131] Siehe Bäumler, Menschen im Hildebrand-Haus.
[132] Helene Sulzbacher zog nach Berlin. Sie wurde von dort am 14.9.1942 nach Theresienstadt deportiert und am 16.5.1944 in Auschwitz ermordet.
[133] Elisabeth Braun an die Notariate München V und XVII Karlsplatz-Rondell am 17.8.1941, LAELKB, LKR 2862.
[134] Nichtigkeitserklärung vom 27.8.1941, LAELKB, LKR 2862. Theobald Petri war der amtlich bestellte Vertreter des Notars Dr. Ernst Schmidhuber.
[135] Elisabeth Braun an Heinrich Roeckl am 20.9.1941, LAELKB, LKR 2862. Sie hatte bereits am 27. und 28.8.1941 mit Roeckl Kontakt aufgenommen. Geheimrat Roeckl hatte auch geantwortet. Der Inhalt dieser Korrespondenz ist leider nicht überliefert.
[136] Das zeigen die Unterlagen über die spätere Genehmigung des Kaufvertrags durch die Stadt München, LAELKB, LKR 2862. Am 11.11.1941 verfasste Rosa Braun eine eidesstattliche Erklärung, dass die Vertragsunterzeichnung am 28.7.1941 unter Zwang geschehen sei (LAELKB, LKR 2862).

[137] Knauer-Nothaft, Christl/Kasberger, Erich: Berg am Laim, München 1987, S. 109–113.
[138] Behrend-Rosenfeld, Else: Ich stand nicht allein. Erlebnisse einer Jüdin in Deutschland 1933–1944, S. 116 f.
[139] Bauer, Richard u. a. (Hg.): München – »Hauptstadt der Bewegung«. Bayerns Metropole und der Nationalsozialismus, 2. Auflage, München 2002, S. 413.
[140] Ein solches Dokument ist abgebildet in: Stadtarchiv München (Hg.): »Ich lebe! Das ist ein Wunder«. Schicksal einer Münchner Familie während des Holocaust, München 2001, S. 77.
[141] Heusler, Andreas: Fahrt in den Tod. Der Mord an den Münchner Juden in Kaunas (Litauen) am 25. November 1941, in: Stadtarchiv München, »... verzogen, unbekannt wohin«, S. 13–24, S. 17.
[142] Bericht Maria Ebbinghaus, LAELKB, LKR 2862.
[143] Diese Form der Konfiskation wurde bei allen Deportierten, die vor dem 25.11.1941 enteignet wurden, durchgeführt. Danach trat das sehr viel einfachere Verfahren der 11. Verordnung zum Reichsbürgergesetz in Kraft, das eine automatische Enteignung beim Überschreiten der Reichsgrenzen ermöglichte. Vgl. Dean, Martin: The Development and Implementation of Nazi Denaturalization and Confiscation Policy up to the Eleventh Decree to the Reich Citizenship Law, in: Holocaust and Genocide Studies, 16 (2002), S. 217–242.
[144] Verfügung über die Einziehung des Vermögens vom 27.6.1942, OFD Nürnberg, B III 508 (Rosa Braun). Auch Rosa Brauns Anteil an der Theatinerstraße 52 ging auf das Reich über.
[145] Zit. nach: Selig, Leben unterm Rassenwahn, S. 53. Zu den Deportationen aus München vgl. Heusler, Fahrt in den Tod, sowie Hanke, Zur Geschichte der Juden, S. 288–297.
[146] Abschiedsbrief von Elsa Balbier und Karoline Adler, abgedr. in Stadtarchiv München, »... verzogen, unbekannt wohin«, Dokument 9.
[147] Stadtarchiv München, »... verzogen, unbekannt wohin«, Dokument 8.
[148] Bericht Alfred Hartmann, abgedr. in Stadtarchiv München, »... verzogen, unbekannt wohin«, Dokument 13.
[149] Pfarrer Walter Joelsen (München) identifizierte neben Elisabeth Braun zwölf weitere evangelische Christen jüdischer Abstammung, die auf der Deportationsliste standen: Käthe Singer, Hedwig Bohl, Alice von Collas, Gustav Hirsch, Martha Meyer, Zacharias Reinemann, Ernst Schick, Emil Schnurmann, Erna Hilda Selden, Gertrud Selden, Helene Simons und Otto Stiebel. Vgl. Schmidt, Dokumentation über die Christin jüdischer Herkunft Elisabeth Braun.
[150] Bericht Maria Ebbinghaus, LAELKB, LKR 2862.
[151] Strasser, Marguerite: Ein jüdisches Mädchen erlebt die NS-Herrschaft in München, in: Landeshauptstadt München (Hg.): Verdunkeltes München, München 1987, S. 14–20, S. 19. Vgl. auch Strasser, N. Stark & Cie., S. 146.
[152] Vgl. Bäumler, Menschen im Hildebrand-Haus.
[153] Liste der Gestapo Polizeileitstelle München II B »Evakuierung von Juden nach Riga aus dem Stapobereich München« vom 15. November 1941, IfZ München, Fa 208.
[154] Vgl. Hoffmann, Alexa-Romana/Hoffmann, Diana-Patricia: »Mein einziger Wunsch ist mit dem lb Salo zu sammen und mit alle meine lb Kinder!« – Diskriminierung, Verfolgung und Ermordung von Mina Blechner, in: Stadtarchiv München, »Ich lebe! Das ist ein Wunder«, S. 48–83, S. 79 f.
[155] Zit. nach Stadtarchiv München, »... verzogen, unbekannt wohin«, Dokument 14.
[156] Siehe den Bericht von Alfred Hartmann, der in »Mischehe« lebte und nicht deportiert wurde. Stadtarchiv München, »... verzogen, unbekannt wohin«, Dokument 13.
[157] Bericht des Augenzeugen Kulish, abgedr. bei Porat, Dina: The Legend of the Struggle of Jews from the Third Reich in the Ninth Fort near Kovno, 1941–1942, in: Tel Aviver

Jahrbuch für deutsche Geschichte, 20 (1991), S. 382. Zit. nach Heusler, Fahrt in den Tod, S. 19.
[158] Angaben nach Terezinska Pametni Kniha/Theresienstaedter Gedenkbuch, Terezinska Iniciativa, vol. I-II Melantrich, Praha 1995, vol. III, Prag 2000. Gedenkbuch – Opfer der Verfolgung der Juden unter der nationalsozialistischen Gewaltherrschaft in Deutschland 1933–1945, Bundesarchiv, Koblenz 1986. Central Database of Shoah Victims Names, url: www.yadvashem.org. Vgl. auch Bäumler, Menschen im Hildebrand-Haus, der sich auf die umfangreiche Erfassung der Daten Münchner Juden im Stadtarchiv München stützt.
[159] »Uebersicht der [...] vergebenen Judenwohnungen« 1941, StadtAM, Wohnungsamt 58.
[160] Franz Treppesch (im Namen Georgiis) an Wilhelm Hoegner am 5.2.1946, Monacensia, Akt Rosl Schmid.
[161] Zu Treppesch vgl. Zankl, Sönke: Die Weiße Rose, Diss. LMU München 2005.
[162] Zu Wolfgang Ruoff vgl. Personalakte von Wolfgang Ruoff aus dem Archiv der Musikhochschule München; Personalakte des Kultusministeriums, Hauptstaatsarchiv München (HStAM), MK 60578; Zeitzeugengespräch mit Doris Emms.
[163] Hausverwalter Willibald Kohlenberger an das Oberfinanzpräsidium München am 27.1.1946, OFD Nürnberg, B I 975 (Elisabeth Braun).
[164] Sawallisch, Wolfgang: Im Interesse der Deutlichkeit, Hamburg 1988, S. 22 f.
[165] Zu Wilhelm Stroß vgl. Personalakte des Kultusministeriums, HStAM, MK 44747.
[166] Schreiben des Reichsministeriums für Wissenschaft, Erziehung und Volksbildung vom 2.2.1940, HStAM, MK 44747.
[167] Zu Ernst Andreas Rauch vgl. StAM, Spruchkammer 1379 sowie Unterlagen aus OFD Nürnberg, B I 975 (Elisabeth Braun).
[168] Bestätigung von Baurat Adlmüller vom 3.6.1947 für die Entnazifizierung von Ernst Andreas Rauch, StAM, Spruchkammer 1379.
[169] Akademie der Bildenden Künste in Ellingen an Ernst Andreas Rauch am 22.12.1945, StAM, Spruchkammer 1379.
[170] Hinweis auf den Untermietvertrag zwischen Ernst Andreas Rauch und Wilhelm Nida-Rümelin vom 1.11.1941 im Schreiben des Rechtsanwalts Otto Paepcke an die Oberfinanzdirektion München vom 27.1.1947, OFD Nürnberg, B I 975 (Elisabeth Braun). Zu Wilhelm Nida-Rümelin vgl. Beer, Helmut u.a. (Hg.): Bauen in Nürnberg 1933-1945. Architektur und Bauformen im Nationalsozialismus, Nürnberg 1995, S. 27. Die Akademie der Bildenden Künste in der Stadt der Reichsparteitage Nürnberg, Nürnberg 1940. Vgl. auch Margret Nida-Rümelin: Erinnerungen, 4 Seiten Manuskript, Monacensia.
[171] Vgl. dazu neuerdings Longerich, Peter: »Davon haben wir nichts gewusst!« Die Deutschen und die Judenverfolgung 1933-1945, München 2006, S. 194-200.
[172] »Uebersicht der [...] vergebenen Judenwohnungen« 1941, StadtAM, Wohnungsamt 58. Feiner schrieb am 1.3.1948, in der Wohnung wäre eine Parteidienststelle untergebracht worden. Das konnte aber nicht nachgewiesen werden. Keiner der Zeitzeugen konnte sich an eine Parteidienststelle erinnern, und in den Telefonbüchern findet sich kein Hinweis auf eine Dienststelle der NSDAP. Möglicherweise liegt hier eine Verwechslung mit dem Nachbarhaus vor, in dem zeitweise der Reichsarbeitsdienst Räume hatte. Feiner an Zentralmeldeamt für Vermögensrückerstattung Bad Nauheim am 1.3.1948, StAM, WB I a 4884.
[173] Zur Wohnungssuche vgl. Städtisches Kulturamt an Stadtrat Harbers im Referat 7, dem Wohnungs- und Siedlungsreferat, im Juni 1940, Monacensia, Akt Rosl Schmid. Zu Rosl Schmid und ihren künstlerischen Erfolgen vgl. Zeitungsschnitte in der Monacensia, Akt Rosl Schmid, und im StadtAM, ZA Rosl Schmid. Die zitierten Briefe und Erklärungen aus der Nachkriegszeit befinden sich in der Monacensia, Akt Rosl Schmid.
[174] Bericht Wohnungs- und Siedlungsreferat München, Referat 7, vom 15.12.1945,

Monacensia, Akt Rosl Schmid. Zeitzeugengespräch mit Friedrich Ritt, Dezember 2004.
[175] Gutachten und Kostenschätzung vom 23.8.1945 und Bericht des Hausverwalters vom 19.3.1946, beide OFD Nürnberg, B I 975 (Elisabeth Braun).
[176] Vgl. hierzu und zum folgenden Oberrechtsrat Dr. Keim, Vormerkung 29.12.1945; Bestätigung Landesamt für Denkmalpflege vom 29.12.1945; Stellungnahme des Innenministers vom 29.12.1945; Stellungnahme des Staatskommissars für rassisch Verfolgte, Hermann Aumer, am 2.1.1946; Rosl Schmid an Dr. Keim am 19.1.1946, alle Monacensia, Akt Rosl Schmid.
[177] Referat 7, Quartieramt für die Besatzungsmacht, am 11.2.1946, Monacensia, Akt Rosl Schmid.
[178] Franz Treppesch (im Namen Georgiis) an Wilhelm Hoegner am 5.2.1946, Monacensia, Akt Rosl Schmid.
[179] Zeitzeugengespräch mit Martin Mayer, Mai 2005. Martin Mayer war Bildhauer und Schüler Theodor Georgiis.
[180] Vgl. Hockerts, Hans Günter: Wiedergutmachung in Deutschland. Eine historische Bilanz 1945-2000, in: Vierteljahrshefte für Zeitgeschichte, 49 (2001), S. 167–214. Winstel, Tobias: Verhandelte Gerechtigkeit. Rückerstattung und Entschädigung für jüdische NS-Opfer in Bayern und Westdeutschland, München 2006.
[181] Bayerisches Landesamt für Vermögensverwaltung und Wiedergutmachung, Außenstelle München-Stadt, Civilian Agency Head, an die Landeskirche am 12.11.1947, auf Schreiben vom 17.10.1947, StAM, WB I a 4884.
[182] Zum konfiszierten Vermögen von Elisabeth Braun vgl. Karteikarte zur Vermögensverwertungsbilanz im Akt der Vermögensverwertungsstelle beim Oberfinanzpräsidium München, AA-Karteikarte Elisabeth Braun, Karteikarte »Zollkasse«, Karteikarte »Münchner Lagerhaus und Transportgesellschaft«, Karteikarte »Hellmuth Lüdtke, Schätzungen«, Übersicht über die Vermögenseinziehung von Elisabeth Braun/Aktenauszug, alle OFD Nürnberg, Gesamtkartei und B I 975 (Elisabeth Braun).
[183] Aufstellung Einnahmen und Ausgaben Anwesen Maria-Theresiastr. 23 in München ohne Datum [ca. 1949], OFD Nürnberg, B I 975 (Elisabeth Braun). Das Anwesen in der Theatinerstr. 52 hatte im selben Zeitraum rund 36.700 RM Überschüsse erzielt. Vgl. Aufstellung Einnahmen und Ausgaben Anwesen Theatinerstr. 52 in München im selben Akt.
[184] Staatskommissar für rassisch, religiös und politisch Verfolgte an Oberbaurat Franz Feiner am 6.8.1947, LAELKB, LKR 2862.
[185] Vgl. zu den Testamenten: Pfarrer Bauer an Oberkirchenrat Karg am 13.9.1946 (Zitat) und Staatskommissar für rassisch, religiös und politisch Verfolgte an Oberbaurat Franz Feiner am 6.8.1947, beide LAELKB, LKR 2862. Evang.-Luth. Landeskirchenrat an das Landesamt für Vermögensverwaltung und Wiedergutmachung am 17.10.1947 (Zitat) sowie Feiner an Zentralmeldeamt für Vermögensrückerstattung Bad Nauheim am 1.3.1948, beide StAM, WB I a 4884.
[186] Feiner an Zentralmeldeamt für Vermögensrückerstattung Bad Nauheim am 1.3.1948 (Zitat), StAM, WB I a 4884. Abschrift der amtlichen Todeserklärung im Antrag der Kirche auf Testamentseröffnung vom 8.3.1948, LAELKB, LKR 2862.
[187] Anmeldung eines Rückerstattungsanspruchs durch die Kirche am 23.11.1948, StAM, WB I a 4884. Hier wird das Anwesen Hildebrandhaus wie folgt beschrieben: Villa mit Bildhauerateliers, im Wert jedoch wesentlich gemindert durch Aufteilung an Untermieter, durch Fliegerschäden und durch Grundfeuchtigkeit, Einheitswert: 70.600 RM, Brandversicherungswert: 191.950 RM, Verkaufswert 1936: 142.000 RM, Gesamtfläche 0,217 ha. Zum Besitz Theatinerstraße 52 heißt es: Durch Fliegerangriff total zerstört, es handelte sich um ein Geschäftshaus mit Mietwohnungen.

[188] Feiner an Zentralmeldeamt für Vermögensrückerstattung Bad Nauheim am 1.3.1948, StAM, WB I a 4884.
[189] Zitate aus der Notiz von Oberkirchenrat Karg über ein Gespräch mit Gustav Güldenstein bei dessen erstem Besuch in Deutschland nach Kriegsende Ende August 1949, LAELKB, LKR 2862, und aus einem Brief Gustav Güldensteins an die JRSO München vom 28.11.1949, StAM, WB I a 4884. Beschluss der Zahlungen in LAELKB, LKR 2862.
[190] Zur Auseinandersetzung mit der JRSO vgl. Antrag der JRSO an die Wiedergutmachungsbehörde München am 12.8.1949, StAM, WB I a 4884. Vermerk über die Anfechtung nach Art. 79 REG vom 11.10.1949 (Zitat) sowie Schreiben der JRSO vom 25.10.1949 (Zitat) und vom 9.11.1949, Evang.-Luth. Landeskirchenrat an die JRSO am 19.11.1949 (Zitat), Niederschrift der Sitzung vor der Wiedergutmachungsbehörde v. 19.12.1949 (Zitat), alle StAM, WB I a 4884.
[191] Theodor Georgii an Oberfinanzpräsidium München am 10.4.1946, StAM, WB I a 4884. Franz Treppesch (im Namen Georgiis) an Wilhelm Hoegner am 5.2.1946, Monacensia, Akt Rosl Schmid. Stellungnahme von Oberbürgermeister Karl Scharnagl vom 13.4.1946 (Zitat) und Antwort von Oberrechtsrat Stockmayr, Stadt München, an Theodor Georgii vom 29.4.1946, beide StAM, WB I a 4884.
[192] Hans J. Ziersch an Konsul Dr. Edgar Heckelmann am 17.11.1969, Monacensia, Ordner Ziersch.
[193] Protokolle Sitzungen des LKR, Sitzung vom 12.–14.12.1966, Landeskirchenamt München.
[194] Hans J. Ziersch an das Baureferat der Landeshauptstadt München am 1.9.1965, Monacensia, Ordner Ziersch.
[195] Hans J. Ziersch an den Evangelisch-Lutherischen Landeskirchenrat am 11.10.1965, Monacensia, Ordner Ziersch.
[196] Evangelisch-Lutherischer Landeskirchenrat an Hans J. Ziersch am 17.2.1967, Monacensia, Ordner Ziersch. Vermutlich vermittelte der Staatssekretär im Kultusministerium Lauerbach den Verkauf an Heckelmann. Vgl. Was geschieht mit dem Hildebrand-Haus? Münchner Merkur vom 6./7.1.1969.
[197] Darstellung von Martin Sattler und Hans J. Ziersch für den Verein zur Erhaltung des Hildebrandhauses ohne Datum [1970]. Darin ist fälschlich von Bürgermeister Brauchle die Rede, Monacensia, Ordner Ziersch.
[198] Zu stark angeschlagen oder noch zu retten? Am Mittwoch: Das Münchner Hildebrand-Haus vor dem Baukunstausschuß, Münchner Merkur vom 18./19.1.1969.
[199] Zitiert nach: Dem Hildebrand-Haus droht die Spitzhacke. Baukunstausschuß berät heute über das Schicksal des Atelier- und Wohngebäudes, Süddeutsche Zeitung vom 22.1.1969.
[200] Bauunternehmung Fritz Bender an Stadtrat Hohenemser am 15.1.1969, Monacensia, Ordner Ziersch.
[201] Zitiert nach: Der Konsul ist ratlos. Zur Diskussion um das Hildebrand-Haus, Abendzeitung vom 27.1.1969.
[202] Bürgermeister Steinkohl an Edgar Heckelmann am 5.8.1969, Monacensia, Ordner Ziersch.
[203] Sitzungsprotokoll Baurechtsausschuss am 25.11.1969, Monacensia.
[204] Otto von Bary im Münchner Merkur. »Ein Haus ist kein Denkmal!« Kampf um Abbruch des Hildebrand-Hauses vor dem Verwaltungsgericht, Münchner Merkur vom 6.2.1970.
[205] Stellungnahmen des Landesamtes für Denkmalpflege vom 10.5.1965 und 7.11.1968, der Bayerischen Schlösser- und Seenverwaltung vom 28.11.1968, des Staatsministeriums für Unterricht und Kultus vom 22.1.1969, Einspruch durch die Besitzer des Nachbargrundstückes, Sitzungsprotokoll Baurechtsausschuss vom 25.11.1969, alle Monacensia.

206 Zeitzeugengespräch mit Florian Sattler, Juni 2006.
207 Zeitzeugengespräch mit Margret Nida-Rümelin, Frühjahr 2005.
208 Zeitzeugengespräch mit Julian Nida-Rümelin, Mai 2005; Nida-Rümelin, Julian: Nachwort, in: Kehr/Rebel, Zwischen Welten, S. 139–143 (Zitat S. 139). Julian Nida-Rümelin ist Sohn von Rolf Nida-Rümelin, 1954 in München geboren und im Hildebrandhaus aufgewachsen. Philosophieprofessor und SPD-Kulturpolitiker, 1998–2000 Kulturreferent der Stadt München, 2001-2002 Staatsminister für Kultur und Medien.
209 Protokoll der konstituierenden Sitzung des »Vereins zur Erhaltung des Hildebrandhauses e.V.« am 6.11.1969, Monacensia. Vgl. auch »Hildebrand-Haus soll bleiben!«, in: Süddeutsche Zeitung vom 8./9.11.1969.
210 Gottfried von Bary an die Lokalbaukommission München am 29.11.1969, Monacensia, Ordner Ziersch.
211 Hans J. Ziersch an Hans Steinkohl am 14.9.1970, Monacensia, Ordner Ziersch.
212 Hans J. Ziersch an Hans Steinkohl am 5.11.1969, Monacensia, Ordner Ziersch.
213 Beschluss des Kulturausschusses vom 20.3.1974, StadtAM, Ratsitzungsprotokolle 747/40.
214 Grasser, Walter/Ziersch, Hans J.: Die juristischen Aspekte der Erhaltung des Hildebrandhauses, in: Burmeister/Hoh-Slodczyk, Das Hildebrandhaus, S. 95–99.
215 Münchner Künstlerhäuser im Zugriff willkürlicher Spekulation, Anlage zum Brief an den Oberbürgermeister vom 30.1.1970, Monacensia, Ordner Ziersch. Vgl. auch Obermayer, Klaus: Verfassungswidriges Enteignungsrecht. Kritische Gedanken zu Art. I des Bayer. Gesetzes über die Enteignung aus Gründen des Gemeinwohls, BayVBl. 1971, S. 209 ff. teilweise abgedruckt in BayVBl. 1972, S. 671.
216 Erwerb des Hildebrandhauses in Bogenhausen Maria-Theresia-Straße 23, StadtAM, Ratsitzungsprotokolle 747/12. Beschluss des Kulturausschusses vom 20.3.1974, StadtAM, Ratsitzungsprotokolle 747/40. Dingliche Anordnung des Herrn Oberbürgermeisters gem. Art. 37(3)GO vom 22. 11.1974, StadtM, Ratsitzungsprotokolle 747/28.
217 Siehe dazu Karl, Willibald: Die Möhlstraße. Keine Straße wie jede andere, München 1998, S. 81–92.
218 Wolfgang Braunfels an Hans Steinkohl, ohne Datum, Monacensia, Ordner Ziersch.
219 Rechtsanwalt Otto Gottfried von Bary an die Landeshauptstadt München, Oberbürgermeister Vogel, am 28.4.1970, Monacensia, Ordner Ziersch.
220 Hans J. Ziersch an Hans Steinkohl am 11.5.1970, Monacensia, Ordner Ziersch.
221 Testament Elisabeth Braun (Abschrift), LAELKB, LKR 2862.
222 Vgl. dagegen die Meinung von Grabe, Ines: Kein Respekt vor dem letzten Willen, Abendzeitung vom 23.11.2004. »Die vorgesehene Nutzung von Elisabeth Braun wurde jedoch bis 1967 nicht realisiert. Angeblich fühlte man sich dort nicht in der Lage, ehemalige Nazis aus dem Haus zu werfen! Mit dem letzten Willen der Verstorbenen nahm man es bei der Kirche skandalöserweise überhaupt nicht genau.«
223 Testament Elisabeth Braun (Abschrift), LAELKB, LKR 2862.
224 Gründung des Sonderfonds 1952, LAELKB, LKR 2862.
225 Sonderfonds »Nachlass Elisabeth und Rosa Braun«, LAELKB, LKR 84/6-1-7; Archiv Landeskirchenamt München, Titel 034 – Reservefonds – 1967. Aus dem Erlös des Verkaufs sind bei der Evangelischen Landeskirche am 9.3.1967 250.000 DM und am 30.6.1967 400.000 DM eingegangen.
226 Landeskirchenamt München, Aufstellung der Evangelischen Landeskirche.
227 Mädcheninternat Talitha Kumi, LAELKB, LKR 84/6-1-10.
228 Bürgermeister Steinkohl an den Evangelisch-Lutherischen Landeskirchenrat am 16.7.1970, Monacensia, Ordner Ziersch. Unterlagen über Grillenberger, LAELKB, LKR 2862.
229 Schmidt, Ernst Ludwig: Evangeliumsdienst unter Israel durch die Evangelisch-Lutherische Kirche in Bayern. Seine Geschichte von 1945 bis 1992, Neuendettelsau 1999.

[230] Testament von Elisabeth Braun, Altersheim in Haifa, LAELKB, LKR 84/6-1-8. Auch zum folgenden.
[231] Spende an die Israelitische Kultusgemeinde, LAELKB, LKR 84/6-1-9.
[232] Landeskirchenamt München, Aufstellung der Evangelischen Landeskirche.
[233] Schmidt, Evangeliumsdienst unter Israel durch die Evangelisch-Lutherische Kirche in Bayern.
[234] Prüfung der Rechnung über den Sonderfonds Nachlass Elisabeth und Rosa Braun, LAELKB, LKR 84/6-1-2.
[235] Rechtsgutachten von Prof. Andreas Heldrich vom 30.5.2005, Landeskirchenamt München.
[236] Christen und Juden III. Schritte der Erneuerung im Verhältnis zum Judentum. Eine Studie der evangelischen Kirche in Deutschland, Gütersloh 2000, S. 59 f.
[237] Stadtratssitzung vom 20.3.1974, StadtAM, Ratsitzungsprotokolle 747/1 und 747/10.
[238] Beschluss des Kulturausschusses vom 10.12.1974, StadtAM, Ratsitzungsprotokolle 747/40.
[239] Zeitzeugengespräch mit Julian Nida-Rümelin, Mai 2005.
[240] Stadtarchiv München (Hg.): Biographisches Gedenkbuch der Münchner Juden 1933–1945, Bd. 1, A – L, München 2003.
[241] Vgl. beispielsweise den Brief eines »nicht arischen« Münchner Arztes, der 1939 im Alter von 75 Jahren gezwungen wurde, seine Wohnung aufzugeben: »Der evangelischen Kirchengemeinde München gehöre ich seit 1890 an und stehe dem Judentum vollkommen fern.« Auch wenn bei diesen Worten teilweise das Motiv mitschwingen mag, der nationalsozialistischen Verfolgung zu entgehen, so ist eine solche Aussage aus dem Munde dessen, der seit fast 50 Jahren getauft war, doch absolut glaubwürdig. Theodor Guttmann an den Oberbürgermeister der Stadt München am 28.6.1939, Dokument in Hanke, Zur Geschichte der Juden, S. 326 f.
[242] Mensing, Björn/Rathke, Heinrich (Hg.): Widerstehen: Wirkungsgeschichte und aktuelle Bedeutung christlicher Märtyrer, Leipzig 2002, S. 63, 69.
[243] So berichtet beispielsweise die Münchner Schriftstellerin Elsa Bernstein, die selbst evangelisch war, in ihren Erinnerungen an das Leben im KZ Theresienstadt, dass eine getaufte Zimmergenossin von »unbelehrbar erbittertem Judenhaß durchdrungen war«. Bernstein, Elsa: Das Leben als Drama. Erinnerungen an Theresienstadt, Hamburg 2005, S. 148.

Literaturhinweise

... wo ist dein Bruder Abel? 50 Jahre Novemberpogrom. Christen und Juden in Bayern in unserem Jahrhundert. Ausstellungskatalog zur Ausstellung des Landeskirchlichen Archivs, Nürnberg 1988.
Adolf von Hildebrand und seine Welt. Briefe und Erinnerungen, besorgt von Bernhard Sattler, München 1962.
Baumann, Angelika/Heusler, Andreas (Hg.): München »arisiert«. Entrechtung und Enteignung der Juden in der NS-Zeit, München 2004.
Bäumler, Klaus: Menschen im Hildebrand-Haus in den Jahren 1933-1941. Eine Dokumentation, München 2003.
Bäumler, Klaus: Schatten über dem Hildebrandhaus. Auf der Spurensuche nach Elisabeth Braun, in: Koordinierungsstelle für Kulturgutverluste Magdeburg (Hg.): Entehrt. Ausgeplündert. Arisiert. Entrechtung und Enteignung der Juden, Magdeburg 2005, S. 183-206.
Burmeister, Enno/Hoh-Slodczyk, Christine: Das Hildebrandhaus in München, seine Erbauer – seine Bewohner, München 1981.

Büttner, Ursula/Greschat, Martin (Hg.): Die verlassenen Kinder der Kirche. Der Umgang mit Christen jüdischer Herkunft im »Dritten Reich«, Göttingen 1998.

Hockerts, Hans Günter/Kuller, Christiane/Drecoll, Axel/Winstel, Tobias (Hg.): Die Finanzverwaltung und die Verfolgung der Juden in Bayern. Bericht über ein Forschungsprojekt der LMU München in Kooperation mit der Generaldirektion der Staatlichen Archive Bayerns, München 2004.

Ebneth, Rudolf: Die österreichische Wochenschrift »Der christliche Ständestaat«. Deutsche Emigration in Österreich 1933-1938, Mainz 1976.

Haerendel, Ulrike: Kommunale Wohnungspolitik im Dritten Reich. Siedlungsideologie, Kleinhausbau und »Wohnraumarisierung« am Beispiel Münchens, München 1999.

Hanke, Peter: Zur Geschichte der Juden in München zwischen 1933 und 1945, München 1967.

Herold, Gerhart/Nicolaisen, Carsten (Hg.): Hans Meiser (1881-1956). Ein lutherischer Bischof im Wandel der politischen Systeme, München 2006.

Hildebrand, Alice von: Die Seele eines Löwen. Dietrich von Hildebrand, Düsseldorf 2003.

Hildebrand, Dietrich von: Memoiren und Aufsätze gegen den Nationalsozialismus 1933-1938, hg. von Ernst Wenisch mit Alice von Hildebrand und Rudolf Ebneth, Mainz 1994.

Kehr, Wolfgang/Rebel, Ernst: Adolf von Hildebrand (1847 bis 1921). Person, Haus und Wirkung, München 1998.

Schmidt, Ernst Ludwig: Dokumentation über die Christin jüdischer Herkunft Elisabeth Braun, geboren am 24. Juli 1887 in München, ermordet am 25. November 1941 in Kaunas, unveröffentlichte Dokumentation, Erlangen 2001.

Schönlebe, Dirk: München im Netzwerk der Hilfe für »nicht arische« Christen (1938-1941), unveröffentlichte Magisterarbeit an der LMU München 2002.

Selig, Wolfram: Leben unterm Rassenwahn. Vom Antisemitismus in der »Hauptstadt der Bewegung«, Berlin 2001.

Stadtarchiv München (Hg.): »... verzogen, unbekannt wohin«. Die erste Deportation von Münchner Juden im November 1941, Zürich/München 2000.

Verzeichnis der Abkürzungen

abgedr.	abgedruckt	HStAM	Hauptstaatsarchiv München
allg.	allgemein	Hg./hg.	Herausgeber/herausgegeben
Art.	Artikel	IfZ	Institut für Zeitgeschichte
BayVBl.	Bayerisches Verwaltungsblatt	JRSO	Jewish Restitution Successor Organization
Bd.	Band		
bes.	besonders	JVA	Justizvollzugsanstalt
BDM	Bund deutscher Mädel	km	Kilometer
BFD	Bezirksfinanzdirektion	KZ	Konzentrationslager
BGB	Bürgerliches Gesetzbuch	Lic.	Licensiat
Bl.	Blatt	LAELKB	Landeskirchliches Archiv der Evangelisch-Lutherischen Kirche in Bayern in Nürnberg
d. A.	die Autoren		
Dez.	Dezernat		
DM	Deutsche Mark	LKR	Landeskirchenrat
ebd.	ebenda	M	Mark (Reichsmark)
f.	folgende Seite	Mio.	Millionen
ff.	folgende Seiten	Not.	Notariat
geb.	geboren	Nr.	Nummer
gest.	gestorben	NS	nationalsozialistisch
GO	Gemeindeordnung	NSDAP	Nationalsozialistische Deutsche Arbeiterpartei
h	Uhr		

OFD	Oberfinanzdirektion Nürnberg	UAM	Universitätsarchiv der Ludwig-Maximilians-Universität München
Pg	Parteigenosse, Mitglied der NSDAP	u. E.	unseres Erachtens
PMB	Polizeilicher Meldebogen	UNRRA	United Nations Relief and Rehabilitation Administration
REG	Rückerstattungsgesetz		
RGBl.	Reichsgesetzblatt	Urk.	Urkunde
RM	Reichsmark	vgl.	vergleiche
S.	Seite	VO	Verordnung
SA	Sturmabteilung	WB	Wiedergutmachungsbehörde
SS	Schutzstaffel	ZA	Zeitungsausschnittsammlung
StadtAM	Stadtarchiv München	zit.	zitiert
StAM	Staatsarchiv München	z. Z.	zur Zeit

Verzeichnis der Quellen

Archiv der Kirchengemeinde Dreieinigkeitskirche, München
Niederschriften der Kirchenausschusssitzungen
Mappe Kirchenkampf 1934
Archiv der Kirchengemeinde St. Matthäus, München
Akte Pfarrer Friedrich Loy
Archiv des Landeskirchenamtes, München
Material zur Verwendung des Sonderfonds »Erbe Elisabeth und Rosa Braun«
Rechtsgutachten von Prof. Andreas Heldrich vom 30.5.2005
Archiv der Ludwig-Maximilians-Universität München (UAM)
E-II-1733 Erklärung Dietrich von Hildebrands zum Berufsbeamtengesetz 1933
Studienbuch und Belegbögen von Elisabeth Braun
Archiv der Musikhochschule München
Personalakte von Wolfgang Ruoff
Bundesarchiv, Berlin
Unterlagen der Volkszählung 1939
Hauptstaatsarchiv München (HStAM)
MK 44747   Personalakte Wilhelm Stroß
MK 60578   Personalakte Wolfgang Ruoff
Historisches Archiv Haus der Kunst, München
Kartei über Bewerbung und Teilnahme von Künstlern an der Grossen Deutschen Kunstausstellung
Institut für Zeitgeschichte, München (IfZ)
Fa 208 Liste der Gestapo Polizeileitstelle München II B »Evakuierung von Juden nach Riga aus dem Stapobereich München« vom 15. November 1941
Landeskirchliches Archiv der Evangelisch-Lutherischen Kirche in Bayern, Nürnberg (LAELKB)
LKR 2862
LKR 2862 (Feiner Aktentasche)
LKR 84/6-1-2
LKR 84/6-1-7
LKR 84/6-1-8
LKR 84/6-1-9
Vereine II / 14 u. 15
4104 (Vorl. Nummer)

Monacensia. Literaturarchiv und Bibliothek, München
    Ordner Ziersch
    Akt Rosl Schmid
    Brief Fritz Dispeker (1935)
    Erinnerungen Margret Nida-Rümelin
    Erinnerungen Dietrich von Hildebrand
    Sammlung zur Erhaltung des Hildebrandhauses
Oberfinanzdirektion Nürnberg (OFD)
    B I 975 (Elisabeth Braun)
    B III 508 (Rosa Braun)
    B V 76
    Karteien der Vermögensverwertungsstelle des Oberfinanzpräsidiums
Rathaus Tegernsee
    Meldekarte Elisabeth Braun
Staatsarchiv München (StAM)
    Urkunden das Notariats München I
    BFD 4884
    WB I a 4884
    WB I N 5443
    NSDAP 37
    JVA München 1951
    Spruchkammer 1379
Stadtarchiv München (StadtAM)
    Datenbank für das »Biographische Gedenkbuch für die Münchner Juden«
    Kommunalreferat, Jüdisches Vermögen 1
    Kommunalreferat, Jüdisches Vermögen 82
    PMB Braun, Elisabeth
    PMB Braun, Heinrich
    PMB Braun, Julius
    PMB Georgii, Theodor
    PMB Güldenstein, Gustav Ferdinand
    PMB Veit, Friedrich
    Ratsitzungsprotokolle 747/1
    Ratsitzungsprotokolle 747/10
    Ratsitzungsprotokolle 747/12
    Ratsitzungsprotokolle 747/28
    Ratsitzungsprotokolle 747/40
    Wohnungsamt 58
    ZA Rosl Schmid
    ZA Theodor Georgii

Zeitzeugengespräche

Friedrich Ritt, Dezember 2004
Margret Nida-Rümelin, Frühjahr 2005
Julian Nida-Rümelin, Mai 2005
Gabriele Wannieck, Mai 2005
Martin Mayer, Mai 2005
Florian Sattler, Juni 2006
Matthias Güldenstein, August 2006
Doris Emms, September 2006

Personenregister

Achternbusch, Herbert 159
Adler, Karoline 110, 173
Albrecht, Prinz von Bayern 21
Amery, Carl 159
Angerer, Oskar von 20
Aumer, Hermann 128, 175
Bächler, Wolfgang 159
Baeyer, Adolf von 20
Balbier, Elsa 110, 173
Bary, Otto Gottfried von 144, 176f.
Bass, Martin Levi 149
Bauer, Friedrich 43, 57f., 135, 175
Bayerle, Albert 141, 148
Behrend, Victor 63, 66, 103, 114
Behrend-Rosenfeld, Else 107, 173
Ben-Chorin, Schalom 49, 168
Bernstein, Elsa 178
Bierbaum, Otto Julius 159
Bleeker, Bernhard 119, 130
Bloch, Hans 87, 171
Bohl, Hedwig 173
Braun, Amalie 35, 39, 166
Braun (verw. Schweyer), Betty 36–40, 137
Braun, Elisabeth 7–12, 14–16, 18f., 23, 30–47, 49–53, 55–57, 62–64, 67, 70f., 73–77, 80–112, 114, 116, 119f., 122–124, 126, 133–137, 139, 142, 146–148, 150, 152f., 160–164, 166–175, 177–179, 180f.
Braun, Fanny (Franziska) 31f., 35, 39f. 166
Braun, Gustav 36, 39
Braun, Hans 36, 39, 51, 167
Braun, Heinrich 35f., 39, 166, 181
Braun, Josef 39, 167
Braun, Julius 31f., 35f., 39, 166, 181
Braun, Karl 36, 39f.
Braun, Rosa 7f., 11, 32, 36, 39–41, 44, 46f., 51, 53, 56, 63f., 73–76, 82f., 87–89, 91f., 97–104, 114, 119, 123f., 133–139, 148–150, 161f., 166f., 170–173, 177f., 180
Braun, Wilhelm 36, 39, 51, 73, 77, 87, 97f., 104, 167, 169, 171
Braunfels, Walter 22
Braunfels, Wolfgang 44, 143f., 146, 167
Brentano, Lujo 32, 40
Brewster, Elisabeth 23
Carney, Charlotte 62–64, 114f.
Collas, Alice von 173
Cramer-Klett, Theodor Baron von 21
Cube, Hellmut von 131

Daumiller, Oscar 42, 106
Deutschkron, Inge 69, 169, 181
Dispeker, Fritz 55
Dobbert, Reinhard 149–151
Dziewas, Gotthold 79f., 82, 171
Ebbinghaus, Maria 40f., 47, 50f., 109, 111, 167f., 173
Edelstein, Heinemann 63, 65, 103, 114
Edelstein, Jeanette 63, 65, 103, 114
Feiner, Franz 8, 41–43, 96, 134–136, 167f., 170–172, 175f., 180
Fiedler, Heinrich 167, 172
Fink, Karl 29f., 45
Gabriele Herzogin in Bayern 20
Ganghofer, Ludwig 159
Geiger, Ernst 120, 123
Georgii, Irene 13, 19, 21, 29–31, 45, 125, 166
Georgii, Theodor 24–26, 28–31, 44f., 71, 115, 120f., 125, 128f., 131f., 138, 146, 156, 165–167, 174–176, 181
Giehse, Therese 159
Gies, Ludwig 130
Grabmann, Martin 21
Graf, Oskar Maria 9, 159
Grasser, Walter 144
Grillenberger, Wilhelm 149
Grote, Edith 126
Grüber, Heinrich 61
Grundmann, Lotte 131
Grundmann, Siegfried 131
Grynszpan, Herschel 54
Güldenstein, Gustav 36–39, 50f., 136–138, 167f., 172f., 176, 181
Güldenstein, Matthias Felix 16, 37–40, 91, 96, 136, 148, 172, 181
Güldenstein, Nora 37, 39, 50, 167
Güldenstein, Paula 36f., 39f., 56, 91, 167
Gutmann, Simon 170
Guttentag, Clementine 165
Güttler, Carl 32
Guttmann, Theodor 178
Hausegger, Siegmund von 124
Heckelmann, Edgar 140–142, 144, 146, 148, 176
Heinrich, Bertha 35, 39f., 166
Heinrich, Lazarus 35, 39f., 166
Heinrich, Max 40, 51, 168
Held, Hans Ludwig 124
Heldrich, Andreas 178

Hildebrand, Adolf von 7, 9, 13, 18–21, 24f., 126, 129, 131, 143, 146, 156, 160, 165
Hildebrand, Dietrich von 9, 13, 18, 21–23, 25–30, 43–49, 126, 129, 138, 146, 160, 165–167, 180f.
Hildebrand, Gretchen von 21, 23, 29
Hinteregger, Gebhard 108
Hirsch, Gustav 173
Hoegner, Wilhelm 115, 129, 174–176
Hofmann, Friedrich 57, 134
Holzensauer, Helen 51
Hundhammer, Alois 131
Jordan, Hans 20
Kallmann, Hans-Jürgen 131
Karg, Theodor 43, 92, 106, 135f., 175f.
Karl, Friedrich 126
Kerschensteiner, Georg 20
Kesten, Hermann 159
Klein, Emil 75
Kohlenberger, Willibald 174
Kolb, Annette 9, 20f., 159
Koronczyk, Theodor 135
Krafft von Crailsheim, Friedrich Graf 20
Kronheimer, Carola 125
Külpe, Oswald 32
Lang, Ernst Maria 141
Leipelt, Hans 115
Lippert, Pater Peter 21
Liszt, Franz 116
Ludwig Ferdinand, Prinz von Bayern 21
Mager, Pater Alois 21
Mann Borgese, Elisabeth 159
Mann, Erika 9
Mann, Klaus 9
Marcks, Erich 32
Maria de la Paz, Prinzessin von Bayern 21
Maritain, Jacques 25
Marx, Albert 66f., 103, 114
Marx, Sophie 66f., 103, 114
Mayer, Martin 17, 132, 143, 156
Meiser, Hans 58–61
Meyer, Martha 173
Meyrink, Gustav 159
Mohr, Max 9, 159
Müller, Otto 25
Münch, Prälat Franz Xaver 21
Neumann, Alfred 9, 159
Neumann, Getti 63f., 103, 111, 114
Nick, Dagmar 159
Nida-Rümelin, Julian 17, 130, 143, 158, 177f., 181

Nida-Rümelin, Margret 17, 130f., 143, 174, 177, 181
Nida-Rümelin, Rolf 121, 130f., 143, 156, 177
Nida-Rümelin, Wilhelm 121f., 130, 174
Niemöller, Martin 60
Pacelli, Eugenio 21
Paepcke, Otto 174
Pechmann, Wilhelm Freiherr von 60, 167
Petri, Theobald 105, 172
Pribilla, Pater Max 167
Pröll, Franziska Rosa 126
Przywara, Pater Erich 167
Ranke, Johannes 32
Rauch, Ernst Andreas 119–122, 130, 174
Regenscheit, Hans 102, 172
Rehberg, Hans 131
Reinemann, Zacharias 173
Reventlow, Franziska Gräfin zu 159
Ritt, Friedrich 17, 125, 175, 181
Roeckl, Heinrich 105, 107, 172
Roeckl, Luise 100f., 105, 107, 110
Roiß, Kati 43, 92
Rosenbaum, Lore 40, 51, 168
Rosenfeld, Klara 66f., 103, 114
Rosenthal, Lilly 63, 65, 103, 111f., 114f.
Ruoff, Wolfgang 63, 116–119, 123, 131, 174, 180
Rupprecht, Kronprinz von Bayern 20, 131
Sattler, Bernhard 21
Sattler, Florian 7, 177, 181
Sattler, Martin 176
Sawallisch, Wolfgang 116
Schacht, Hjalmar 73
Scharnagl, Karl 125, 129, 138, 176
Scheib, Asta 159
Schick, Ernst 173
Schmid, Rosl 123–125, 128f., 167, 172, 174–178, 181
Schmidhuber, Ernst 172
Schmidt, Ernst 123, 125
Schmikler, Franziska 63f., 103, 111f., 114
Schmikler, Maria 63f., 103, 111f., 114
Schmikler, Simon 63f., 103, 111
Schmitt, Josef 42f., 96
Schnurmann, Emil 173
Schuster-Woldan, Gertrud 20
Seidl, Gabriel von 18
Seidl, Hans 126
Selden, Erna Hilda 173
Selden, Gertrud 173
Simon, Yves 25
Simons, Helene 173

Singer, Käthe 62–64, 103, 111f., 114, 126, 173
Stavenhagen, Bernhard 116
Steinkohl, Hans 144, 149, 167, 176f.
Stiebel, Otto 173
Streicher, Julius 48
Stroß, Wilhelm 117–119, 174, 181
Stumm, Baron Ferdinand von 20
Sulzbacher, Helene 63f., 103, 114, 172
Teichmüller, Robert 124
Theumann, Valerie 62f., 65, 114, 126
Treppesch, Franz 45, 115, 128f., 138, 167, 174–176
Veit, Adolf 51, 87f., 91, 105, 134, 169, 171f.
Veit, Ernst 169
Wagner, Adolf 78–80, 108, 119
Wannieck, Gabriele 17, 166, 170, 181
Weber, Otto 97, 172
Wecklein, Marie 57, 106
Wedekind, Frank 159
Wegner, Hans 70, 80, 87, 99f., 168–170
Weil, Grete 9, 159
Witzgall, Thomas F. 87, 172
Wölfflin, Heinrich 20, 32
Ziersch, Hans 140f., 144, 146, 158, 167, 176f., 181
Zirngibl, Josef 134
Zwanzger, Johannes 61f., 67

Bildnachweis

Archiv der Kirchengemeinde Dreieinigkeitskirche, München 58 · Archiv der Kirchengemeinde St. Matthäus, München 42 (rechts) · Archiv der Ludwig-Maximilians-Universität München 27, 33 · Heinz Gebhardt 155 · Landeskirchliches Archiv der Evangelisch-Lutherischen Kirche in Bayern, Nürnberg 42 (links, Fotosammlung Personen P5), 46, 52, 61, 74, 76, 84–86, 90, 92–96, 98, 99, 106 · Monacensia – Literaturarchiv und Bibliothek, München 18, 20, 157 (unten), 159 · Privat 22, 24, 32, 36–38, 117, 121, 122, 124, 130, 131, 132, 150 · Stadtarchiv München 49, 64–66, 109, 112, 157 (oben)